ESPERE AGORA PELO ANO PASSADO

PHILIP K DICK

ESPERE AGORA PELO ANO PASSADO

Tradução
Braulio Tavares

Copyright © 1966 by Philip K. Dick
Copyright renovado © 1994 by Laura Coelho, Christopher Dick e Isa Hackett

Grafia atualizada segundo o Acordo Ortográfico da Língua Portuguesa de 1990, que entrou em vigor no Brasil em 2009.

Título original
Now Wait for Last Year

Capa e projeto gráfico
Celso Longo

Ilustração de capa
Fabrizio Lenci

Preparação
Mariana Delfini

Revisão
Renato Potenza Rodrigues
Érica Borges Correa

Dados Internacionais de Catalogação na Publicação (CIP)
(Câmara Brasileira do Livro, SP, Brasil)

Dick, Philip K., 1928-1982.
    Espere agora pelo ano passado / Philip K. Dick ; tradução Braulio Tavares. — 1ª ed. — Rio de Janeiro : Suma, 2018.

    Título original: Now Wait for Last Year.
    ISBN 978-85-5651-073-0

    1. Ficção científica norte-americana I. Título.

18-18747   CDD-813.0876

Índice para catálogo sistemático:
1. Ficção científica : Literatura norte-americana   813.0876

Iolanda Rodrigues Biode — Bibliotecária — CRB-8/10014

[2018]
Todos os direitos desta edição reservados à
EDITORA SCHWARCZ S.A.
Praça Floriano, 19, sala 3001 — Cinelândia
20031-050 — Rio de Janeiro — RJ
Telefone: (21) 3993-7510
www.companhiadasletras.com.br
www.blogdacompanhia.com.br
facebook.com/editorasuma
instagram.com/editorasuma
twitter.com/Suma_BR

*Para Don Wollheim,
que fez mais pela ficção científica
do que qualquer outra pessoa.
Obrigado, Don, pela sua fé em nós
ao longo dos anos.
E que Deus te abençoe.*

1

O edifício em formato de apteryx, tão familiar aos olhos dele, reluzia em sua luz cinzenta habitual quando Eric Sweetscent dobrou sua roda e conseguiu estacionar o compacto veículo no nicho que lhe era destinado. Oito da manhã, pensou ele com melancolia. E àquela hora o seu patrão, o sr. Virgil L. Ackerman, já havia aberto os escritórios da Companhia TF&D, pronto para mais um dia de trabalho. Imagine só um sujeito cuja mente é mais eficaz às oito da manhã, pensou o dr. Sweetscent. Isso é algo que vai contra os mandamentos de Deus. Belo mundo o que eles estão partilhando com a gente; a guerra serve de pretexto para todas as aberrações humanas, inclusive as do patrão.

Mesmo assim ele foi na direção da esteira rolante interna, mas logo se deteve quando alguém chamou seu nome.

— Olá, sr. Sweetscent! Só um momento, senhor!

A voz metálica, e altamente repulsiva, de um servo-robô. Eric esperou, com relutância, e a coisa se emparelhou com ele, agitando energicamente os braços e as pernas.

— É o sr. Sweetscent, da Companhia Tijuana Fur & Dye?

Aquela ligeira negligência do outro o incomodou.

— *Doutor* Sweetscent. Por favor.

— Trago aqui uma conta, doutor. — O robô tirou um pequeno cartão dobrado do interior de uma bolsa metálica. — Sua esposa, a sra. Katherine Sweetscent, fez este débito há três meses na sua conta Dreamland Tempos Felizes Para Todos. Sessenta e cinco dólares, mais dezesseis por cento de taxas. E a lei, agora, bem, o senhor compreende. Lamento atrasá-lo, mas isto é, hummmm, ilegal. — O servo-robô o vigiou atento enquanto ele, com relutância ainda maior, tirou do bolso o talão de cheques.

— O que ela comprou? — perguntou, carrancudo, enquanto preenchia o cheque.

— Um maço de Lucky Strike, doutor. Com a autêntica embalagem verde. Cerca de 1940, antes da Segunda Guerra Mundial, quando a embalagem mudou. "Lucky Strike verde foi para a guerra", o senhor lembra. — O robô deu uma risadinha.

Ele não conseguia acreditar. Alguma coisa tinha dado errado.

— Tenho certeza — protestou — de que essa despesa devia ter sido debitada na conta da empresa.

— Não, doutor — declarou o robô. — De verdade. A sra. Sweetscent deixou bem claro que essa compra era para seu uso pessoal. — Ele deu então uma explicação que o doutor logo viu ser falsa. Mas se isso devia ser atribuído ao robô ou a Kathy, isso ele não era capaz de dizer, pelo menos por enquanto. — A sra. Sweetscent está construindo um Pitts-39.

— Está nada. — Jogou o cheque preenchido para o robô e, enquanto este tentava agarrar o pedaço de papel flutuante, ele seguiu em frente, em direção à esteira rolante.

Um maço de Lucky Strike. Bem, refletiu ele, sombrio, Kathy ataca de novo. O impulso criativo, que só consegue escoar pelo dinheiro. E sempre muito mais que o salário — o qual, ele tinha de admitir, era um pouco maior que o seu próprio, infelizmente. Mas em todo caso, por que ela não falara nada? Uma compra vultosa como aquela...

A resposta, claro, era óbvia. A própria conta indicava o problema em toda a sua deprimente simplicidade. Ele pensou:

quinze anos atrás eu teria dito, e de fato disse, que as rendas somadas, dele e de Kathy, seriam suficientes, e de fato *tinham de ser* suficientes para manter dois adultos medianamente razoáveis num certo nível de opulência. Mesmo considerando os tempos de guerra.

No entanto, as coisas não tinham funcionado assim. E ele teve uma intuição profunda e persistente de que jamais funcionariam.

Dentro do edifício da TF&D, ele digitou o andar que levava à sua sala, reprimindo o impulso de parar na sala de Kathy, que ficava logo acima, para um confronto imediato. Decidiu que seria melhor mais tarde. Depois do trabalho; no jantar, talvez. Meu Deus, e ele ainda tinha toda uma agenda para cumprir. Estava esgotado e sem energia, e nunca tivera no passado, para aqueles bate-bocas intermináveis.

— Bom dia, doutor.

— Oi — disse Eric, cumprimentando sua secretária, a srta. Perth, cuja imensa cabeleira estava desta vez tingida de azul, com minúsculos fragmentos brilhantes que refletiam a luz das lâmpadas do escritório. — Onde está Himmel? — Não havia sinal do inspetor de qualidade final, e dali ele já podia avistar representantes de algumas subsidiárias estacionando lá embaixo.

— Bruce Himmel telefonou para dizer que a Biblioteca Pública de San Diego o está processando, ele vai ter que comparecer ao tribunal, e com isso talvez se atrase. — A srta. Perth deu um sorriso simpático, mostrando dentes de ébano sintético impecáveis, uma incômoda afetação que tinha migrado para lá com ela, quando chegara de Amarillo, no Texas, um ano atrás. — Os agentes da biblioteca invadiram ontem o conapt dele e encontraram mais de vinte livros da biblioteca que ele havia furtado. Sabe como é Bruce, ele tem aquela fobia de quem não consegue sair de casa... como é mesmo a palavra grega?

Ele entrou para a sala interna, que era sua sala privada; Virgil Ackerman insistira em conceder-lhe aquele sinal de prestígio, ao invés de um aumento de salário.

E ali, na sua sala, junto à sua janela, fumando um adocicado cigarro mexicano e contemplando as colinas austeras da Baixa Califórnia, ao sul da cidade, estava sua esposa, Kathy.

Era a primeira vez que ele a via naquela manhã; ela acordara uma hora antes, vestira-se e tomara café sozinha, vindo para o trabalho em sua própria roda.

— O que foi? — perguntou Eric, um pouco tenso.

— Entre e feche a porta — disse Kathy, virando-se na sua direção, mas evitando seus olhos; a expressão no rosto anguloso dela era meditativa.

Ele fechou a porta.

— Obrigado por me recepcionar na minha própria sala.

— Eu sabia que aquele maldito cobrador ia interceptar você hoje cedo — disse ela, com uma voz distante.

— Quase oitenta verdinhas — disse ele. — Incluindo os encargos.

— Você pagou? — Agora, pela primeira vez ela o encarou; seus cílios artificialmente negros se moveram, indicando sua preocupação.

— Não — respondeu ele, sardônico. — Deixei o robô me fuzilar ali mesmo, no meio do estacionamento. — Ele pendurou o paletó no armário. — Claro que paguei. É obrigatório por lei, desde que o Dique destruiu todo o sistema de compras por cartão de crédito. Sei que você não está muito interessada em ouvir isto, mas se não me reembolsar dentro de...

— Por favor — disse Kathy. — Não venha com sermões. O que foi que ele disse? Que estou construindo um Pitts-39? É mentira. Ganhei o maço de Lucky Strike verde de presente.

Eu não me meteria a construir um novo parque de diversões sem te comunicar. Afinal de contas, seria seu também.

— Não um Pitts-39 — disse Eric. — Nunca vivi lá, nem em 39 nem em qualquer outra época. — Sentou-se à sua mesa e apertou o botão do vidcom. — Já estou aqui, sra. Sharp — falou, dirigindo-se à secretária de Virgil. — Como vai a senhora, sra. Sharp? Voltou em segurança para casa ontem à noite, depois do comício sobre cupons de guerra? Nenhum piquete de agitadores a acertou na cabeça? — Ele desligou o aparelho e explicou a Kathy: — Lucille Sharp é uma pacifista ardente. Acho que é bom para a imagem de uma companhia permitir que seus empregados se envolvam em militância política, concorda? E ainda melhor é que isso não custa um centavo sequer: reuniões políticas são gratuitas.

Kathy disse:

— Mas você é obrigado a rezar e a cantar. E eles te obrigam a comprar aqueles cupons.

— Para quem era o maço de cigarros?

— Virgil Ackerman, é claro. — Ela soltou a fumaça do cigarro em dois jatos cinzentos. — Você está pensando que eu pretendo ir trabalhar em outro lugar?

— Claro, se for ganhar melhor.

Kathy respondeu, pensativa:

— Não é o salário alto que me mantém aqui, Eric, a despeito do que você imagina. Eu acredito que estamos ajudando na campanha da guerra.

— Aqui? Mas de que jeito?

A porta do escritório se abriu. A silhueta da srta. Perth apareceu, com seus seios iluminados, difusos, fazendo um volume horizontal e roçando o batente quando ela se virou e disse:

— Ah, doutor, desculpe incomodá-los, mas o sr. Jonas Ackerman está aqui para vê-lo. O sobrinho-bisneto do sr. Virgil, lá no setor de Banho Químico.

— Como estão os Banhos, Jonas? — perguntou Eric, estendendo a mão. O sobrinho-bisneto do dono da companhia adiantou-se e os dois se cumprimentaram. — Alguma novidade no turno da noite?

— Se houve alguma — disse Jonas —, fez como os operários e foi embora pelo portão da frente. — Ele então notou a presença de Kathy. — Bom dia, sra. Sweetscent. Olhe só, eu vi a nova configuração que a senhora adquiriu para o Wash-35, aquele carrinho em forma de besouro. O que é aquilo, um Volkswagen? Era assim que eram chamados?

— Um Chrysler Airflow — disse Kathy. — Era um bom carro, mas tinha muito metal sem suspensão. Um erro de engenharia que o liquidou no mercado.

— Meu Deus — disse Jonas, com emoção verdadeira. — Saber alguma coisa de maneira realmente completa... que sensação deve ser. Abaixo a maldita Renascença! Quero dizer, especializar-se em alguma área até que... — Ele se interrompeu, percebendo que ambos os Sweetscent estavam com um ar taciturno. — Interrompi alguma coisa?

— Os assuntos da empresa têm prioridade — disse Eric —, estão acima dos prazeres pessoais. — Estava contente com a interrupção, mesmo que fosse por aquele membro inferior da complicada hierarquia familiar da empresa. — Kathy, por favor, dê o fora daqui — disse ele à esposa, sem sequer se dar o trabalho de usar um tom leve. — Conversamos no jantar. Tenho coisas demais a fazer e não posso perder tempo discutindo se um cobrador robô é mecanicamente capaz de mentir ou não. — Acompanhou a esposa até a porta do escritório; ela andou passivamente, sem resistência. Baixinho, Eric falou: — É como se todas as pessoas do mundo estivessem se dando o trabalho de depreciar você, não é mesmo? Todos estão falando. — Fechou a porta depois que ela saiu.

Jonas Ackerman encolheu os ombros e disse:

— Bem, é isto o casamento de hoje em dia. Ódio legalizado.

— Por que diz isto?

— Ora, os tons de voz dessa conversa. Dava para sentir no ar, como o sopro frio da morte. Devia haver uma norma estabelecendo que um homem não pode trabalhar na mesma empresa que a esposa. Que diabo, nem mesmo na mesma cidade. — Ele sorriu, e do seu rosto magro e jovem desapareceu imediatamente toda a seriedade. — Mas ela é mesmo muito competente, você sabe. Virgil foi se livrando aos poucos de todos os seus colecionadores de antiguidades desde que Kathy começou a trabalhar aqui... mas é claro que ela já comentou isto com você.

— Muitas vezes. — Quase todo dia, pensou ele, com acidez.

— Por que vocês não se divorciam?

Eric deu de ombros, um gesto destinado a revelar sua natureza profundamente filosófica. Ou pelo menos ele assim esperava.

O gesto evidentemente não surtiu efeito, porque Jonas disse:

— Isso significa que você está gostando?

— Significa — disse ele, com voz resignada — que já fui casado antes e não foi muito melhor, e que se eu me divorciar de Kathy vou me casar de novo, porque, como diz o meu consertador de juízo, eu não consigo definir minha identidade fora do papel de marido e pai e grande provedor de arroz e feijão. E a próxima esposa vai ser igualzinha, porque é esse o tipo que eu acabo escolhendo. Está enraizado no meu temperamento. — Ele ergueu a cabeça e encarou Jonas com a melhor expressão de rebeldia masoquista que ele conseguia fazer. — Bem, o que você quer, Jonas?

— Uma viagem — disse Jonas Ackerman, com entusiasmo. — Para Marte, com todos nós, inclusive você. Uma conferência! Você e eu podemos escolher poltronas bem longe do velho Virgil, para não termos que ficar discutindo os negócios da empresa, a guerra, Gino Molinari. E como estaremos em uma nave das grandes, serão seis horas de ida e seis de volta. E pelo amor de Deus, não vamos ficar de pé todo o trajeto até Marte e de volta. Vamos garantir nossas poltronas.

— Quanto tempo vamos ficar lá? — Ele não estava nada ansioso por essa viagem. Teria que ficar tempo demais longe do trabalho.

— Voltaremos amanhã, sem dúvida, ou no mais tardar depois de amanhã. Escute, isso vai deixar você longe da sua mulher. Kathy fica aqui. É meio irônico isso, mas já percebi que quando o velho está em Wash-35 ele não gosta de nenhum dos seus especialistas em antiguidades por perto. Ele gosta de mergulhar na, hummm, na mágica do local, cada vez mais, à medida que fica mais velho. Quando você estiver com cento e trinta anos vai começar a entender, e eu também, acho. Enquanto isso, vamos ter que aguentá-lo. — E comentou, com ar sombrio: — Você provavelmente sabe disso, Eric, porque é o médico dele. Ele não vai morrer nunca; nunca vai tomar a decisão mais difícil, como o pessoal a chama, não importa quantas coisas dentro dele entrarem em colapso e tiverem que ser substituídas. Às vezes eu tenho inveja, por ele ser tão otimista. Por gostar tanto da vida, por achar que ela é tão importante. Agora, nós, pobres mortais, na nossa idade... — Ele ergueu os olhos para Eric. — Nós com uns miseráveis trinta e dois ou trinta e três...

— Eu tenho bastante vitalidade — disse Eric. — Estou pronto para ter uma vida longa. E a vida não vai me passar para trás. — Ele foi buscar no bolso do paletó a conta que o servo-robô lhe apresentara. — Use a memória. Será que um maço de Lucky Strike *com a embalagem verde* apareceu em Wash-35, cerca de três meses atrás? Uma contribuição de Kathy?

Depois de uma longa pausa, Jonas Ackerman disse:

— Coitado de você, cheio de desconfianças estúpidas. Isso é tudo que você consegue focar na sua mente. Escute, doutor: se não puder concentrar seu pensamento no trabalho, acabou.

Existem uns vinte cirurgiões de artificiórgãos com propostas em aberto nos nossos arquivos, todos ansiosos para trabalhar para alguém como Virgil, um homem com a importância dele na economia e no esforço de guerra. Você claramente não é tão bom assim. — A expressão do rosto dele era ao mesmo tempo compadecida e reprovadora, uma mistura estranha que teve o poder de despertar Eric Sweetscent. — Pessoalmente, se meu coração falhasse, o que sem dúvida vai acontecer dentro de alguns dias, eu não me daria o trabalho de chamá-lo. Você está mergulhado demais em seus assuntos pessoais. Você vive para si mesmo, não para a causa do planeta. Meu Deus, será que não se lembra? Estamos travando uma guerra de vida ou morte. E estamos perdendo. Estamos sendo pulverizados todo santo dia!

É verdade, percebeu Eric. E o nosso líder é um homem doente, hipocondríaco, sem entusiasmo algum. E a Companhia Tijuana Fur & Dye é uma dessas vastas muletas industriais que mantêm de pé esse líder enfraquecido, que conseguem, sabe-se lá como, manter o Dique no cargo. Sem essas amizades cálidas, bem situadas e pessoais como a que ele mantém com Virgil Ackerman, Gino Molinari já teria caído, ou morrido, ou estaria instalado num abrigo para idosos. Eu sei disso. E ainda assim — a vida pessoal da gente tem que continuar. Afinal de contas, refletiu ele, eu não escolhi ficar enredado na minha vida doméstica com Kathy, como dois boxeadores agarrados um ao outro. Se você acha que escolhi, é porque você é morbidamente jovem. Você não conseguiu fazer a passagem da liberdade de adolescente para a terra onde eu vivo hoje em dia, e onde estou casado com uma mulher que é economicamente, intelectualmente e, até mesmo eroticamente, superior a mim.

Antes de deixar o edifício, o dr. Sweetscent parou no setor de Banhos, se perguntando se Bruce Himmel teria aparecido.

E de fato lá estava ele, ao lado de um enorme cesto cheio de Lazy Brown Dogs com defeito.

— Transforme tudo de novo em groonk — disse Jonas a Himmel, que sorriu à sua maneira vazia, desconjuntada, quando o mais jovem dos Ackerman atirou na sua direção uma das esferas defeituosas que emergiam nas linhas de montagem da TF&D, juntamente com aquelas prontas para serem instaladas na estrutura de comando das naves interplanetárias.

— Você sabia — disse ele a Eric — que, se você pegar uma dúzia dessas síndromes de controle, e não falo das defeituosas, mas dessas que estamos mandando aos caixotes para o Exército, você vai descobrir que, comparadas com as de um ano atrás, ou mesmo de seis meses atrás, o tempo de reação dela decresceu em alguns milissegundos?

— Está querendo dizer que nossos padrões de qualidade decaíram? — disse Eric.

Isso parecia impossível. O produto da TF&D era essencial. Toda a intrincada rede de operações militares dependia daquelas esferas do tamanho de uma cabeça.

— Exatamente. — Aquilo não parecia preocupar Jonas. — Porque estávamos rejeitando um número muito grande de unidades. Não estávamos tendo lucro.

Himmel gaguejou:

— À-às vezes eu tenho vontade de voltar aos tempos do comércio com esterco de morcego marciano.

Houve um tempo em que a companhia recolhia e comercializava os excrementos dos morcegos marcianos. Foi desse modo que acumulou seu capital inicial e foi capaz de contratar os direitos de macroexploração de outra criatura não terrestre, a ameba impressora marciana. Esse nobre organismo unicelular sobrevivia graças a sua capacidade de imitar outras formas de vida — especificamente, aquelas que eram iguais em tamanho — e, embora essa habilidade tivesse divertido os astronautas terrestres e os funcionários das Nações Unidas, ninguém fora capaz de perceber uma possível utilização industrial para ela até que Virgil Ackerman, já conhecido como explorador do esterco de morcego, entrou em cena. Dentro de poucas horas ele havia apresentado à ameba impressora um dos caros casacos de pele de sua amante na época; a ameba o reproduziu fielmente, de tal modo que em pouco tempo Virgil e a garota tinham em mãos não um, mas dois casacos de vison. A ameba, contudo, acabou se cansando de ser uma pele e voltou à antiga forma. Esse desfecho deixou algo a desejar.

A solução foi desenvolvida ao longo de um período de vários meses e consistiu em matar a ameba quando seu mimetismo estava perfeito e depois submeter seu cadáver a um banho de agentes químicos fixadores, com a capacidade de estabilizar sua forma final; a ameba era poupada da decomposição e não mais se distinguia do original. Não demorou muito para Virgil Ackerman montar um centro receptor em Tijuana, no México, e começar a receber carregamentos e mais carregamentos de imitações de todo tipo de peles vindas de suas instalações industriais em Marte. E no mesmo processo ele quebrou todos os seus concorrentes no mercado de peles da Terra.

A guerra, no entanto, modificou por completo esse panorama.

E, no entanto, o que foi que a guerra não mudou? E quem seria capaz de imaginar, quando a Terra assinou o Pacto da Paz com seus aliados de Lilistar, que as coisas acabariam tão mal? Porque, de acordo com Lilistar e seu ministro Freneksy, eram eles o poder militar dominante na galáxia; seus inimigos, os reegs, eram bastante inferiores não apenas militarmente, mas em todos os outros sentidos, e aquela seria uma guerra curta.

A guerra em si já é uma coisa bastante ruim, pensou Eric, mas nada se compara à derrota numa guerra para fazer um sujeito parar e pensar, tentando em vão avaliar retroativamente suas decisões passadas, decisões como a do Pacto da Paz, para dar só um exemplo, e um exemplo que poderia ter ocorrido a um número imenso de terráqueos, se alguém lhes perguntasse a respeito. Mas naqueles dias a opinião deles não interessava nem ao Dique, nem ao governo de Lilistar. Na verdade, o consenso geral — falado às claras nas mesas de bar e na privacidade das residências — era que não queriam saber nem da opinião de Dique.

Assim que começaram as hostilidades contra os reegs, a Tijuana Fur & Dye foi convertida de fábrica de peles artificiais de luxo em fábrica de material bélico, tal como ocorreu, é claro, com a maioria das outras indústrias. A duplicação fantasticamente precisa das síndromes-mestras dos foguetes espaciais, a mônada controladora chamada Lazy Brown Dog, era um objetivo fatal, obrigatório, para o tipo de operação que a TF&D representava; a conversão da maquinaria foi rápida e indolor. E agora, Eric Sweetscent, mergulhado em meditação, olhava aquele cesto repleto de peças rejeitadas, tentando imaginar, tal como qualquer outra pessoa da companhia num momento ou noutro, de que maneira aquelas unidades abaixo do padrão, mas ainda assim muitíssimo complexas, poderiam gerar algum tipo de vantagem econômica. Ele ergueu uma delas na mão: em termos de peso, equivalia a uma bola de beisebol, em termos de tamanho, a uma toranja. Evidentemente nada se podia fazer com aquelas peças rejeitadas por Himmel, e ele se virou para jogar de volta a esfera na bocarra do depósito, onde o plástico fixado retornaria à sua forma orgânica e celular de origem.

— Espere — grasnou Himmel.

Eric e Jonas olharam para ele.

— Não a derreta — disse Himmel. Seu corpo de aparência desagradável se retorceu de constrangimento; os braços se agitaram, com os dedos longos e nodosos se abrindo e se fechando. Sua boca de expressão idiota permaneceu aberta enquanto ele balbuciava: — Eu... eu não faço mais isso. Seja como for, como matéria-prima essa unidade vale apenas um quarto de centavo. Esse cesto inteiro não vale mais do que um dólar.

— E daí? — disse Jonas. — Ainda assim elas precisam...

Himmel resmungou:

— Eu compro. — Ele enfiou os dedos no bolso da calça, tentando extrair a carteira; foi uma luta longa e árdua mas ele finalmente conseguiu.

— Para que quer comprar isso? — questionou Jonas.

— Eu fiz um acordo aqui — disse Himmel, depois de uma pausa desconfortável. — Eu pago meio centavo por cada unidade defeituosa de Lazy Brown Dogs, o dobro do que valem, de modo que isto é lucrativo para a empresa. Por que alguém seria contra? — A voz dele se elevou até se esganiçar um pouco.

Avaliando o que ouvira, Jonas disse:

— Ninguém está fazendo objeção. Só estou curioso em saber para que você precisa disso. — Ele olhou de esguelha para Eric, como que perguntando: e você, o que pensa disto?

Himmel respondeu:

— Eu, hummm, eu as utilizo. — Com um ar sombrio ele se virou e caminhou desengonçado para uma porta próxima. — Mas elas são todas minhas, porque paguei adiantado com o meu salário — disse ele, falando por cima do ombro enquanto abria a porta. Numa atitude defensiva, o rosto sombrio de ressentimento, e tendo no rosto os traços corrosivos e as rugas profundas da ansiedade fóbica, ele ficou de lado para lhes dar passagem.

No aposento — claramente um depósito —, carrinhos se deslocavam em rodinhas do tamanho de uma moeda de um dólar; vinte ou mais deles, evitando com destreza se chocarem uns com os outros em sua frenética atividade.

Em cada um deles, Eric viu um Lazy Brown Dog devidamente instalado, ligado e controlando os movimentos do carrinho.

Jonas esfregou o nariz e grunhiu:

— São movidos a quê? — Curvando-se, ele conseguiu agarrar um dos carrinhos que passou perto do seu pé e o ergueu no ar, com as rodas ainda girando inutilmente.

— Uma pilha A baratinha, que dura dez anos — disse Himmel. — Custa outro meio centavo.

— E foi você mesmo que construiu esses carrinhos?

— Sim, sr. Ackerman. — Himmel tirou o carrinho das mãos dele e o colocou de volta no piso, onde ele voltou a circular atarefadamente. — Estes aqui ainda são muito novos para serem soltos — explicou ele. — Precisam praticar.

— E depois — disse Jonas — você os põe em liberdade.

— Isso mesmo. — Himmel assentiu com sua cabeçorra quase calva, com os óculos de aro de tartaruga deslizando no nariz.

— Por quê? — perguntou Eric.

Agora tinham chegado ao X da questão; Himmel enrubesceu, remexeu-se miseravelmente e ainda assim conseguiu exibir uma espécie de orgulho secreto, defensivo.

— Porque eles merecem — disse ele com dificuldade.

Jonas disse:

— Mas o protoplasma não tem vida. Ele morre quando a gente aplica o fixador químico. Você sabe disso. Daí em diante isso tudo... essas coisas todas aí... não passam de circuitos eletrônicos, algo tão sem vida quanto, sei lá, um servo-robô.

Cheio de dignidade, Himmel respondeu:

— Mas eu as considero vivas, sr. Ackerman. E somente porque são um produto inferior e não são capazes de guiar uma nave no espaço profundo, isso não quer dizer que elas não têm o direito de viver as suas vidinhas. Eu as liberto e elas ficam rodando por aí durante, espero, cerca de seis anos, talvez um pouco mais. Isso basta. Isso lhes dá aquilo a que elas têm direito.

Virando-se para Eric, Jonas disse:

— Se o velho vier a saber disso...

— O sr. Virgil Ackerman *sabe* disso — disse Himmel imediatamente. — E ele está de acordo. — E logo emendou: — Ou pelo menos ele me autorizou; ele sabe que estou reembolsando a empresa. E eu construo os carrinhos à noite, no meu tempo livre. Tenho uma linha de montagem, muito primitiva, é claro, mas que funciona, lá no conapt onde moro. Trabalho toda noite até cerca de uma da madrugada.

— E o que eles fazem depois que você os solta? — perguntou Eric. — Saem apenas rodando pela cidade?

— Só Deus sabe — disse Himmel. Obviamente essa parte não lhe causava preocupação alguma; ele já havia feito o seu serviço ao construir os carrinhos e instalar o Lazy Brown Dog para guiá-los. E talvez ele estivesse certo. Ele não tinha como acompanhar cada carrinho e defendê-lo contra os perigos da cidade.

— Você é um artista — disse Eric, sem saber ao certo se isto o divertia, o deixava revoltado ou o quê. Não estava impressionado: disso tinha certeza. Toda aquela atividade tinha um ar bizarro, amalucado... era absurdo. Himmel trabalhando sem cessar tanto ali quanto cm seu conapt, esforçando-se para que as peças rejeitadas pela empresa achassem um lugar ao sol... e depois? E tudo isso enquanto o resto das pessoas derramava seu suor no absurdo maior, na loucura coletiva, de uma guerra equivocada.

Visto diante desses fatos, Himmel não parecia tão ridículo assim. Eram aqueles tempos. A loucura impregnava toda a atmosfera, desde o Dique até chegar a esse funcionário do setor de controle de qualidade, que era claramente uma pessoa perturbada no sentido psiquiátrico do termo.

Voltando para a sala principal com Jonas Ackerman, Eric disse:

— Ele é um poog. — Era o termo mais forte daquela época para indicar uma conduta aberrante.

— Evidentemente — disse Jonas, fazendo um gesto de deixa pra lá. — Mas isso me revela um ângulo novo para enxergar o velho Virgil, o fato de tolerar isso, e certamente não é porque dê algum lucro; não é o caso. Sério, estou satisfeito. Pensei que Virgil fosse mais insensível; antes eu acharia que ele botaria esse pobre-diabo porta afora, numa turma de trabalhadores escravos rumo a Lilistar. Meu Deus, que destino cruel teria sido este. Himmel é um cara de sorte.

— Como acha que isso vai acabar? — perguntou Eric. — Acha que o Dique vai assinar um tratado de paz em separado com os reegs, nos tirar da guerra e deixar os Starmen lutando sozinhos? O que, afinal, é o que eles merecem.

— Ele não pode — disse Jonas numa voz apática. — A polícia secreta de Freneksy baixaria sobre nós aqui na Terra e o retalharia em fatias bem fininhas. Do dia para a noite ele estaria fora do poder e seria substituído por alguém mais militante. Alguém que *gostasse* de prolongar essa guerra.

— Mas eles não podem fazer isso — disse Eric. — Ele é o nosso líder, foi eleito, e é nosso, não deles. — Ele sabia, contudo, que a despeito dessas considerações legais Jonas estava certo. Jonas apenas julgava os seus aliados de um jeito realista, encarando os fatos.

— Nossa melhor opção — disse Jonas — é simplesmente perder a guerra. Devagar, inevitavelmente, como estamos fazendo. — Ele abaixou a voz até um sussurro áspero. — Eu detesto esse discurso derrotista...

— Fique à vontade.

— Eric, é o único modo de a gente cair fora, mesmo que tenhamos de encarar um século de ocupação pelos reegs como castigo por ter escolhido o aliado errado numa guerra errada na hora errada. Foi a nossa impecável estreia no militarismo interplanetário, e o *modo* como entramos nisso, como o Dique escolheu entrar. — Ele fez uma careta.

— E nós o escolhemos — lembrou Eric. De modo que a responsabilidade, em última análise, recaía sobre eles.

Lá adiante, uma figura esguia, parecendo uma folha seca, quase sem peso, veio se aproximando deles, chamando-os numa voz fina, estridente:

— Jonas! E você também, Sweetscent... está na hora de se prepararem para a viagem a Wash-35.

O tom da voz de Virgil Ackerman era levemente rabugento, o tom de uma ave atarefada com seus filhotes. Naquela idade tão avançada, Virgil se tornara quase um ser hermafrodita, uma mistura de homem e mulher numa entidade assexuada, sem seiva e no entanto cheia de vida.

2

Abrindo o antigo maço vazio de cigarros Camel, Virgil Ackerman perguntou, enquanto alisava o invólucro, achatando-o:

— *Hits, cracks, taps* ou *pops*. Qual você escolhe, Sweetscent?

— *Taps* — disse Eric.

O velho espiou a marca gravada por dentro da dobra inferior do maço, agora transformado numa embalagem bidimensional.

— É *cracks*. Posso agora te acertar no braço trinta e duas vezes. — Ele deu uma série de batidinhas ritualísticas no ombro de Eric, com um sorriso divertido, com seus dentes naturais cor de marfim brilhando pálidos e luzidios. — Longe de mim querer machucá-lo, doutor. Afinal, posso vir a precisar de um fígado novo a qualquer momento... Na noite passada, depois que me deitei, passei por maus momentos, e pensei, me corrija se estiver errado, que talvez fosse a toxemia de novo. Me sinto sonolento.

Na poltrona vizinha à de Ackerman, o dr. Eric Sweetscent disse:

— Que horas você dormiu, e o que estava fazendo antes?

— Bem, doutor, eu estava com uma garota. — Virgil sorriu com malícia para Harvey, Jonas, Ralf e Phyllis Ackerman, os membros da família que sentavam à sua volta no interior do seu foguete interplan esguio e pontudo, agora indo a toda a velocidade da Terra para Wash-35, em Marte. — Preciso dizer mais?

Sua sobrinha-bisneta, Phyllis, comentou com severidade:

— Ah, meu Deus, o senhor é muito velho para isso. Seu coração vai falhar de novo, bem no meio. E se acontecer, o que a garota vai pensar, seja ela quem for? É muito pouco digno morrer durante o senhor sabe o quê. — Ela olhou Virgil com clara reprovação.

Virgil deu uma risada esganiçada.

— Nesse caso, o controle de mortalidade no meu pulso direito, que carrego para tais emergências, chamaria o dr. Sweetscent aqui ao meu lado, ele entraria no quarto imediatamente, sem nem sequer me remover do local retiraria o coração velho e pifado e o substituiria por um novinho em folha. E então... — Ele deu uma risadinha e depois limpou a saliva dos lábios e da ponta do queixo usando um lenço dobrado de linho que trazia no bolso do paletó. — Eu continuaria.

Sua carne fina como papel reluzia, e por baixo dela seus ossos, o contorno do seu crânio, nítido e claramente visível, pareciam vibrar de deleite e alegria, fascinando-os; eles não tinham acesso ao mundo privado dele, à vida pessoal de que ele, devido a sua posição privilegiada, desfrutava mesmo naqueles tempos de privações trazidas pela guerra.

— *Mille tre* — disse Harvey em tom azedo, citando o libreto de Da Ponte. — Mas com você, seu velho caquético, é... Sei lá como se diz um bilhão e três, em italiano... Bem, espero que, quando eu tiver sua idade...

— Você nunca vai ter a minha idade — riu Virgil, os olhos dançando e se acendendo com a vitalidade brotada do prazer. — Esqueça isso, Harv. Esqueça e vá cuidar dos seus relatórios fiscais, seu ábaco ambulante e tagarela. Eles nunca vão te encontrar morto na cama com uma mulher. Vão te encontrar morto com... — Virgil pensou um pouco. — ... Com um tinteiro.

— Por favor — disse Phyllis secamente, virando o rosto e

olhando para fora, para as estrelas e o céu negro do espaço interplan.

Eric disse a Virgil:

— Gostaria de te perguntar uma coisa. É a respeito de um maço de Lucky Strike verde. Cerca de três meses atrás...

— Sua esposa me adora — disse Virgil. — Sim, foi para mim, doutor. Um presente sem compromisso. Sossegue essa sua mente atormentada. Kathy não está interessada em mim. De qualquer modo, isso me traria muitos problemas. Mulheres, eu posso arranjar com facilidade; cirurgiões de artificiórgãos, bem... — Ele refletiu um pouco. — Sim. Pensando bem, posso arranjar isso também.

—É exatamente o que eu falei a Eric hoje cedo — disse Jonas, piscando o olho para Eric, que estoicamente não deu qualquer resposta.

— Mas eu gosto de Eric — continuou Virgil. — Ele é do tipo calmo. Olhem para ele agora. Sublimemente razoável, sempre o tipo cerebral, tranquilo em qualquer tipo de crise; já o vi trabalhando muitas vezes, Jonas, e tenho como saber. E disposto a levantar da cama a qualquer hora da noite. É um tipo que não se encontra muito por aí.

— O senhor paga por isso — disse Phyllis laconicamente. Ela estava como sempre, taciturna e retraída. A atraente sobrinha-neta de Virgil, que fazia parte do conselho diretor da empresa, tinha uma natureza agressiva, predatória, muito semelhante à do velho, mas sem sua intuição sutil para o peculiar. Para Phyllis, tudo que não era negócios era lixo. Eric pensou que, se ela entrasse na sala de Himmel, não haveria mais carrinhos circulando; no mundo de Phyllis não havia lugar para coisas inofensivas. Ela lhe lembrava Kathy, um pouco. E, assim como Kathy, era uma mulher razoavelmente sexy; usava o cabelo numa única trança, bem longa tingida de um azul marinho que estava na moda, realçada pelos brincos rotativos automáticos e (algo que ele não apreciava muito) pelo anel que usava no nariz, sinal de noivado nos círculos da alta burguesia.

— Qual é o objetivo desta conferência? — perguntou Eric a Virgil Ackerman. — Não podíamos começar já a discutir o assunto, para poupar tempo? — Ele estava um pouco irritado.

— É uma viagem de lazer — disse Virgil. — Uma oportunidade de nos afastarmos desse clima depressivo em que estamos. Temos encontro marcado com um convidado em Wash-35; ele já deve estar lá. Ele tem Carta Branca. Abri meu parque de diversões para ele. É a primeira vez que deixo alguém, além de mim, experimentar tudo aquilo à vontade.

— Quem é ele? — questionou Harv. — Afinal, tecnicamente Wash-35 é uma propriedade da empresa, e nós somos do conselho.

Jonas comentou, com acidez:

— Virgil deve ter perdido sua coleção de cartões Horrores da Guerra para essa pessoa. Então, o que mais podia fazer senão abrir as portas do lugar para ela?

— Eu nunca aposto meus cartões Horrores da Guerra, nem os cartões FBI — disse Virgil. — Por falar nisso, tenho um repetido do "Afundamento do Panay". Eton Hambro (vocês o conhecem, aquele bobão que é presidente do conselho da Manfrex Enterprises) me deu no meu aniversário. Pensei que todo mundo soubesse que eu tinha a coleção completa, mas evidentemente não era o caso de Hambro. Não admira que os rapazes de Freneksy estejam hoje comandando as seis fábricas dele.

— Fale-nos sobre Shirley Temple em *A pequena rebelde* — disse Phyllis numa voz cheia de tédio, ainda olhando o panorama das estrelas em volta da nave. — Diga como foi que ela...

— Você já assistiu esse. — Virgil soava rabugento.

— Sim, mas nunca me canso dele — disse Phyllis. — Por mais que eu tente, não consigo deixar de achá-lo envolvente, até o último miserável fotograma. — Ela se voltou para Harv. — Seu isqueiro.

Levantando da poltrona, Eric caminhou até a saleta da pequena espaçonave, sentou-se a uma mesa e pegou o menu de bebidas. Estava com a garganta seca; aquela troca de farpas entre o clã dos Ackerman sempre o deixava com sede, como se ele precisasse de algum fluido reparador. Talvez, pensou ele, um substituto para o leite primordial: o *Urmilch* da vida. Eu também mereço o meu próprio parque de diversões, pensou ele, com um leve tom de gracejo. Leve, apenas.

Para todo mundo, menos Virgil Ackerman, aquela Washington de 1935 era uma perda de tempo, uma vez que ele era o único a ter uma lembrança autêntica da cidade, do lugar e do tempo verdadeiros, um cenário que já desaparecera havia muito. Em cada detalhe, portanto, Wash-35 consistia numa reconstrução meticulosamente elaborada do universo específico de infância que Virgil viera a conhecer, constantemente aperfeiçoado e melhorado, em matéria de autenticidade, pela sua pesquisadora de antiguidades Kathy Sweetscent, sem que tivesse de fato sofrido mudanças num sentido real. Era algo congelado, mantendo-se fiel a um passado morto... pelo menos aos olhos do restante do clã. Mas para Virgil, naturalmente, a vida jorrava ali. Ali ele parecia florescer. Recarregava sua vacilante energia bioquímica e depois retornava ao presente, ao mundo atual e compartilhado com todos, um mundo que ele era capaz de compreender a fundo e manipular, mas do qual não sentia psicologicamente que pertencia.

E aquele seu imenso parque de diversões regressivo tinha dado certo: tornara-se uma moda. Outros grandes industriais e gênios financeiros — para falar de maneira franca e brutal, aqueles que lucravam com a guerra — tinham mandado criar, em escala menor, seus próprios modelos em tamanho real, reproduzindo os ambientes da infância de cada um. O mundo de Virgil não era mais o único. Nenhum dos outros, é claro, se comparava ao dele em complexidade e em detalhes autênticos: réplicas de objetos antigos, e não os objetos verdadeiros preservados, tinham sido espalhados por toda parte, numa imitação vulgar do que fora um dia realidade. Mas, para ser justo, era preciso perceber, refletiu Eric, que ninguém mais possuía o dinheiro e o know-how econômico para concretizar um projeto como aquele, incomparavelmente dispendioso e, mais do que todos os outros, totalmente destituído de finalidade prática. E isso no meio de uma terrível guerra.

Mas, ainda assim, aquilo era afinal algo inofensivo ao seu modo exótico. Era um pouco, refletiu ele, como a atividade peculiar de Bruce Himmel com seus carrinhos barulhentos. Aquilo não tirava a vida de ninguém. E o mesmo não podia ser dito a respeito do grande esforço nacional... a guerra santa contra as criaturas de Proxima.

Ao pensar nisso, uma lembrança desagradável assomou à sua mente.

Na capital das Nações Unidas na Terra, que era Cheyenne, no Wyoming, além de todos os indivíduos em campos de prisioneiros havia uma horda de reegs capturados e com as presas arrancadas, mantidos em exibição pública pelo poder militar terrestre. Cidadãos desfilavam pasmos por eles, e tentavam imaginar o sentido da existência daquelas criaturas com exoesqueletos e seis membros, capazes de avançar linearmente em grande velocidade usando apenas duas ou quatro pernas. Os reegs não tinham nenhum aparelho fonador audível; comunicavam-se, como as abelhas, agitando suas hastes sensoriais numa dança complexa. Com os terrestres e com os Starmen, usavam uma caixa mecânica de tradução, e era mediante esse instrumento que o público podia fazer perguntas aos seus submissos prisioneiros.

As perguntas, até recentemente, tinham exibido uma monótona e sedutora uniformidade. Mas agora uma nova questão havia começado, em estágios sucessivos, a surgir de forma nefasta — nefasta, pelo menos, do ponto de vista do Sistema. Em vista desses questionamentos, a exibição pública dos presos tinha sido abruptamente cancelada por tempo indefinido. "Como podemos chegar a uma convivência pacífica?" Os reegs, estranhamente, tinham uma resposta. Sua resposta era o equivalente a: "Vivam e deixem viver". A expansão dos terrestres no sistema solar de Proxima deveria ser interrompida, e os reegs não viriam, como na realidade nunca tinham vindo no passado, ocupar o Sistema Solar.

Com relação a Lilistar: os reegs não tinham resposta quanto a isto, porque não chegaram a nenhuma conclusão entre si. Os Starmen eram seus inimigos há séculos, e era tarde demais para que alguém pudesse pedir ou obter esclarecimentos a respeito disso. E, de qualquer modo, "consultores" de 'Star já haviam estabelecido residência na Terra para desempenhar funções de segurança... como se um organismo com mais de um metro e oitenta de altura e quatro membros, semelhante a uma formiga, pudesse passar despercebido numa rua de Nova York.

A presença desses consultores de 'Star, no entanto, passava facilmente despercebida. Os Starmen eram ficomicetes mentalmente, mas morfologicamente não se distinguiam dos terrestres. Havia uma boa razão para isto. Na Era Mousteriana, uma frota do império de Lilistar, em Alfa Centauro, havia migrado para o nosso Sistema Solar, havia colonizado a Terra e mesmo Marte, até um certo ponto. Uma luta com consequências fatais eclodiu entre os colonizadores dos dois mundos, e a ela seguiu-se uma guerra prolongada e degradante, cuja consequência principal foi a regressão de ambas as subculturas a uma situação crítica de barbárie. Devido a problemas climáticos, a colônia de Marte acabou se extinguindo por completo; a colônia terrestre, contudo, conseguira reencontrar uma certa estabilidade e a partir daí galgar os degraus de volta à civilização. Isolada de Alfa pelo conflito entre Lilistar e os reegs, a colônia terrestre assumira novamente uma escala planetária, elaborada, fecunda, tinha chegado ao ponto de lançar ao espaço seu primeiro satélite orbital e depois uma nave não tripulada até a Lua, e por fim uma nave com tripulantes... e, coroando esse processo, conseguira contatar seu sistema de origem. A surpresa, é claro, foi enorme, de ambas as partes.

— O gato comeu sua língua? — Phyllis Ackerman perguntou a Eric, sentando-se ao lado dele na saleta apertada. Ela deu um sorriso, esforço que transfigurou seu rosto fino, de feições delicadas; por um momento ela pareceu atraente e bela. — Peça um drinque para mim, também. Talvez assim eu consiga enfrentar um mundo cheio de *bolo bats*. E Jean Harlow, e o Barão von Richthofen, e Joe Louis, e... o que é isto? — Ela apertou os olhos enquanto fazia um esforço de memória. — Bloqueei isto da minha memória. Ah, sim. Tom Mix. E os seus Ralston Straight Shooters. Com o Vaqueiro. Aquele maldito Vaqueiro. E aquele cereal? E sempre aquelas malditas tampas da caixa de cereais. Sabe o que nos aguarda, não sabe? Mais uma sessão de Annie, a pequena órfã, e seu crachá decodificador... Vamos ter que ouvir anúncios de Ovaltine, e depois eles lerão em voz alta aquela lista de números que teremos de anotar e decodificar, para saber o que Annie vai fazer na segunda-feira. Meu Deus. — Ela se inclinou para pegar seu drinque, e ele não pôde deixar de espiar com interesse quase profissional quando o decote do vestido cedeu um pouco e revelou a linha natural dos seus pequenos seios, alvos e firmes.

Aquele espetáculo deixou Eric com relativo bom humor, e ele disse em tom brincalhão, embora cauteloso:

— Um dia vamos anotar os números que esse falso locutor fornece na falsa transmissão de rádio, vamos usar o crachá decodificador da pequena Annie para decifrá-los e... — A mensagem vai dizer, pensou ele, taciturno: "Façam acordo de paz em separado com os reegs. Agora mesmo".

— Eu sei — disse Phyllis, e ela mesma concluiu por ele. — "Não há esperanças, terrestres. Desistam agora. Aqui é o monarca dos reegs falando, ixcutem aqui, todos: eu infiltrei rádio WMAL em Washington, DC, e agora vou destruir vocês." — Ela deu um gole, com expressão sombria, na sua taça de haste longa. — "E tem mais: o Ovaltine que vocês estão bebendo..."

— Não era bem isso que eu ia dizer. — Mas ela havia chegado muito, muito perto. Aborrecido, Eric disse: — Como o restante da sua família, você tem um gene que a obriga a interromper antes que um impuro-sangue...

— Um o quê?

— É assim que chamamos vocês — disse ele, sombrio. — Vocês, os Ackerman.

— Vá em frente então, doutor. — Os olhos cinza dela se iluminaram, divertidos. — Diga sua gracinha.

Eric respondeu:

— Não importa. Quem é o nosso convidado?

Os grandes olhos claros da mulher nunca haviam parecido tão grandes, tão tranquilos; eram dominadores, imperiosos, com seu universo íntimo repleto de certezas. De uma tranquilidade produzida pelo conhecimento absoluto e imutável de tudo que merecia ser conhecido.

— Acho que teremos que esperar para ver. — E então, sem mudar a expressão imutável dos olhos, seus lábios começaram a mexer, brincalhões, de maneira provocante; um momento depois uma nova e diferente fagulha pareceu inflamar seus olhos, e então toda a expressão de seu rosto passou por uma transformação completa. — A porta — disse ela, maliciosa, com os olhos intensos e brilhantes, a boca meio torcida por um risinho de alegria incontida que parecia de uma adolescente. — A porta se escancara de repente e lá se vê um silencioso delegado de Proxima. Ah, que figura. Um inimigo reeg, inchado, ensebado. Secretamente, o que é incrível por causa da espionagem da polícia secreta de Freneksy, um reeg está aqui oficialmente, para negociar... — Ela se interrompeu e por fim concluiu, numa voz baixa e monocórdia — ... uma paz em separado entre nós e eles.

Com uma expressão sombria e arrebatada, os olhos já não mais inflamados por nenhuma fagulha, ela terminou seu drinque com apatia.

— Sim — continuou —, esse dia vai chegar. Posso imaginá-lo tão bem! O velho Virgil está sentado, rindo e soltando gracejos como sempre. E vendo seus contratos de guerra, todos os seus contratos fuderosos descendo pelo ralo. E lá vai ele voltar a fabricar vison falso, voltar aos dias em que catava cocô de morcego... E quando a fábrica fedia até as alturas do sétimo céu. — Ela riu, uma risada rápida de escárnio. — Vai ser a qualquer momento, doutor. Com certeza.

— Os policiais de Freneksy — disse Eric, entrando no clima dela —, como você mesma disse, desceriam com tudo sobre Wash-35, numa resposta tão rápida que...

— Eu sei. É apenas uma fantasia, o sonho de realizar um desejo. Que brotou de meus devaneios sem esperança. De modo que não tem importância saber se Virgil iria ou não maquinar, e tentar realizar, um encontro dessa natureza, não é? Porque isso não se pode fazer com sucesso nem em um milhão de anos. Pode-se tentar. Mas não fazer.

— É uma pena — disse Eric, meio para si mesmo, imerso em pensamentos.

— Traidor! Quer ser jogado na vala comum dos escravos?

Eric, depois de refletir bastante, tentou, cautelosamente:

— O que eu quero é...

— Você não sabe o que você quer, Sweetscent. Todo homem mergulhado num casamento infeliz perde a capacidade metabiológica de saber o que quer. É algo que foi arrancado dele. Você é apenas uma conchinha vazia e malcheirosa, tentando fazer a coisa certa, mas sem nunca conseguir, porque seu coraçãozinho miserável e sofredor não está dentro dela. Olhe para você agora! Se contorcendo para se afastar de mim.

— Eu, não.

— Para que os nossos corpos não se toquem. As coxas, principalmente. Ah, se as coxas desaparecessem do universo inteiro! Mas é difícil, não é mesmo, se afastar do corpo de alguém num lugar tão apertado... aqui, nesta saleta. E mesmo assim você conseguiu, hein?

Para mudar de assunto, Eric disse:

— Ouvi ontem à noite na TV que aquele quatreologista da barba engraçada, o professor Wald, voltou de...

— Não. Ele não é o convidado de Virgil.

— Marm Hastings, então?

— Aquele taoista maluco metido a feiticeiro? Está brincando, Sweetscent? É isto? Você acha que Virgil toleraria um charlatão marginal, que... — Ela fez um gesto obsceno jogando o polegar para cima e dando um sorriso que mostrou seus dentes brancos e brilhantes. — Talvez seja Ian Norse.

— Quem é esse?

Ele já ouvira falar nesse nome; soava vagamente familiar, e ele sabia que perguntar a ela era um erro tático, mas mesmo assim o fez. Talvez fosse sua fraqueza em relação às mulheres. Ele as conduzia quando elas estavam dispostas a acompanhar — às vezes. Mas, mais de uma vez, especialmente nos momentos críticos de sua vida, nas principais encruzilhadas, ele as seguiu de coração aberto para onde elas o levassem.

Phyllis deu um suspiro.

— A empresa dele fabrica todos aqueles órgãos reluzentes e esterilizados, além de caríssimos, que o senhor enxerta no corpo dos ricaços moribundos, doutor. Está mesmo dizendo que não conhece alguém a quem tanto deve?

— Eu sei quem ele é — disse Eric, irritado e meio constrangido. — É que, com tanta coisa na cabeça, eu às vezes esqueço por um instante.

— Ou talvez seja um compositor. Como na época dos Kennedy; talvez seja Pablo Casals. Meu Deus, esse, sim, estaria *muito* velho. Talvez seja Beethoven. Hummm... — Ela fingiu estar considerando a hipótese. — Meu Deus, acho mesmo que ele falou algo sobre isso. Ludwig van Alguma Coisa; existe algum outro Ludwig van Não Sei Das Quantas que...

— Deus do céu — disse Eric, aborrecido. — Pare com isso.

— Não venha me dar ordens. Você não é tão superior assim. Tudo que faz é manter uma múmia velha viva, século após século. — Ela deu uma risadinha baixa, morna e muito íntima, de prazer divertido.

Eric disse, com o máximo de dignidade que conseguiu:

— Também mantenho viva toda a força de trabalho da TF&D, de oitenta mil indivíduos importantes. E, para falar a verdade, não consigo fazer isso se estiver em Marte, de modo que tudo isso aqui me incomoda. Me incomoda muito mesmo. — Assim como você, completou ele, azedo, mas só para si mesmo.

— Que proporção tremenda — disse Phyllis. — Um cirurgião de artificiórgãos para oitenta mil pacientes. Oitenta mil e um. Mas você tem sua equipe de servos-robôs para ajudá-lo. Talvez eles toquem o barco enquanto você estiver fora.

— Um servo-robô é um "isso" que fede — disse ele, parafraseando T. S. Eliot.

— E um cirurgião de artificiórgãos é um "isso" que rasteja — disse Phyllis.

Ele lhe deu um olhar furioso; ela tomou um gole do seu drinque sem parecer arrependida. Ele não podia com ela; ela simplesmente tinha muito mais energia psíquica do que ele.

O umbigo de Wash-35, um edifício de alvenaria com cinco andares em que Virgil havia morado quando garoto, tinha em seu interior um apartamento de 2055 com todos os aparatos de conforto que Virgil conseguia obter naquela época de guerra. A alguns quarteirões de distância ficava a Connecticut Avenue, ao longo da qual estavam várias lojas de que Virgil se lembrava. Havia ali a Gammage's, uma loja onde ele havia comprado quadrinhos Tip Top e doces baratos. Junto dela, Eric avistou a fachada familiar da People's Drugstore; na infância, o velho havia entrado ali para comprar um isqueiro, assim como compostos químicos para o seu estojo de química Gilbert n. 5.

— Que filme está passando no Uptown Theater nesta semana? — murmurou Harv Ackerman enquanto a nave sobrevoava a Connecticut Avenue para que Virgil pudesse saborear aquela paisagem tão preciosa. Ele espiou para fora.

Era *Anjos do inferno*, com Jean Harlow, que todos eles já tinham visto pelo menos duas vezes. Harv soltou um grunhido.

— Mas não esqueça aquela cena maravilhosa — disse Phyllis — em que Harlow diz: "Acho que vou vestir algo mais confortável", e quando volta...

— Está bem, está bem — disse Harv, irritado. — Dessa parte eu gosto.

A nave flutuou da Connecticut Avenue até a McComb Street e logo estava pousando diante do número 3039, da sua cerca de ferro pintada de preto e do pequeno gramado. Quando a escotilha se abriu, no entanto, o que Eric sentiu nas narinas não foi o ar urbano de uma capital terrestre havia muito desaparecida, mas a atmosfera de Marte, dolorosamente fria e rarefeita. Mal inspirou e começou a ofegar, sentindo-se desorientado e tonto.

— Vou ter que dar uma dura neles por causa desse mecanismo da atmosfera — queixou-se Virgil ao descer a rampa rumo à calçada, ajudado por Jonas e Harv. Aquilo, porém, não parecia incomodá-lo; ele caminhou com energia para a porta do prédio de apartamentos.

Servos-robôs em forma de meninos ficaram de pé num pulo e um deles gritou, com uma voz bem autêntica:

— Ei, Virg! Por onde você andava?

— Tive que fazer uma coisa para a minha mãe — disse Virgil, o rosto brilhando de prazer. — Como vão as coisas, Earl? Olha, estou com alguns selos chineses ótimos que meu pai me deu. Ele trouxe do escritório. Tenho repetidos e posso trocar com você. — Ele vasculhou no bolso, parado na porta de entrada do prédio.

— Ei, sabe o que eu tenho? — gritou uma segunda criança robô. — Gelo seco! Eu deixei Bob Rougy trocar meu Flexie por ele. Você pode segurar, se quiser.

— Troco ele por um dos meus livrinhos — disse Virgil, ao encontrar a chave e destrancar a porta da frente do edifício. — O que acha de *Buck Rogers e o Cometa do Fim do Mundo*? Esse é bom mesmo.

Enquanto o restante do grupo descia da nave, Phyllis disse a Eric:

— Ofereça aos garotos um calendário de 1952 com Marilyn Monroe nua, e eles vão querer trocar por meio pirulito, talvez.

Quando a porta do prédio se abriu, um guarda da TF&D apareceu, atrasado.

— Ah, sr. Ackerman, não percebi que tinha chegado. — O guarda os conduziu a um saguão escuro e acarpetado.

— Ele já chegou? — perguntou Virgil, subitamente tenso.

— Sim, senhor. Está no apartamento descansando. Pediu que ninguém o perturbasse por algumas horas. — O guarda também parecia nervoso.

Detendo-se, Virgil perguntou:

— Quantas pessoas estão com ele?

— São somente ele, um ajudante e dois homens do Serviço Secreto.

— Alguém aí topa um copo de Kool-Aid gelado? — perguntou Virgil, por cima do ombro, quando voltou a caminhar.

— Eu, eu! — disse Phyllis, imitando o tom entusiástico de Virgil. — Quero uma imitação de suco de limão, e você, Eric?

Que tal gin bourbon com limão, ou uma vodka escocesa com xerez? Ou será que eles não tinham isso em 1935?

Para Eric, Harv disse:

— Eu gostaria de ir para um lugar onde pudesse deitar e descansar um pouco. O ar marciano me deixa exausto. — O rosto dele estava com manchas e uma aparência doentia. — Por que ele não constrói uma redoma? Por que não põe ar de verdade aqui dentro?

— Talvez haja um propósito nisso — disse Eric. — Impede que ele se mude para cá em definitivo. Ele sempre tem que ir embora depois de algum tempo.

Aproximando-se deles, Jonas disse:

— Eu, pessoalmente, gosto de vir para esse lugar anacrônico, Harv. É um museu, e muito fuderoso. — E para Eric: — Para ser justo, sua esposa faz um trabalho exemplar fornecendo artefatos para este período. Escutem só isso... Como se chama? Esse rádio tocando no outro apartamento. — Todos ficaram à escuta. Era "Betty e Rob", a antiga novela radiofônica, emanando de um passado desaparecido havia muito tempo. Até Eric ficou impressionado; as vozes pareciam vivas, e totalmente reais. Elas estavam ali *agora*, não eram meros ecos de si mesmas. Como Kathy conseguia isto, ele não sabia.

Steve, o negro enorme, bonitão e másculo que era o zelador do edifício — ou pelo menos o servo-robô que lhe servia de simulacro — apareceu, fumando seu cachimbo e acenando cordialmente para todos.

— Bom dia, doutor. Tem feito um friozinho por estes dias. A qualquer hora a garotada vai estar de trenó por aí. Meu guri, Georgie, está juntando grana para comprar um, acabou de me dizer.

— Acho que tenho aqui um dólar de 1934 para ele — disse Ralf Ackerman, tirando a carteira. Em voz baixa, falou de lado para Eric: — Ou será que o velho papai Virgil acha que o moreninho não merece um trenó?

— Nem se preocupe, sr. Ackerman — garantiu Steve. — Georgie merece um trenó e não quer gorjetas, quer dinheiro ganho com esforço. — Com dignidade, o servo-robô afastou-se.

— Bastante convincente — disse Harv assim que ele sumiu.

— De fato — concordou Jonas. Depois teve um estremecimento. — Meu Deus, pensar que o sujeito de verdade está morto há mais de um século. É muito difícil ter em mente que estamos em Marte, não estamos sequer na Terra em nossa própria época; não gosto disto. Gosto que as coisas se pareçam com o que realmente são.

Uma ideia ocorreu a Eric:

— Você faz objeções a escutar uma fita estéreo de uma sinfonia tocada em sua casa, quando volta à noite para o apartamento?

— Não — disse Jonas. — Mas é totalmente diferente.

— Não é — discordou Eric. — A orquestra não está lá, o som original já se dissipou, o teatro onde aquilo foi gravado está em silêncio agora. Tudo que você possui são algumas centenas de metros de fita com uma camada de óxido de ferro, que foi magnetizada de acordo com padrões específicos. É uma ilusão, tanto quanto isto aqui. Só que esta daqui é mais completa. — C.Q.D., pensou ele, e, deixando os outros ali, se encaminhou para as escadas. Convivemos com ilusões diariamente, refletiu. Quando o primeiro poeta entoou a primeira epopeia de uma batalha remota, a ilusão penetrou nas nossas vidas; a *Ilíada* é tão falsificada quanto aquelas crianças-robôs trocando figurinhas na entrada do prédio. Os seres humanos sempre se esforçaram para reter o passado, para conservá-lo de forma convincente; não há nada de errado nisso. Sem isso, não temos nenhum senso de continuidade, temos apenas o momento. E, desprovido de passado, o momento — o presente — faz pouco sentido, se é que faz algum.

Talvez, pensou ele enquanto subia as escadas, seja esse o meu problema com Kathy. Não consigo lembrar nosso passado em comum; não consigo lembrar os dias em que vivíamos voluntariamente juntos. Agora, tornou-se um arranjo involuntário, que resultou, sabe Deus como, do nosso passado.

E que nenhum de nós dois entende. Nenhum de nós percebe qual o significado ou o mecanismo que provocou isso tudo. Se tivéssemos uma boa memória, poderíamos voltar atrás e ver tudo de uma forma que pudéssemos compreender.

Ele pensou: talvez este seja o primeiro sinal ameaçador da velhice aparecendo. E logo em mim, aos trinta e quatro anos!

Phyllis, parada num patamar à sua espera, disse:

— Tenha um caso comigo, doutor.

Por dentro ele se acovardou, sentiu calor, sentiu terror, sentiu excitação, sentiu esperança, sentiu desespero, sentiu culpa, sentiu ansiedade.

Disse:

— Você tem os dentes mais perfeitos que a humanidade já viu.

— Responda.

— Eu... — Ele tentou pensar numa resposta. Havia palavras para responder àquilo? Mas a pergunta viera em forma de palavras, não é mesmo? — E ser reduzido a cinzas por Kathy, que vê tudo que acontece aqui? — Ele percebeu que a mulher o encarava, e mais, e mais, com aqueles olhos grandes, fixos como estrelas. — Hummm... — disse ele, sem muita habilidade, e então sentiu-se miserável, pequeno; sentiu exatamente e até a última migalha tudo que não deveria sentir.

Phyllis disse:

— Mas você precisa.

— Hummmm... — Ele sentiu que murchava ao se ver submetido àquele exame psiquiátrico feminino de sua alma mais íntima e maligna; ela se apoderara daquilo, da sua alma, e a rolava sem parar de encontro à língua. A maldita. Ela tinha percebido tudo; ela dizia a verdade; ele a odiava, ele ansiava para ir para a cama com ela. E é claro que ela sabia, via isso no seu rosto, via tudo, via com aqueles olhos amaldiçoados que tinha, e que nenhuma mulher mortal tinha o direito de possuir.

— Você vai acabar morrendo sem isso — disse Phyllis. — Sem algo verdadeiro, espontâneo, relaxado, físico...

— Uma chance apenas — disse ele com voz rouca. — Em um bilhão. De que a gente escape ileso. — Ele conseguiu, pelo menos, dar uma risada. — Na verdade, o simples fato de estarmos parados aqui, nesta escada, já é uma loucura. Mas por que você se importaria?

Ele voltou a subir, passou de fato por ela, prosseguiu até o segundo andar. O que ela tinha a perder?, ele pensou. Sou eu que tenho. Só eu sairia perdendo. Você pode controlar Kathy com a mesma facilidade com que me controla na ponta dessa linha que você fica afrouxando e retesando sem parar.

A porta dos modernos aposentos privados de Virgil estava aberta; Virgil tinha acabado de entrar. O grupo se arrastou atrás dele, o clã sanguíneo primeiro, depois os simples funcionários graduados da empresa.

Eric entrou também — e avistou o convidado de Virgil.

O convidado, o homem que eles tinham ido encontrar. Reclinado no assento, o rosto vazio e flácido, os lábios salientes, arroxeados, irregulares, os olhos fixos no vazio, ali estava Gino Molinari. O líder supremo e eleito na cultura unificada do planeta Terra e o supremo comandante de suas forças armadas na guerra contra os reegs.

A braguilha dele estava aberta.

3

No intervalo para o almoço, Bruce Himmel, técnico encarregado do controle final de qualidade nas instalações centrais da Companhia Tijuana Fur & Dye, deixou seu local de trabalho e caminhou arrastando os pés pelas ruas de Tijuana na direção do café onde costumava almoçar, por ser barato e um ambiente que exigia dele o mínimo possível de interação social.

O Xanthus, uma pequena construção de madeira pintada de amarelo, espremida entre duas lojas de secos e molhados feitas em adobe, atraía uma fauna variada de trabalhadores e tipos masculinos peculiares, a maioria com vinte e tantos anos e aparentando não possuir uma maneira de ganhar a vida. Mas eles deixavam Himmel em paz, e isso era tudo que ele queria. Na verdade, isso era tudo que ele queria da vida, de modo geral. E, estranhamente, a vida parecia disposta a firmar com ele esse acordo.

Sentado nos fundos do café, comendo colheradas de um chili amorfo e rasgando pedaços do pão borrachudo e branco que o acompanhava, Himmel viu um vulto surgir ao seu lado, um anglo-saxão de cabelo desgrenhado usando casaco de couro, jeans, botas e luvas, um sujeito trajando uma vestimenta totalmente anacrônica, parecendo brotar de um outro tempo. Aquele era Christian Plout, que pilotava um táxi antigo movido a turbinas em Tijuana; vinha se escondendo na Baixa Califórnia havia cerca de uma década, tendo entrado em desacordo com as autoridades de Los Angeles a respeito de alguma questão relativa à venda de capstene, uma droga derivada do cogumelo Amanita. Himmel sabia quem ele era, porque Plout, tal como ele, era fascinado pelo taoismo.

— *Salve, amicus* — entoou Plout, deslizando para uma cadeira de frente para Himmel.

— Olá — respondeu Himmel com a boca cheia de chili quente. — Alguma novidade? — Plout sempre trazia as notícias. Ao longo do dia, cruzando Tijuana de cima a baixo em seu táxi, ele encontrava todo tipo de gente. Se alguma coisa acontecesse, Chris Plout estaria por perto para ser testemunha e, se possível, tirar daquilo alguma vantagem. Plout era, basicamente, uma soma de pequenos "bicos".

— Escute — disse Plout, inclinando-se para ele, o semblante concentrado deixando o rosto amarelado cheio de rugas. — Está vendo isso aqui? — Ele abriu o punho e deixou uma pequena cápsula rolar sobre a mesa. No mesmo instante sua palma voltou a cobrir a cápsula e sumiu com ela, tão rapidamente quanto a tinha revelado.

— Vi — disse Himmel, continuando a comer.

Mexendo-se todo, inquieto, Plout sussurrou:

— Ei, cara. É JJ-180.

— E o que é isso? — De repente, Himmel ficou desconfiado. Desejou de imediato que Plout fosse embora do Xanthus, procurando outros clientes em potencial.

— JJ-180 — disse Plout com uma voz quase inaudível, curvando os ombros para a frente de modo a ficar com o rosto bem próximo ao de Himmel — é o nome alemão de uma droga que está para entrar no mercado sul-americano com o nome de Frohedadrina. Foi criada por uma indústria química alemã; a fábrica na Argentina é cortina de fumaça. Eles não podem comercializá-la nos Estados Unidos, e na verdade nem mesmo aqui no México é uma coisa fácil de obter. — Ele sorriu, mostrando dentes irregulares, cheios de manchas. Até mesmo a língua dele, Himmel notou mais uma vez com desagrado, tinha uma nódoa peculiar, como se corroída por alguma substância pouco natural. Ele afastou os olhos, com repulsa.

— Pensei que aqui em Tijuana se pudesse comprar qualquer coisa — disse.

— Eu também. Foi por isso que me interessei por essa JJ-180, e consegui algumas.

— Você já tomou?

— Hoje à noite — disse Plout. — Em casa. Tenho cinco cápsulas, uma delas é para você. Se estiver interessado.

— E isso faz o quê? — Por alguma razão, pareceu-lhe uma pergunta pertinente.

Plout, cujo corpo se mexia obedecendo a algum ritmo interno, disse:

— Alucinógeno. Mas mais do que isso. Iiih... Yuhuu... fic-fic... — Seus olhos ficaram vidrados e ele se retraiu para dentro de si mesmo, com um sorriso de beatitude. Himmel esperou, até que Plout pareceu estar de volta. — Varia de pessoa para pessoa. De certo modo, tem a ver com aquilo que Kant chamava de "categorias de percepção". Saca?

— Isto seria o seu sentido de tempo e de espaço — disse Himmel, que tinha lido a *Crítica da razão pura*, que era seu estilo de prosa preferido, para não falar nas ideias. No seu pequeno conapt havia um exemplar do livro, cheio de anotações.

— Isso mesmo! Ela altera especialmente sua percepção do tempo, de modo que poderia ser chamada uma droga tempogógica, correto? — Plout parecia em êxtase pela sua descoberta. — A primeira droga tempogógica... ou, quem sabe, destempogógica, para ser mais preciso. A menos que você *acredite* no que experimentou.

Himmel disse:

— Tenho que voltar para a TF&D. — Começou a se levantar. Obrigando-o a se sentar de novo, Plout disse:

— Cinquenta pratas. Dólar americano.

— O-o quê?!

— Por uma dessas. Caralho, isso é *raro*. A primeira que eu vi. — Mais uma vez Plout fez a cápsula rolar sobre a mesa e sumir. — Detesto dizer isso antes, mas vai ser uma experiência única. Vamos ao encontro do Tao, nós cinco. Não vale cinquenta dólares americanos, ir ao encontro do Tao durante uma guerra vagabunda como essa?! Talvez você nunca mais veja uma JJ-180 de novo. Os tiras mexicanos estão se preparando para flagrar as remessas que vêm da Argentina, ou sei lá de onde eles mandam. E eles são bons.

— Será que é assim tão diferente do...

— Mas é claro! Escute, Himmel. Sabe o que eu quase atropelei com o meu táxi agora há pouco? Um dos seus carrinhos. Podia ter passado por cima dele, mas não quis. Eu vejo eles o tempo todo... já podia ter atropelado centenas. Passo lá na TF&D de tantas em tantas horas. Vou te garantir uma coisa. As autoridades de Tijuana estão me perguntando se eu sei de onde vêm esses malditos carrinhos. Eu digo a eles que não sei... mas vou te falar, se a gente não mergulhar no Tao hoje de noite, eu bem que poderia...

— Tudo bem — disse Himmel com um grunhido. — Eu compro uma cápsula. — Ele remexeu na carteira, achando tudo aquilo um belo golpe, sem esperar grande coisa em troca do dinheiro. Aquela noite ia ser uma grande fraude.

Não podia estar mais equivocado.

Gino Molinari, líder supremo da Terra naquela guerra contra os reegs, vestia roupa cáqui, como sempre, com uma única condecoração militar no peito, sua Cruz de Ouro Primeira Classe, concedida pela Assembleia Geral da ONU quinze anos antes. Molinari, logo notou o dr. Sweetscent, estava precisando fazer a barba; a parte inferior do seu rosto estava coberta de pelos, sombreada por uma massa escura como fuligem que emergira das profundezas para escurecer seu queixo. Seus cadarços, imitando a braguilha, estavam desamarrados.

A aparência do sujeito, pensou Eric, é constrangedora.

Molinari não ergueu a cabeça e sua expressão permaneceu abatida e fora de foco enquanto o grupo liderado por Virgil entrava de um em um no apartamento, olhava para ele e engolia em seco, atônito. Ele era visivelmente um homem doente e esgotado; a impressão geral que a opinião pública tinha dele era, ao que parecia, bastante verdadeira.

Para sua surpresa, Eric viu que ao vivo o Dique parecia ser exatamente o que aparentava ultimamente na televisão; não era maior, nem mais forte, nem mais dominador. Parecia impossível, mas era isso mesmo; e, no entanto, ele *estava* no comando; sob qualquer aspecto legal, ele tinha retido sua posição de poder, que não cedia a quem quer que fosse, pelo menos a ninguém da Terra. E também, percebeu Eric de repente, Molinari não parecia disposto a renunciar ao poder, apesar de sua condição psicofísica visivelmente deteriorada. De algum modo isso era bastante evidente, pela atitude totalmente descontraída do sujeito, sua disposição em aparecer de maneira tão natural diante de um grupo de pessoas tão poderosas. O Dique continuava a ser o que sempre fora, sem pose, sem afetação de heroísmo militar. Ou já estava transtornado demais para se importar, ou... ou, pensou Eric, há coisas demais que realmente importam em jogo para que ele desperdiçasse suas energias já reduzidas tentando impressionar outras pessoas, principalmente de seu próprio planeta. O Dique já passara desse estágio.

Para o bem ou para o mal.

Virgil Ackerman falou baixinho para Eric:

— Você é médico. Precisa perguntar a ele se ele necessita de algum cuidado médico. — Ele também parecia preocupado.

Eric olhou para Virgil e pensou, foi para isto que me trouxeram até aqui. Tudo foi combinado com esta finalidade, para que eu viesse encontrar com Molinari. Tudo o mais, todas essas pessoas, são mera cortina de fumaça. Para enganar os Starmen. Percebo isso agora; vejo o que está havendo e o que eles esperam que eu faça. Estou vendo, percebeu ele, a pessoa que eles esperam que eu cure; daqui para a frente minhas habilidades e meu talento estão a serviço dessa pessoa. É o *imperativo*; é assim que a coisa se coloca. O imperativo da situação é este.

Curvando-se, ele disse, com voz hesitante:

— Sr. secretário-geral... — Sua voz tremeu. Não era o deslumbramento que o bloqueava; o homem sentado ali certamente não provocava esse tipo de reação, mas a ignorância. Ele simplesmente não sabia o que dizer a alguém que ocupava um posto como aquele. — Sou clínico geral — disse, finalmente, e de maneira muito vaga, como logo notou. — E sou também cirurgião de transplantes de órgãos. — Fez uma pausa, e não houve resposta, nem visível nem audível. — Enquanto o senhor estiver aqui em Wash...

Num instante Molinari ergueu a cabeça; seus olhos se acenderam. Ele os focalizou em Eric Sweetscent, e em seguida, abruptamente, surpreendentemente, trovejou, na sua familiar voz de baixo:

— Ora, que se dane, doutor. Eu estou bem. — Ele sorriu; foi um sorriso breve, mas puramente humano, um sorriso de quem compreendia o esforço desajeitado e penoso de Eric. — Vá se divertir. Vá viver no estilo de 1935! Isso era o tempo da Lei Seca? Não, acho que isso foi antes. Tome uma Pepsi-Cola.

— Eu estava pensando em tomar um Kool-Aid de framboesa — disse Eric, recuperando um pouco da compostura e com o coração voltando à cadência normal.

Molinari disse, com jovialidade:

— É um belo simulacro isto que o velho Virgil tem aqui.

Tive a oportunidade de dar uma olhada. Eu devia era nacionalizar uma coisa tão fuderosa quanto esta. Tem muito capital privado investido nela, e isso devia ir para o esforço de guerra do planeta.

Seu tom meio brincalhão era, por baixo desse verniz, totalmente sério. Era óbvio que aquele artefato tão elaborado lhe parecia incômodo. Todos os cidadãos da Terra sabiam que Molinari vivia uma vida ascética, ainda que curiosamente intercalada com raros interlúdios de excessos priápicos, sibaríticos, pouco conhecidos. Nos últimos tempos, porém, dizia-se que essas maratonas tinham se interrompido.

— Este é o dr. Eric Sweetscent — disse Virgil. — Esse filho da mãe é o cirurgião de transplantes mais fuderoso da Terra, como o senhor deve saber pelos dossiês do seu quartel-general. Ele já botou vinte e cinco, ou talvez vinte e seis, diferentes artificiórgãos em mim na última década, mas fez porque eu lhe paguei. Ele leva uma fatia bem gorda todos os meses. Mas uma fatia menor que a da sua amada esposa. — Ele sorriu para Eric, e seu rosto longo e descarnado assumiu uma expressão paternal.

Fez-se uma pausa, e Eric falou para Molinari:

— Tudo que estou esperando é o dia em que irei transplantar um cérebro novo em Virgil. — A irritabilidade em sua voz surpreendeu a ele próprio; o motivo deve ter sido a menção a Kathy. — Tenho vários à espera. Um deles é um verdadeiro gruve.

— Gruve — murmurou Molinari. — Estou desatualizado com as gírias dos últimos meses. Ocupado demais. Muitos documentos oficiais para preparar, muitas reuniões de alto-comando. A guerra é uma gruveria, não é mesmo, doutor? — Seus olhos grandes, escuros, impregnados de dor, se fixaram em Eric, que viu neles algo que jamais avistara antes: viu uma intensidade que não era normal nem humana. E era um fenômeno fisiológico, uma rapidez de reflexo, que se devia certamente a um traçado único e superior dos caminhos neuronais durante a infância. O olhar do Dique superava, em sua autoridade e astúcia, em seu mero poder, qualquer coisa que uma pessoa normal possuísse, e ali Eric percebeu a diferença entre todos eles e o Dique.

O conduto primário que fazia a ligação entre a mente e a realidade exterior, o sentido da visão, era mais desenvolvido nele do que alguém seria capaz de supor, e através desse sentido ele captava e retinha qualquer coisa que cruzasse seu caminho. E, acima de tudo o mais, esse enorme poder visual apresentava um aspecto de *consciência*. Do reconhecimento da iminência do *perigo*.

Era devido a esse poder que o Dique continuava vivo.

Eric percebeu algo então, algo que nunca havia lhe ocorrido durante todos os anos terríveis e desgastantes daquela guerra.

O Dique teria sido o líder deles em qualquer época, em qualquer estágio da sociedade humana. E em qualquer lugar.

— Toda guerra — disse Eric cautelosamente e com o máximo de tato — é uma guerra dura para os envolvidos, secretário. — Ele fez uma pausa, refletiu um pouco e continuou: — Todos nós entendemos isto, senhor, quando entramos nela. É o risco que um povo ou um planeta aceita quando entra voluntariamente num conflito árduo e antigo que já se desenrola há séculos entre dois outros povos.

Houve um silêncio; Molinari o examinou em silêncio.

— E os Starmen — continuou Eric — são da nossa raça. Somos parentes genéticos deles, não é mesmo?

Houve um novo silêncio, um vazio sem palavras que ninguém se atreveu a quebrar. No fim, por reflexo, Molinari soltou um peido.

— Fale a Eric a respeito de suas dores de estômago — disse Virgil.

— Minhas dores — disse Molinari, e fez uma careta.

— Tudo isto é para que vocês dois se encontrem... — começou Virgil.

— Sim — disse Molinari, num tom brusco, assentindo com sua cabeça maciça. — Eu sei. Todo mundo sabe. Foi só para isto.

— Tenho certeza, tanto quanto tenho certeza a respeito de impostos e dos sindicatos, de que o dr. Sweetscent pode ajudá-lo, secretário — disse Virgil. — Nós seguiremos até nossos quartos para que vocês dois possam conversar com mais privacidade. — Com uma circunspecção pouco usual, ele se retirou e, um por um, os parentes e funcionários abandonaram o aposento, deixando Eric Sweetscent a sós com o secretário-geral.

Depois de uma pausa, Eric disse:

— Está bem, senhor. Pode me falar sobre os seus problemas abdominais.

Em qualquer circunstância, um homem doente era um homem doente; ele sentou numa poltrona que se moldava ao corpo, de frente para o secretário-geral das Nações Unidas, e, na posição profissional automaticamente adotada, esperou.

Naquela noite, no momento em que Bruce Himmel começou a subir a escada de madeira instável que dava acesso ao conapt de Chris Plout no lúgubre setor mexicano de Tijuana, uma voz feminina soou na escuridão, às suas costas:

— Olá, Brucie. Parece que hoje vai ser uma noitada exclusiva para o pessoal da TF&D. Simon Ild também está aqui.

Ele e a mulher chegaram lá no alto ao mesmo tempo. Era Katherine Sweetscent, sexy, de língua ferina. Ele já a encontrara outras vezes em reuniões promovidas por Plout, de modo que não se surpreendeu em vê-la. A sra. Sweetscent usava vestimentas diferentes das que costumava trajar no trabalho, o que também não o surpreendeu. Para a expedição misteriosa daquela noite, Kathy viera nua da cintura para cima, cobrindo apenas os mamilos, é claro. Eles haviam sido não propriamente esmaltados, mas cobertos com uma camada de matéria viva, senciente, uma forma de vida marciana, de modo que cada um deles possuía uma consciência própria. Cada um dos mamilos reagia, alerta, a tudo que ocorria em volta.

O efeito que isso teve em Himmel foi imenso.

Logo atrás de Kathy Sweetscent, Simon Ild também subiu a escada. Naquela penumbra, ele tinha uma expressão ausente no seu rosto pateta, cheio de espinhas e rude. Era alguém cuja companhia Himmel dispensava; Simon, infelizmente, lhe parecia uma cópia malfeita dele próprio. E para ele nada era tão insuportável quanto isso.

A quarta pessoa reunida ali, na sala sem aquecimento e de teto baixo do apartamento atravancado e com cheiro de comida mofada onde morava Chris Prout, era um sujeito que Himmel logo reconheceu — reconheceu e fitou com espanto, porque seu rosto era familiar das fotos das contracapas dos livros. Pálido, de óculos, o cabelo longo cuidadosamente penteado, vestindo roupas caras e de bom gosto de tecido fabricado em Io, e parecendo ligeiramente pouco à vontade, estava a maior autoridade em taoismo de San Francisco, Marm Hastings, um homem franzino, mas extremamente bem-apessoado, de quarenta e poucos anos, e, como Himmel sabia, razoavelmente rico em função dos seus muitos livros sobre misticismo oriental. O que Hastings estava fazendo ali? Obviamente viera também experimentar a JJ-180; Hastings tinha a reputação de experimentar toda droga alucinógena que surgisse, legalizada ou não. Para ele, isso tinha tudo a ver com religião.

Mas Hastings nunca tinha vindo ao apartamento de Chris Plout em Tijuana, pelo que Himmel sabia. O que isso indicava a respeito da JJ-180? Ficou pensando nisso sentado num canto da sala, observando os acontecimentos. Hastings estava ocupado examinando a biblioteca de Plout, ou a sua prateleira de livros sobre drogas e religião; parecia pouco interessado nas outras pessoas presentes e até um pouco incomodado com elas. Simon Ild, como sempre, encolheu-se sobre uma almofada no chão e acendeu um cigarro de maconha todo retorcido; soltou baforadas, com um jeitão ausente, esperando que Chris voltasse à sala. E Kathy Sweetscent agachou-se, alisando distraidamente os tornozelos, como quem se prepara para levantar voo, deixando seu corpo esguio e de músculos definidos num estado de alerta. Excitando o corpo, pensou ele, com esforços deliberados, como na ioga.

Aquela exibição de vitalidade física o incomodou, e ele afastou os olhos. Aquilo não estava de acordo com a tônica espiritual daquela noite. Mas ninguém era capaz de dizer qualquer coisa à sra. Sweetscent; ela era quase autista.

Nesse instante Chris Plout, vestindo um roupão de banho vermelho, voltou da cozinha; de óculos escuros, ele olhou em volta, avaliando se estava na hora de começar.

— Marm — disse ele —, Kathy, Bruce, Simon e eu, Christian; nós cinco aqui. Uma aventura no inexplorado por meio de uma nova substância que acabou de chegar de Tampico num barco. Aqui está. — Ele abriu a palma da mão com as cinco cápsulas. — Uma para cada um de nós: Kathy, Bruce, Simon, Marm e eu, Christian, em nossa primeira jornada mental juntos. Será que voltaremos todos? Será que seremos trasladados, como dizia Bottom?

Himmel pensou: como Peter Quince diz para Bottom, na verdade.

Em voz alta, disse:

— "Bottom, foste trasladado!"

— Perdão? — disse Chris Plout, franzindo a testa.

— É uma citação — explicou Himmel.

— Vamos, vamos, Chris — disse Kathy Sweetscent, contrariada. — Distribua o bagulho e vamos começar. — Num gesto rápido ela pegou uma das cápsulas na mão de Chris e anunciou: — Lá vou eu, e sem beber água.

Com voz mansa, Marm Hastings falou, com seu sotaque quase britânico:

— Será a mesma coisa, imagino eu, tomada com ou sem água? — Sem nenhum movimento visível dos olhos, ele claramente conseguiu realizar um exame completo da mulher; houve aquele leve retesamento do corpo que o denunciou. Himmel sentiu-se ofendido. Toda aquela cerimônia não tinha sido afinal planejada para libertá-los da carne?

— É a mesma — declarou Kathy. — Tudo é a mesma coisa,

quando você faz a ruptura rumo à realidade absoluta; tudo é um só borrão luminoso. — Ela engoliu, tossiu um pouco. A cápsula desapareceu.

Estendendo o braço, Himmel pegou a sua. Os outros fizeram o mesmo.

— Se a polícia do Dique nos pegasse — disse Simon, dirigindo-se a ninguém em particular —, iríamos todos parar no exército, servindo na frente de batalha.

— Ou então em algum campo de trabalho voluntário de Lilistar — completou Himmel. Todos estavam tensos, esperando o efeito; era sempre assim, aqueles poucos segundos antes da droga bater. — Ou para o bom e velho Freneksy, como se diz em inglês. Bottom, você foste transladado como Freneksy. — Deu uma risada, com o corpo estremecendo. Katherine Sweetscent fez uma carranca para ele.

— Senhorita — disse Marm Hastings para ela numa voz imperturbável —, estou me perguntando se já nos encontramos antes. Você me parece familiar. Passa muito tempo na baía? Tenho um estúdio e uma casa projetada por meu arquiteto nas colinas de West Marin, perto do mar... Realizamos seminários lá de vez em quando. As pessoas têm entrada franca. Mas eu lembraria, se você já tivesse ido lá. Ah, sim.

Katherine Sweetscent disse:

— O infeliz do meu marido jamais me deixaria ir. Eu sou capaz de me sustentar, sou mais do que independente financeiramente, e mesmo assim tenho que aguentar os ruídos desagradáveis que ele produz toda vez que tento fazer algo original por minha própria conta. — E completou: — Sou negociante de antiguidades, mas coisas velhas às vezes me deixam entediada, de modo que eu gostaria de...

Marm Hastings a interrompeu, falando para Chris Plout:

— De onde mesmo vem essa JJ-180, Plout? Você falou na Alemanha, eu acho. Mas veja, eu tenho uma porção de contatos em instituições farmacêuticas, públicas e privadas, lá na Alemanha, e nenhuma delas mencionou algo chamado JJ--180. — Ele sorriu, mas era um sorriso mordaz, exigindo uma resposta.

Chris encolheu os ombros.

— Foi a explicação que me deram, Hastings. É pegar ou largar. — Ele não se importava: sabia, como todos os demais ali, que naquelas circunstâncias ninguém podia exigir dele algum tipo de garantia.

— Então não é uma coisa alemã mesmo — disse Hastings, assentindo de leve. — Entendi. Será que essa JJ-180, ou Frohedadrina, como também a chamam... *poderia ter vindo de fora da Terra?*

Depois de uma pausa, Chris falou:

— Não sei, Hastings. Eu realmente não sei.

Virando-se para os outros, Hastings prosseguiu, na sua voz educada, severa:

— Já houve casos de drogas extraterrestres ilegais antes. Nenhuma delas teve muita importância. Coisas derivadas da flora marciana, em sua maior parte, e ocasionalmente dos liquens de Ganimedes. Suponho que ouviram falar nisso; vocês todos parecem bem informados sobre o assunto, como deveriam ser. Ou pelo menos... — Seu sorriso se alargou, mas seus olhos, por trás das lentes sem aro, estavam sem brilho nenhum. — Pelo menos vocês parecem satisfeitos com o pedigree desta JJ-180, pela qual pagaram a este homem cinquenta dólares cada.

— Eu estou satisfeito — disse Simon Ild no seu tom de voz estúpido. — De qualquer jeito, já é tarde demais. Já pagamos a Chris, e já tomamos as cápsulas.

— Verdade — disse Hastings, bem-humorado. Ele se sentou numa das cadeiras bambas de Chris. — Alguém já sente alguma mudança? Por favor, avise assim que acontecer. — Ele olhou para Katherine Sweetscent. — Seus mamilos parecem estar me observando, ou será minha imaginação? Em todo caso, isso me deixa bem pouco confortável.

— Para falar a verdade — disse Chris Plout com uma voz tensa —, estou sentindo algo, Hastings. — Ele passou a língua nos lábios, tentando umedecê-los. — Desculpem. Eu... para ser sincero, eu estou aqui sozinho. Nenhum de vocês está comigo.

Marm Hastings o observou com atenção.

— Sim — continuou Chris. — Estou sozinho no meu conapt. Nenhum de vocês nem sequer existe. Mas os livros e os móveis, tudo o mais existe. Então, estou falando com quem? Vocês responderam? — Ele olhou em torno de si, e era óbvio que não os estava vendo. Seu olhar apenas passou por eles.

— Meus mamilos não estão observando você nem ninguém — disse Kathy Sweetscent para Hastings.

— Não estou ouvindo vocês — disse Chris em pânico. — Respondam!

— Estamos aqui! — disse Simon Ild, e deu uma risadinha abafada.

— Por favor — disse Chris, e sua voz tinha agora um tom de súplica. — Digam alguma coisa. Vocês são apenas sombras. É algo sem vida. Nada além de coisas mortas. E está somente começando. Estou com medo de como isso está acontecendo, e ainda continua.

Marm Hastings pôs a mão no ombro de Chris Plout.

A mão passou através de Plout.

— Que bom, isso valeu os cinquenta dólares — disse Kathy Sweetscent em voz baixa, sem qualquer traço de divertimento. Ela caminhou na direção de Chris, aproximando-se cada vez mais.

— Não faça isso — disse Hastings a ela, com voz gentil.

— Sim, eu vou fazer — disse ela. E caminhou através de Chris Plout. Mas não reapareceu do outro lado. Desapareceu por completo, e somente Plout continuou visível, ainda implorando para que alguém lhe respondesse, ainda agitando as mãos no ar em busca de companheiros que não era mais capaz de sentir.

Isolamento, pensou Bruce Himmel consigo mesmo. Cada um de nós foi separado dos demais. Terrível. Mas... vai passar. *Não vai?*

Naquele instante, ele não sabia. E para ele ainda não tinha nem começado.

— Estas dores — disse com voz áspera o secretário-geral das Nações Unidas, Gino Molinari, recostado no amplo sofá vermelho, fabricado à mão, na sala do apartamento de Virgil Ackerman em Wash-35 — geralmente se tornam mais sofridas para mim durante a noite. — Ele fechou os olhos; suas feições grandes e carnudas pareceram pender, desamparadas, e a mandíbula escurecida pela barba movia-se quando ele falava. — Já fui examinado. O dr. Teagarden é meu clínico-geral. Fizeram uma quantidade infinita de exames, procurando em particular sinal de algo maligno.

Eric pensou: ele está falando algo já ensaiado, isto não é a fala espontânea e natural dele. Isto é algo que está incrustado em sua mente, essa preocupação; ele já passou por este ritual milhares de vezes, com milhares de médicos. E continua sofrendo.

— Não há nada maligno — continuou Molinari. — Isso foi constatado com segurança. — As palavras dele eram uma sátira à pomposidade da dicção médica, percebeu Eric de repente. O Dique sentia uma enorme hostilidade em relação a médicos, uma vez que estes não tinham conseguido ajudá-lo.

— O diagnóstico em geral é de gastrite aguda. Ou espasmos da válvula pilórica. Ou mesmo uma reconstituição histérica das dores de parto da minha esposa, que ela experimentou três anos atrás. — Ele concluiu, quase para si mesmo: — Pouco antes da morte dela.

— Como é sua dieta? — perguntou Eric.

O Dique abriu os olhos, fatigado.

— Minha dieta. Eu não como, doutor. Nada, absolutamente. Eu me sustento de ar; nunca leu a respeito disso nos homeopapes? Eu não preciso de comida, como vocês, os caretas. Sou diferente. — Seu tom era feroz e urgente, cheio de amargura.

— Isso interfere nas suas obrigações? — perguntou Eric.

O Dique o examinou.

— Acha que é algo psicossomático, aquele velho conceito pseudocientífico que tenta tornar as pessoas moralmente responsáveis pelas suas doenças? — Ele cuspiu de lado, com raiva. Seu rosto se contorceu e agora as carnes não mais pendiam, estavam retesadas, como um balão sendo inflado de dentro para fora. — Para que eu possa fugir às minhas responsabilidades? Escute, doutor: eu ainda tenho minhas responsabilidades... *e as minhas dores*. Será que isto pode ser chamado de amplificação neurótica secundária?

— Não — admitiu Eric. — Mas, de qualquer modo, minha formação não me habilita a lidar com medicina psicossomática; o senhor teria que ir para...

— Já fui — disse o Dique. Num só impulso ele ficou de pé, o corpo oscilando, de frente para Eric. — Chame Virgil aqui, agora. Não adianta perder seu tempo me interrogando. E eu também não pedi para ser interrogado. Não gosto disso. — Ele caminhou com passo incerto para a porta, repuxando para cima as calças cáqui frouxas, enquanto avançava.

Eric disse:

— Secretário, o senhor pode mandar remover seu estômago, imagino que tenha conhecimento disto. A qualquer momento. E colocar no lugar dele um artificiórgão. A operação é simples e quase sempre bem-sucedida. Eu não devia dizer isto sem examinar o seu histórico médico, mas talvez o senhor *tenha* que mandar remover o estômago qualquer dia destes. Com ou sem riscos. — Ele tinha certeza de que Molinari sobreviveria; o medo do homem era claramente de origem fóbica.

— Não — disse Molinari suavemente. — Não tenho que fazer nada. A escolha é minha. Posso escolher morrer.

Eric o encarou.

— Claro — disse Molinari. — Mesmo sendo o secretário-geral das Nações Unidas. Não lhe ocorreu ainda que eu desejo morrer, que essas dores, essa doença que está se desenvolvendo, seja física ou psicossomática, representa para mim uma saída? Eu não quero mais continuar. Talvez. Quem sabe? Que diferença faria, para quem quer que fosse? Mas que se danem. — Ele abriu a porta com um puxão brusco. — Virgil! — gritou, com uma voz surpreendentemente forte. — Pelo amor de Deus, vamos beber e começar logo essa festa! — Por cima do ombro, ele se dirigiu a Eric: — Sabia que isto aqui vai ser uma festa? Aposto que o velho te falou que ia ser uma conferência bem séria para resolver os problemas militares, políticos e econômicos da Terra. Em meia hora. — Ele arreganhou um sorriso, mostrando seus dentes brancos e enormes.

— Na verdade — disse Eric —, fico feliz em saber que vai ser uma festa. — A sessão com Molinari tinha sido tão difícil para ele quanto para o secretário. E, no entanto, ele tinha a intuição de que Virgil Ackerman não deixaria que terminasse assim. Virgil queria que algo fosse feito a respeito da saúde do Dique; queria ver o sofrimento daquele homem aliviado, e por uma razão muito boa, e de ordem prática.

O colapso de Gino Molinari significaria o fim do controle de Virgil sobre a TF&D. A administração das síndromes econômicas da Terra seria sem dúvida a prioridade das autoridades de Freneksy; eles provavelmente já tinham uma agenda de ações pronta e detalhada.

Virgil Ackerman era um homem de negócios astuto.

— Quanto o velhote te paga? — perguntou Molinari de repente.

— M-muito bem — disse Eric, apanhado de surpresa.

Molinari, com os olhos cravados nele, disse:

— Ele me falou de você. Antes deste nosso encontro. Me vendeu seu peixe, falou do quanto você é bom. Que é por sua causa que ele ainda está vivo, quando já devia ter morrido há muito tempo, aquela conversa toda. — Os dois sorriram. — Que bebida que prefere, doutor? Eu bebo qualquer coisa. E gosto de carne frita, comida mexicana, costela, camarão frito com raiz forte e mostarda... Eu trato bem o meu estômago.

— Bourbon — disse Eric.

Um homem entrou no quarto e olhou para Eric. Tinha uma expressão severa, sombria, e Eric percebeu que era um dos agentes do Serviço Secreto que acompanhavam o Dique.

— Este é Tom Johannson — explicou o Dique para Eric. — *Ele* me mantém vivo; é ele o meu dr. Eric Sweetscent. Mas faz isso com a pistola. Mostre sua pistola ao doutor, Tom, mostre a ele como você pode apagar qualquer um, na hora que quiser, a qualquer distância. Abata Virgil quando ele vier pelo corredor, acerte-o bem no meio desse coração fuderoso dele, e depois o doutor bota outro coração no lugar. Quanto tempo leva isso, doutor? Dez, quinze minutos? — o Dique gargalhou alto. Depois fez um gesto para Johannson: — Feche essa porta.

O guarda-costas obedeceu; o Dique voltou a encarar Eric Sweetscent.

— Escute, doutor. O que eu tenho para lhe perguntar é o seguinte. Suponhamos que o senhor inicie uma cirurgia de transplante de órgãos em mim, tirando meu estômago velho e botando um novo no lugar, e suponhamos que alguma coisa dê errado. Isso não doeria, não é mesmo? Porque eu estaria inconsciente. É capaz de fazer isso? — Ele observou bem o rosto de Eric. — O senhor me entende, não? Eu sei que entende. — Por trás deles, junto da porta fechada, o guarda-costas permanecia de pé, impassível, mantendo todos os demais do lado de fora, impedindo que ouvissem. Aquilo era somente para Eric. Totalmente confidencial.

— Por quê? — perguntou Eric depois de um instante. — Por que não usar simplesmente a pistola luger-magnum de Johannson? Se é isso que o senhor deseja...

— Eu não sei por quê, na verdade — disse o Dique. — Por nenhum motivo em particular. Talvez por causa da morte da minha esposa. Ou pode atribuir às responsabilidades que eu carrego... e de que não estou conseguindo dar conta satisfatoriamente, pelo menos de acordo com muita gente aí. Eu não concordo, acho que estou indo bem. Mas eles não entendem todos os fatores envolvidos na situação. — Ele fez uma pausa, e admitiu: — Estou cansado.

— Bem... isso pode ser feito — disse Eric, com sinceridade.

— E o senhor pode fazê-lo? — Os olhos do homem brilhavam, ansiosos, fixos nos olhos dele. Avaliando-o de cima a baixo, a cada segundo que passava.

— Sim, eu poderia. — Ele tinha, pessoalmente, uma visão peculiar quanto ao suicídio. A despeito do seu código de honra, e da estrutura ética da medicina, ele acreditava, baseado em algumas experiências bem reais que tivera na vida, que se um homem quer morrer ele tem o direito de morrer. Não dispunha de uma racionalização muito elaborada para justificar essa teoria; nem sequer tentara construir uma. A proposição, aos seus olhos, era evidente por si mesma. Não havia nenhum conjunto de provas capaz de convencê-lo de que a vida era um bem indiscutível. Talvez fosse para algumas pessoas, mas claramente não era assim para outras. Para Gino Molinari, a vida era um pesadelo. O homem estava doente, consumido pela culpa, esmagado por uma missão gigantesca e sem esperanças: não contava com a confiança do seu próprio povo, a população terrestre, e não contava com o respeito, a confiança ou a admiração do povo de Lilistar. E depois, acima e muito além de tudo aquilo, estavam as questões de ordem íntima, os acontecimentos da vida pessoal dele, a começar pela morte súbita e inesperada da esposa, e vindo até as dores de estômago. E depois, também, algo que Eric compreendeu de imediato, havia provavelmente algo mais. Fatores conhecidos apenas pelo Dique. Fatores decisivos que ele não pretendia compartilhar.

— O senhor *faria* isto? — perguntou Molinari.

Depois de um intervalo muito longo Eric disse:

— Sim, eu faria. Seria um acordo entre nós dois. O senhor me pediria, eu o faria e a coisa toda acabaria ali. Não seria da conta de ninguém, a não ser da nossa.

— Sim. — O Dique assentiu e o alívio transpareceu no seu rosto; ele pareceu relaxar um pouco, como se experimentasse um pouco de paz. — Entendo por que Virgil o recomendou.

— Eu já estive perto de fazer o mesmo, certa vez — disse Eric. — Não faz muito tempo.

O Dique teve um sobressalto: ele encarou Eric Sweetscent com um olhar tão intenso que pareceu perfurar seu corpo físico e atingir algo que jazia na parte mais profunda e silenciosa dentro dele.

— Foi mesmo? — disse o Dique.

— Sim — disse ele. É por isso que eu o entendo, pensou consigo mesmo, consigo sentir empatia pelo seu desejo mesmo não precisando saber o motivo exato.

— Mas eu quero saber o motivo — disse o Dique. Aquilo pareceu tanto uma leitura telepática da sua mente que Eric ficou atônito; viu-se incapaz de afastar os olhos daquele olhar penetrante e percebeu, então, que aquilo não se devia a nenhum talento parapsicológico da parte do Dique; fora algo mais rápido e mais poderoso do que isso.

O Dique estendeu a mão e Eric, num reflexo, a segurou. E, no momento em que o fez, ele sentiu que o outro não o soltava; o Dique não afrouxou a mão, mas apertou-lhe os dedos com tal força que a dor subiu pelo braço de Eric. O

Dique estava tentando enxergá-lo melhor, tentando, como Phyllis Ackerman tentara pouco tempo antes, descobrir tudo que havia a ser descoberto sobre ele. Mas da mente do Dique não brotavam teorias prontas e prolixas; o Dique insistia na verdade, a verdade articulada por Eric Sweetscent em pessoa. Ele teria que dizer ao Dique o que tinha acontecido. Não tinha escolha.

Na verdade, no seu caso tinha sido um problema bastante pequeno. Algo que, se fosse contado — e ele jamais fora tão idiota a ponto de contar aquilo a quem quer que fosse, nem mesmo ao seu terapeuta profissional —, soaria absurdo e faria com que ele parecesse, com toda a razão, um idiota. Ou, pior ainda, mentalmente desequilibrado.

Tinha sido um incidente entre ele e...

— Sua esposa — disse o Dique, sem tirar os olhos dele nem por um instante. E sem afrouxar o aperto na sua mão.

— Sim — assentiu Eric. — Meus vídeos Ampex... de Jonathan Winters, o grande comediante de meados do século XX.

O pretexto para que Kathy Lingrom fosse visitá-lo pela primeira vez havia sido sua fabulosa coleção. Ela expressara a vontade de conhecê-la, de ir ao apartamento a convite dele, para assistir uma seleção dos vídeos.

O Dique disse:

— E ela fez alguma leitura psicológica sobre o fato de você ter essas fitas. Alguma coisa "significativa" a seu respeito.

— Sim. — Eric assentiu, com o rosto sombrio.

Depois que Kathy havia se enroscado na sala dele uma noite, com suas longas pernas, macia como uma gata, os seios nus reluzindo de leve devido ao verniz esverdeado que ela lhes aplicara, conforme a moda do momento, olhando atentamente a tela e (claro) dando gargalhadas (quem podia evitar?), ela dissera, com ar pensativo:

— Sabe, o que há de extraordinário em Winters é o talento dele para assumir papéis. Uma vez dentro de um papel, ele mergulhava. Parecia estar realmente acreditando naquilo.

— Isso é ruim? — perguntara Eric.

— Não. Mas explica a atração que você sente por Winters. — Kathy acariciou a taça fria e úmida de bebida, e seus longos cílios se abaixaram, pensativos. — É por causa daquela qualidade residual que existe nele, e que nunca desaparece totalmente nos seus papéis. Isso significa que você resiste à vida real, ao papel que é forçado a desempenhar nela, o papel de um cirurgião transplantador de órgãos, suponho. Alguma parte infantil e inconsciente de você se recusa a penetrar na sociedade humana.

— Bem, e isso é *tão* ruim assim? — Ele tentou perguntar num tom brincalhão, tentando, mesmo naquele momento, levar aquela discussão pseudopsiquiátrica e pesada para um lugar mais compartilhado... Trazê-la para áreas definidas com maior clareza em sua mente, enquanto ele contemplava os seios puros, nus, de um verde pálido, cintilando com luz própria.

— É uma farsa — disse Kathy.

Ouvindo isso, alguma coisa dentro dele soltou um grunhido, e alguma coisa grunhia novamente agora. O Dique pareceu ouvir aquilo e tomar nota.

— Você está enganando as outras pessoas — disse Kathy. — Eu, por exemplo.

A essa altura, felizmente, ela mudou de assunto. E ele se sentiu grato. E no entanto... por que aquilo o incomodara tanto?

Depois daquilo, quando já estavam casados, Kathy exigiu formalmente que ele mantivesse sua coleção de vídeos no seu próprio estúdio, e não no setor compartilhado do conapt de ambos. Aquela coleção a deixava vagamente constrangida, dizia. Mas ela não sabia — ou pelo menos não dizia — por quê. E quando às vezes, de noite, ele sentia a antiga vontade de assistir algum vídeo, Kathy se queixava.

— Por quê? — perguntou o Dique.

Ele não sabia; não entendera então, e continuava sem entender agora. Mas aquilo tinha sido um prenúncio ameaçador; ele via a aversão que ela sentia, mas o significado disso lhe escapava, e essa incapacidade de captar o sentido de algo que estava ocorrendo em sua vida matrimonial o deixava profundamente inquieto.

Enquanto isso, mediante a intercessão de Kathy, ele havia sido contratado por Virgil Ackerman. Sua esposa lhe possibilitara dar um tremendo salto na hierarquia econ-e-soci — econômica e social. E é claro que ele sentia gratidão por isso, e como não sentiria? Suas ambições básicas tinham se realizado.

Os meios pelos quais ele o conseguira não lhe pareciam tremendamente importantes. Muitas esposas ajudavam os maridos a galgar degraus em suas carreiras. E vice-versa. Mas mesmo assim...

Aquilo incomodava Kathy. Mesmo tendo sido ideia dela.

— *Ela* arranjou esse seu emprego aqui? — perguntou o Dique, carrancudo. — E então, depois disso, ela criticou você por isso? Acho que estou enxergando um quadro muito claro da situação. — Ele cutucou um dente da frente, ainda carrancudo, o rosto sombrio.

— Uma noite, na cama... — Ele parou, achando difícil continuar. Era algo tão íntimo. E tão tremendamente desagradável.

— Eu quero saber — disse o Dique. — Todo o resto.

Ele encolheu os ombros.

— Bem... ela disse algo a respeito de estar cansada de viver numa farsa. A farsa, é claro, era o meu emprego.

Deitada na cama, nua, o cabelo macio derramado sobre os ombros — naquela época ela o usava mais longo —, Kathy dissera:

— Você se casou comigo para arranjar esse emprego. E você não está dando duro. Um homem devia conseguir as coisas por si próprio. — Os olhos dela se encheram de lágrimas, e ela abaixou o rosto para chorar, ou para fingir que chorava.

— "Dar duro?" — disse ele, perplexo.

O Dique o interrompeu:

— Prosperar mais. Conseguir um emprego melhor. É o que elas querem dizer quando falam isso.

— Mas eu gosto do meu emprego — respondeu ele.

— Então você está satisfeito — disse Kathy, a voz abafada, amarga — somente em *parecer* bem-sucedido. Quando na verdade você não é. — E depois, fungando, fanhosa, completou: — E você é péssimo na cama.

Ele levantou, foi para a sala do conapt e ficou sentado ali por um longo tempo. E depois, instintivamente, foi para o estúdio e pôs uma das suas preciosas fitas de Johnny Winters no projetor. Durante algum tempo ficou sentado ali miserável, olhando Johnny trocar de personagem, encarnando um depois do outro, e tornando-se uma pessoa diferente em cada caso. E depois...

Kathy apareceu no umbral da porta, esguia, macia e nua, o rosto contorcido.

— Você encontrou?

— Encontrei o quê? — Ele desligou o projetor.

— O vídeo que eu destruí.

Ele ficou olhando para ela, incapaz de assimilar o que tinha ouvido.

— Alguns dias atrás. — O tom da voz dela era desafiador, estridente. — Eu estava sozinha aqui no conapt. Estava triste, e você estava fazendo algum trelelê idiota para Virgil, e eu pus um rolo de vídeo. Pus bem direitinho. Segui as instruções. Mas fiz alguma coisa errada, e ele foi apagado.

O Dique grunhiu, com voz severa:

— O que você deveria dizer era: "Não tem problema".

Ele sabia disso; sabia naquele instante, continuava sabendo agora. Mas numa voz embargada, gutural, o que disse foi:

— Qual foi o vídeo?

— Eu não lembro.

Ele ergueu a voz, perdendo o controle.

— Porra, *qual foi o vídeo*? — Correu para a prateleira de fitas, pegou a primeira caixa, abriu-a com violência, levou-a para junto do projetor.

— Eu sabia — disse Kathy, numa voz corrosiva, gélida, enquanto o observava, cheia de desdém — que para você esses vídeos são mais importantes do que sou, ou do que já fui em qualquer momento.

— Me diga qual foi o vídeo! — implorou ele. — Por favor!

— Não, ela não ia dizer — murmurou o Dique, pensativo. — Toda a questão é essa. É para que você tivesse de experimentar todos, um por um, para poder descobrir. Dois dias inteiros testando vídeos. Muito esperta; esperta mesmo.

— Não — disse Kathy, com uma voz baixa, amarga, quase frágil. O rosto dela agora ardia de ódio por ele. — Eu estou *feliz* por ter feito isso. E sabe o que vou fazer? Vou estragar todos eles.

Ele a encarou, sem ação.

— Você merece, por viver se segurando e não me dar todo o seu amor. *Este* é o seu papel, remexendo nas coisas como uma formiga, um animal em pânico. Olhe para você! Desprezível. Tremendo, a ponto de chorar. Só porque alguém estragou um dos seus vídeos INCRIVELMENTE importantes!

— Mas é meu hobby — disse ele. — Um hobby da minha vida inteira.

— Como um garoto fazendo cinco contra um — disse Kathy.

— Minhas fitas não podem ser substituídas. Eu possuo as únicas cópias de algumas delas. Aquela do programa de Jack Paar...

— E daí? Quer saber de uma coisa, Eric? Você sabe, sabe de verdade, por que você gosta de assistir fitas desses caras?

O Dique soltou um grunhido; seu rosto pesado, carnudo, de meia-idade, se contraiu quando ele escutou.

— Porque você é uma bicha — disse Kathy.

— Ai — disse o Dique, e piscou os olhos.

— Você é um homossexual enrustido. Duvido sinceramente que você saiba disso, num nível consciente, mas está lá. Olhe para mim. Olhe mesmo. Aqui estou eu: uma mulher perfeita, atraente, disponível para você a qualquer instante que me queira.

O Dique comentou à meia-voz, escarnecendo:

— E a custo zero.

— E no entanto você fica aqui, com esses vídeos, ao invés de estar no quarto fodendo comigo. Eu espero... Eric, eu espero *mesmo* que eu tenha estragado uma dessas que... — Ela fez uma meia-volta. — Boa noite. E divirta-se brincando sozinho. — A voz dela, inacreditavelmente, estava agora sob controle, até tranquila.

Da posição agachada em que se encontrava, ele saltou sobre ela. Alcançou-a no instante em que ela começava a se afastar, macia, branca e nua, pelo corredor, de costas para ele. Agarrou-a, agarrou com força, afundando os dedos no braço delicado. Obrigou-a a se virar. Piscando, assustada, ela o encarou.

— Eu vou...

Ele se calou. "Eu vou te matar" era o que tinha começado a dizer. Mas nesse instante, das profundezas calmas de sua mente, por baixo do frenesi de seus impulsos histéricos, uma parte dele, uma parte racional e fria, cochichou para ele, numa voz gelada como Deus: "Não diga. Porque, se disser, ela tem você nas mãos. Ela nunca vai esquecer. Enquanto você viver ela vai fazê-lo sofrer por isto. Essa é uma mulher que ninguém deve magoar porque ela tem suas técnicas; ela sabe como magoar de volta. Mil vezes mais. Sim, é essa a sabedoria dela, saber como fazer isso. Acima de todas as outras coisas".

— Me... solte... nesse... instante. — Os olhos dela ardiam, parecendo soltar fumaça.

Ele a soltou.

Depois de uma pausa, enquanto esfregava o braço, Kathy disse:

— Quero essa coleção de vídeos fora do apartamento amanhã à noite. Senão acabou tudo, Eric.

— Está bem — assentiu ele.

— E, depois, vou te dizer o que mais eu quero. Quero que você vá procurar um emprego com um salário maior. Em outra empresa. Para que eu não tenha que continuar esbarrando em você cada vez que viro a esquina. E depois... depois, vamos ver. Talvez a gente fique juntos. Em novas condições, que sejam melhores para mim. Numa situação em que você faça alguma tentativa de prestar atenção às minhas necessidades, além das suas. — De maneira espantosa, ela parecia perfeitamente racional e controlada. Era algo notável.

— Você se desfez dos vídeos? — perguntou o Dique.

Ele assentiu.

— E depois passou os anos seguintes fazendo todos os esforços possíveis para controlar o ódio que sentia pela sua esposa.

Ele assentiu de novo.

— E seu ódio por ela — disse o Dique — transformou-se em ódio por você mesmo. Porque você não suportava o fato de estar com medo de uma mulher tão pequena. Mas uma pessoa muito poderosa, e note que eu digo "pessoa", não "mulher".

— Aqueles golpes baixos — disse Eric. — Como o de apagar meu vídeo...

— O golpe — disse o Dique — não foi o de apagar o vídeo, mas de se recusar a dizer qual deles tinha sido. E deixar bem claro o quanto ela estava se divertindo com aquela situação.

Se ela tivesse pedido desculpas... mas uma mulher, uma pessoa como ela, jamais o faria. Jamais. — Ele ficou em silêncio por alguns instantes. — E você não pode se separar dela.

— Nós estamos fundidos — disse Eric. — O desastre já aconteceu.

Aquele sofrimento infligido mutuamente durante a noite, sem que ninguém possa intervir, escutar e ajudar. Ajuda, pensou Eric. Nós dois precisamos de ajuda. Porque isso vai continuar, vai ficar pior, vai nos corroer cada vez mais e mais, até que no fim, por misericórdia...

Mas isso podia levar décadas.

De modo que Eric era capaz de entender o anseio de morte que Gino Molinari sentia. Ele, como o Dique, conseguia imaginar uma libertação, a única libertação confiável que podia haver... ou que parecia haver, dada a ignorância, os padrões de hábito e a idiotice dos participantes. Dada a atemporal equação humana.

Na verdade, ele sentia uma ligação considerável com Molinari.

— Um de nós — disse o Dique, perceptivo — está sofrendo uma dor insuportável na esfera privada, às escondidas do público, algo pequeno e sem importância. O outro sofre ao grandioso estilo romano, como um deus ferido a lança e sangrando. Dois opostos absolutos. O microcosmo e o macro.

Eric assentiu.

— E de qualquer modo — disse o Dique, soltando a mão de Eric e dando-lhe um tapa no ombro — acabei fazendo você se sentir mal. Desculpe, dr. Sweetscent; vamos mudar de assunto. — Virando-se para o guarda-costas, ele disse: — Pode abrir a porta. Acabamos.

— Espere — disse Eric. Mas em seguida ele não sabia como continuar, nem o que dizer.

O Dique falou por ele.

— De que maneira gostaria de fazer parte da minha equipe?

— disse abruptamente, quebrando o silêncio. — Podemos arranjar isso; tecnicamente, você estaria sendo convocado para o serviço militar. — Ele completou: — Pode estar certo de que seria o meu médico pessoal.

Tentando soar casual, Eric disse:

— Estou interessado.

— Não teria mais que cruzar com ela o tempo todo. Isso podia ser um começo. Um passo na direção de afastar vocês dois.

— É verdade. — Ele assentiu. Verdade mesmo. E uma perspectiva atraente, vista por esse ângulo. Mas a ironia era que este era exatamente o objetivo para o qual Kathy o empurrara durante todos aqueles anos. — Eu teria que discutir o assunto com minha mulher — começou ele, e ficou vermelho. — Com Virgil, pelo menos. Ele teria que concordar.

Observando-o com uma severidade circunspecta, o Dique disse numa voz lenta e grave:

— Só tem um aspecto negativo. Você não vai encontrar Kathy com frequência, é verdade. Mas, estando na minha companhia, vai ter que estar muitas vezes na companhia de... — Ele fez uma careta. — Nossos aliados. Como acha que se sentiria se estivesse cercado pelos Starmen? Pode acabar sentindo também alguns espasmos estomacais tarde da noite... e talvez coisa pior, outras desordens psicossomáticas, coisas que você não é capaz de prever, mesmo na sua profissão.

Eric disse:

— Minhas noites já são bastante ruins do jeito que estão. E desse modo eu posso ter companhia.

— Eu? — disse Molinari. — Não sou companhia para ninguém, Sweetscent, nem para você nem para quem quer que seja. Sou esfolado vivo todas as noites. Me deito às dez horas e em geral volto a levantar às onze. — Interrompeu-se, pensativo. — Não, a noite não é uma boa hora para mim. Nem um pouco.

Isso estava estampado em seu rosto.

5

Na noite em que retornou da viagem a Wash-35, Eric Sweetscent encontrou sua esposa no conapt que mantinham na fronteira, em San Diego. Kathy tinha chegado antes dele. O encontro, é claro, foi inevitável.

— Ah, ele está de volta de Marte, do nosso planetinha vermelho — observou ela quando ele fechou a porta atrás de si. — Dois dias fazendo o quê? Jogando bolinha de gude e derrotando todos os outros garotos e as garotas? Ou vendo fotos de filmes de Tom Mix? — Kathy estava sentada no meio do sofá, segurando um drinque, o cabelo puxado para trás e amarrado, o que lhe dava um ar de adolescente. Estava com um vestido preto, liso, mostrando as pernas longas e macias, que se afinavam ao chegar nos tornozelos. Tinha os pés descalços, e cada unha exibia um minúsculo adesivo retratando — ele se inclinou para olhar — uma cena da Conquista dos Normandos. A unha do dedo mínimo de cada pé mostrava uma cena obscena demais; ele afastou os olhos e foi pendurar o paletó no armário.

— Deixamos a guerra de lado — disse ele.

— Deixaram mesmo? Você e Phyllis Ackerman? Ou você e mais alguém?

— Todo mundo estava lá. Não era apenas Phyllis. — Ele pensou no que poderia preparar para jantar. Tinha o estômago vazio e já se queixando um pouco. Por enquanto, nada de dores. Talvez viessem mais tarde.

— Algum motivo especial para que eu não fosse convidada? — A voz dela estalou como um chicote mortífero, fazendo a pele dele se contrair; o animal bioquímico que havia nele temia a discussão que o aguardava — que aguardava a ambos. Evidentemente ela, tal como ele próprio, sentia um impulso para mergulhar naquilo de uma vez; ela estava tão envolvida e indefesa quanto ele.

— Nenhum motivo especial. — Ele foi para a cozinha, um pouco apático, como se aquela investida de Kathy tivesse dizimado os seus sentidos. A frequência daqueles confrontos o ensinara a se defender num nível somático, se é que era possível. Somente maridos antigos, cansados, experientes, eram capazes daquilo. Quanto aos novatos... eram impelidos para diante por respostas diencefálicas, pensou ele. E é mais difícil ainda para eles.

— Quero uma resposta — disse Kathy, aparecendo na porta da cozinha. — Quero saber por que fui deliberadamente excluída.

Meu Deus, como ela era fisicamente atraente, a sua esposa. Não estava usando nada por baixo do vestido preto, e cada uma das suas curvas o confrontava com uma saborosa familiaridade. Mas onde estava a sensação mental também macia, suave e familiar que acompanhava aquela forma corporal? As Fúrias tinham providenciado para que a maldição — a Maldição da Casa de Sweetscent, como ele às vezes pensava — tivesse se abatido ali com toda a força; ele estava diante de uma criatura que no nível fisiológico era a perfeição sexual personificada, e no nível mental...

Um dia, a dureza e a falta de flexibilidade tomariam conta também do corpo dela; aquele tesouro anatômico se calcificaria. E depois? Já estava acontecendo com a voz dela, diferente agora do que ele lembrava de poucos anos atrás, ou mesmo de poucos meses. Pobre Kathy, pensou ele. Porque quando os poderes mortíferos do gelo e do frio atingirem suas entranhas, seus seios, seus quadris, sua bunda, além do coração — aquilo já estava encravado profundamente no coração dela, com certeza —, aí não existirá mais uma mulher. E você não vai sobreviver a isso. Não importa o que eu ou qualquer outro homem decida fazer.

— Você foi excluída — disse ele, com todo cuidado — porque você é um porre.

Os olhos dela se arregalaram; por um instante se encheram de alarme e de puro espanto. Ela não compreendeu. Por um instante fugaz foi trazida de volta a um nível meramente humano; aquela pressão ancestral que a aguilhoava por dentro cedeu um pouco.

— Exatamente como está sendo agora — disse ele. — Portanto, me deixe ficar sozinho. Quero preparar meu jantar.

— Peça a Phyllis Ackerman que o prepare para você — disse Kathy. A autoridade superpessoal, o desprezo destilado da criptossabedoria deformada dos milênios, tinha retornado. Quase psionicamente, e com o talento natural feminino, ela havia intuído o seu breve interlúdio romântico com Phyllis durante a visita a Marte. E também em Marte, durante a noite que passaram lá...

Com muita calma, ele decidiu que as capacidades supersensíveis dela não seriam capazes de trazer aquilo à luz. Ignorando-a, ele começou, de maneira metódica, a esquentar um jantar de frango congelado no forno infravermelho, de costas para a esposa.

— Adivinhe o que eu fiz — disse Kathy. — Enquanto você estava fora.

— Arranjou um amante.

— Eu experimentei uma nova droga alucinógena. Consegui com Chris Plout. Fizemos uma sessão no lugar onde ele mora e ninguém menos do que o mundialmente famoso

Marm Hastings estava lá. Ele me deu uma cantada quando estávamos sob a influência da droga e aquilo foi... bem, foi uma visão em estado puro.

— É mesmo? — disse Eric, pondo a mesa para si.

— Como eu simplesmente amaria ter um filho dele! — disse Kathy.

— "Simplesmente amaria." Deus do céu, que inglês decadente. — Mas ele mordera a isca e virou-se para encará-la. — Então você e ele...

Kathy sorriu.

— Bem, talvez tenha sido uma alucinação. Mas eu não acho. Vou lhe dizer por quê. Quando cheguei em casa...

— Ah, me poupe! — Ele percebeu que estava trêmulo.

Na sala de visitas o vidfone tocou.

Eric foi atender e, quando ergueu o receptor, viu surgir no pequeno visor cinzento as feições de um homem chamado capitão Otto Dorf, um assessor militar de Gino Molinari. Dorf estivera com eles em Wash-35, cuidando das medidas de segurança; era um homem de rosto magro, com olhos estreitos e melancólicos, um homem totalmente dedicado à proteção do secretário.

— Dr. Sweetscent?

— Sim — disse Eric. — Mas eu ainda não...

— Uma hora será o bastante? Podemos mandar um helicóptero buscá-lo às oito, horário local.

— Uma hora basta — disse Eric. — Vou fazer as malas e estarei esperando no saguão do meu edifício conapt.

Ele desligou e voltou para a cozinha.

Kathy disse:

— Ah, meu Deus. Ah, Eric. Não podemos conversar? Ah, céus. — Ela deixou-se cair à mesa e afundou a cabeça entre os braços. — Não aconteceu nada com Marm Hastings. Ele é bonito, e eu tomei a droga, mas...

— Escute — disse ele, enquanto continuava a preparar a refeição. — Tudo isto foi acertado hoje cedo, em Wash-35. Virgil quer que eu aceite. Tivemos uma conversa longa e tranquila. As necessidades de Molinari, neste momento, são maiores do que as de Virgil. E, na verdade, posso continuar atendendo Virgil quando ele precisar de um transplante, mas ficarei baseado em Cheyenne. — Ele continuou: — Fui convocado. A partir de amanhã vou ser um médico das Forças Armadas das Nações Unidas e membro da comitiva pessoal do secretário Molinari. Não posso fazer nada para mudar essa situação. Molinari assinou ontem à noite um decreto oficializando minha nomeação.

— Por quê? — Ela o encarou com os olhos cheios de terror.

— Para que eu possa cair fora desta situação. Antes que um de nós dois...

— Eu vou parar de gastar dinheiro.

— Estamos em guerra. Tem muita gente morrendo. Molinari está doente e precisa de cuidados médicos. Se você gasta dinheiro ou não, não...

— Mas você *pediu* esse emprego.

Ele disse finalmente:

— Na verdade, eu implorei por ele. Joguei para cima de Virgil o melhor repertório de cantadas que já se viu em qualquer tempo e lugar.

Ele já tinha readquirido o autocontrole; tinha até mesmo recobrado a pose.

— Que tipo de pagamento você vai receber?

— Um bom pagamento. E manterei o meu salário na TF&D também.

— Existe algum modo de eu ir com você?

— Não. — Ele já providenciara isto.

— Eu sabia que você ia me dar um chute assim que se tornasse bem-sucedido. Você tenta se livrar de mim desde que nos encontramos. — Os olhos de Kathy estavam cheios de lágrimas. — Escute, Eric... eu estou com medo de que essa droga que eu tomei possa me viciar. Estou terrivelmente assustada. Você não faz ideia do que ela provoca. Acho que ela vem de algum lugar de fora da Terra, talvez de Lilistar. E se eu continuar tomando? E se, por causa da sua partida...

Curvando-se, ele a tomou nos braços.

— Você devia ficar longe dessas pessoas; já te falei não sei quantas vezes... — Era inútil tentar dizer qualquer coisa a ela; ele podia ver o futuro que os esperava. Kathy dispunha de uma arma com a qual era capaz de puxá-lo de volta para seu lado mais uma vez. Sem ele, ela acabaria destruída pelo seu envolvimento com Plout, Hastings e companhia; abandoná-la só pioraria a situação. A doença que impregnara a relação deles ao longo dos anos não podia ser anulada pelo ato que ele decidira praticar, e somente naquele parque de diversões marciano ele podia ter imaginado que fosse diferente.

Ele a carregou para o quarto e a deitou suavemente na cama.

— Ah... — disse ela, e fechou os olhos. — Ah, Eric...

Mas ele não podia. Havia isso, também. Sentindo-se miserável, ele se afastou dela, e sentou na beira da cama.

— Eu vou ter que sair da TF&D — disse ele por fim. — E você vai ter que aceitar isto. — Acariciou os cabelos dela. — Molinari está a ponto de desmoronar. Talvez eu não possa salvá-lo, mas devo pelo menos tentar. Está vendo? Este é o real...

Kathy disse:

— Está mentindo.

— Quando menti? Sobre o quê? — Continuou acariciando o cabelo dela, mas agora já era um gesto mecânico, sem vontade nem desejo.

— Você teria feito amor comigo agora, se estivesse me abandonando por esse motivo. — Ela voltou a abotoar o vestido, que se abrira. — Você não liga para mim. — A voz dela exprimia certeza total; ele reconhecia aquele tom opaco, esmaecido. Sempre aquela barreira, aquela impossibilidade de chegar ao outro. Desta vez ele não desperdiçou seu tempo tentando; ficou simplesmente acariciando-a, pensativo. Vai ficar na minha consciência, o que quer que aconteça com ela. E ela também sabe disso. De modo que ela foi isenta do fardo da responsabilidade, e para ela esta é a pior coisa possível.

É uma pena, pensou ele, que eu não consiga fazer amor com ela.

— Meu jantar está pronto — disse ele, levantando-se.

Ela se sentou na cama.

— Eric, eu vou te pagar na mesma moeda por estar me deixando. — Ela alisou o vestido. — Entendeu?

— Sim — respondeu ele, e foi para a cozinha.

— Vou dedicar minha vida a isso — ela falou alto, lá do quarto. — Agora eu tenho uma razão para viver. É maravilhoso ter de novo um objetivo, é algo que me anima. Depois de todos esses anos horrorosos e sem sentido com você. Meu Deus, é como estar nascendo de novo.

— Desejo boa sorte — disse ele.

— Sorte? Eu não preciso de sorte. Preciso de talento, e eu acho que ainda tenho talento. Aprendi muita coisa durante o episódio da droga, com os efeitos dela. Eu queria poder lhe dizer o que é. É uma droga inacreditável, Eric... ela muda toda a sua percepção do universo e especialmente das outras pessoas. Você nunca vai vê-las da mesma maneira novamente. Você devia experimentar. Poderia te ajudar.

— Nada vai me ajudar — disse ele.

Essas palavras, aos ouvidos dele, soaram como um epitáfio.

Ele tinha quase acabado de fazer as malas e já terminara a refeição havia bastante tempo quando a campainha da porta do conapt soou. Era Otto Dorf, que acabara de chegar com o helicóptero militar, e Eric, muito sério, foi abrir a porta para ele.

Olhando em torno do aposento, Dorf disse:

— Teve oportunidade de se despedir de sua esposa, doutor?

— Sim — disse ele. E completou: — Ela saiu, estou sozinho agora. — Ele fechou a mala e carregou-a, juntamente com outra, para a porta. — Estou pronto. — Dorf ergueu uma das malas e os dois caminharam juntos para o elevador. — Ela não recebeu a notícia muito bem — comentou ele com Dorf enquanto desciam ao térreo.

— Sou solteiro, doutor — disse Dorf. — Não tenho como avaliar. — A postura dele era correta e formal.

No helicóptero pousado, havia outro homem à espera. Ele estendeu a mão quando Eric começou a subir a escada.

— Doutor, é um prazer conhecê-lo. — Oculto entre as sombras, o homem emendou: — Sou Harry Teagarden, chefe da equipe médica do secretário. Estou contente que venha se juntar a nós; o secretário não havia me informado antecipadamente, mas isso não importa. Ele sempre age por impulsos.

Eric apertou sua mão, a mente ainda voltada para Kathy.

— Prazer, sou Sweetscent.

— O que achou da condição de Molinari quando conversou com ele?

— Parecia cansado.

Teagarden disse:

— Ele está morrendo.

Virando-se rapidamente para encarar o outro, Eric disse:

— Morrendo do quê? Nos tempos de hoje, com artificiórgãos à disposição...

— Estou a par da técnica de hoje, pode ficar tranquilo. — O tom de Teagarden era seco. — O senhor viu o quanto ele é fatalista. Quer ser punido, obviamente, por ter nos arrastado para esta guerra. — Teagarden ficou em silêncio enquanto o helicóptero fazia sua ascensão no céu noturno e depois continuou: — Já lhe ocorreu que Molinari *providenciou* nossa derrota na guerra? Que ele deseja fracassar? Acho que nem mesmo seus inimigos políticos mais ferrenhos já tenham cogitado essa hipótese. A razão para que eu lhe diga isso é que não temos muito tempo nas mãos. Neste momento exato, Molinari está em Cheyenne, sofrendo um ataque agudo de gastrite, ou como quer que o senhor queira chamá-la. Consequência do feriado dele em Wash-35. Está de cama.

— Algum sangramento interno?

— Ainda não. Ou talvez tenha havido e Molinari não nos contou. Com ele, é possível; ele é cheio de segredos, por natureza. Ele, essencialmente, não confia em ninguém.

— Tem certeza de que ele não tem nada maligno?

— Não encontramos nada. Mas Molinari não nos deixa fazer todos os exames que gostaríamos; ele cai fora. Muito ocupado. Papéis para assinar, discursos para preparar, contas para apresentar à Assembleia Geral. Ele tenta administrar tudo sozinho. Não consegue delegar autoridade e, quando o faz, ele põe em ação organizações cujas esferas se superpõem, e elas começam a competir entre si. É o modo como ele se protege. — Teagarden lançou um olhar curioso para Eric. — O que ele disse quando estiveram em Wash-35?

— Não muita coisa. — Ele não queria revelar o conteúdo da conversa dos dois. Molinari, sem a menor dúvida, queria que aquilo permanecesse exclusivamente entre eles. De fato, percebeu, esta era a razão crucial para que ele fosse levado para Cheyenne. Ele tinha algo para oferecer a Molinari que os outros médicos não tinham, uma estranha contribuição para ser feita por um médico... Ele imaginou como Teagarden reagiria se lhe contasse tudo. Provavelmente, e com boas razões, Teagarden mandaria prendê-lo. E fuzilá-lo.

— Eu sei por que está se juntando a nós — disse Teagarden.

Eric soltou um resmungo.

— É mesmo? — Ele duvidava disso.

— Molinari está simplesmente seguindo seus julgamentos instintivos, fazendo com que nosso trabalho seja verificado por outros olhos, e ao mesmo tempo injeta sangue novo na equipe. Mas ninguém fez objeções, pelo contrário, ficamos agradecidos. Estamos todos esgotados. O senhor sabe, é claro, que o secretário tem uma família enorme, maior ainda do que a de Virgil Ackerman, seu antigo empregador, que é também um *paterfamilias*.

— Acho que li alguma coisa a respeito de três tios, seis primos, uma tia, uma irmã, um irmão mais velho que...

— E todos moram lá em Cheyenne — disse Teagarden. — O tempo inteiro. Vivem à volta dele, tentando extrair pequenos favores, refeições melhores, alojamentos, criados... sabe como é. E... — Ele fez uma pausa. — Devo preveni-lo de que há uma amante.

Disso Eric não sabia. Nunca tinha sido mencionado, nem mesmo na imprensa hostil ao secretário.

— O nome dela é Mary Reineke. Ele a conheceu antes da morte da esposa. Nos documentos, Mary é listada como sua secretária pessoal. Eu gosto dela. Fez muito por ele, tanto antes quanto depois da esposa dele morrer. Sem Mary, ele provavelmente não teria sobrevivido. Os Starmen a detestam... não sei bem por quê. Talvez haja algum fato que eu desconheça.

— Que idade ela tem? — O secretário, pela avaliação de Eric, estava na faixa dos quarenta e muitos e cinquenta e poucos.

— Tão jovem quanto é humanamente possível. Prepare-se, doutor. — Teagarden deu uma risadinha. — Quando ele a conheceu, ela estava na escola secundária. Trabalhava meio período como datilógrafa. Talvez ele tenha lhe entregue algum documento... ninguém sabe ao certo, mas eles se conheceram em função de algum trabalho burocrático de rotina.

— É possível discutir com ela os problemas de saúde dele?

— Certamente. Ela é a pessoa, a única pessoa, capaz de fazê-lo tomar Fenobarbital e, quando tentamos, Pathibamate. Fenobarbital o deixa sonolento, diz ele, e o Pathibamate deixa sua boca seca. De modo que ele jogava os dois no lixo. Mary o fez voltar a tomar. Ela é italiana. Tal como ele. Ela esbraveja com ele de um modo que o faz lembrar da infância, da mãe dele, talvez... ou da irmã, ou da tia; todas esbravejam com ele e ele as tolera, mas não lhes dá atenção, a não ser a Mary. Ela vive num apartamento secreto em Cheyenne, protegida por homens do Serviço Secreto, por causa do pessoal dos Starmen. Molinari teme o dia em que eles... — A voz de Teagarden se interrompeu.

— Em que eles o quê?

— Em que eles possam vir a matá-la ou feri-la gravemente. Ou apagar metade dos seus processos mentais, transformá-la num vegetal. Eles possuem todo um espectro de técnicas para fazer isso. Você não sabia que o relacionamento com nossos aliados era tão problemático lá no topo, não? — Teagarden sorriu. — É uma guerra dura. É dessa maneira que o povo de Lilistar se comporta conosco; são nossos aliados mais poderosos, diante dos quais temos o poder de uma pulga. Imagine então como os nossos inimigos, os reegs, nos tratariam, se nossas linhas de defesa se rompessem e eles conseguissem penetrar.

Durante algum tempo eles ficaram em silêncio; ninguém se atreveu a falar.

— O que acha que aconteceria — disse Eric finalmente — se Molinari estivesse fora da equação?

— Bem, de duas, uma. Ou conseguiríamos para o lugar dele uma pessoa mais pró-Lilistar, ou não conseguiríamos. Que alternativas teríamos, e por que você pergunta? Acha que vamos perder o nosso paciente? Se perdermos, doutor, vamos perder nossos empregos, e possivelmente as nossas vidas. Sua única justificativa para continuar existindo, tal como a minha, é a presença contínua e operante de um italiano de meia-idade, acima do peso, que vive em Cheyenne, em Wyoming, com sua família enorme e sua amante de dezoito anos, que sofre de dores de estômago e que à noite gosta de comer camarões gigantes fritos na manteiga, com mostarda e raiz forte. Não ligo para o que lhe contaram, ou para o que o senhor assinou, mas saiba que o senhor não vai inserir novos artificiórgãos em Virgil Ackerman por bastante tempo. Não vai haver nenhuma chance disso porque *manter Gino Molinari vivo é um trabalho de tempo integral.* — Teagarden agora parecia irritadiço e incomodado; a voz dele, na escuridão da cabine do helicóptero, soava entrecortada. — Isso é demais para mim, Sweetscent. Você não vai ter direito a outra vida senão a de Molinari. Ele vai encher seus ouvidos de conversa, praticar a oratória dele com você a respeito de qualquer assunto na face da Terra, pedir sua opinião sobre qualquer coisa, desde controle da natalidade até cogumelos, como cozinhá-los, ou vai te perguntar sobre Deus ou sobre o que você faria *se...*, e por aí vai. Para um ditador, e é isto que ele é, só que não gostamos de usar essa palavra, ele é uma anomalia. Primeiro, ele é provavelmente o maior estrategista político vivo; como você imagina que ele chegou a secretário-geral da ONU? Ele levou vinte anos de luta contínua para chegar no topo; ele suplantou todos os oponentes políticos que lhe fizeram frente, de todos os países da Terra. Então, acabou se envolvendo com Lilistar. Isso é o que chamamos de política externa. Em política externa o mestre estrategista falhou, porque a partir de certo ponto uma estranha oclusão começou a bloquear sua mente. Sabe o nome disso? Ignorância. Molinari passou a vida inteira aprendendo a dar joelhadas no baixo-ventre dos adversários, e com Freneksy não é assim que as coisas funcionam. Ele não sabe negociar acordos com Freneksy melhor do que eu ou você faríamos; talvez seja até pior.

— Entendo — disse Eric.

— Mas Molinari não se importou com nada e foi em frente. Ele blefou. Ele assinou o Pacto de Paz que nos levou à guerra. E é aqui que Molinari se diferencia de todos os ditadores gordos, vaidosos e prepotentes do passado. *Ele pôs toda a culpa em si próprio.* Ele não demitiu um chanceler aqui e um consultor político acolá. *Ele* provocou tudo e ele sabe disso. E é isso que o está matando, centímetro a centímetro, entra dia, sai dia. Começando pelo ventre. Ele ama a Terra. Ele ama as pessoas, todas elas, os limpos e os sujos; ele ama aquela turba de parasitas que são seus parentes. Ele mata gente, prende gente, mas não gosta disso. Molinari é um homem complexo, doutor. Tão complexo que...

Dorf o interrompeu secamente:

— Uma mistura de Lincoln e Mussolini.

— Ele é uma pessoa diferente de acordo com o interlocutor do momento — continuou Teagarden. — Meu Deus, ele já fez coisas tão repulsivas, coisas tão maldosas, que deixariam seus cabelos de pé. Fez porque foi preciso. Algumas delas nunca irão a público, nem mesmo através dos seus inimigos políticos. E ele sofreu por ter que fazê-las. Você já conheceu alguém que *realmente* assumisse responsabilidades, culpa, reprovação? Você assume? Sua esposa assume?

— Provavelmente não — admitiu Eric.

— Se você ou eu aceitássemos de fato a responsabilidade pelo que fizemos em nossa vida, nós cairíamos mortos ou perderíamos o juízo. Criaturas vivas não foram feitas para compreender o que fazem. Pense nos animais que atropelamos na estrada, ou nos que matamos para comer. Quando eu era garoto, uma das minhas tarefas era envenenar ratos. Você já viu um animal envenenado morrendo? E não apenas um, mas dezenas dele, todos os meses. Eu não *sinto* isso. A culpa. O peso. Felizmente é algo que não fica registrado; não pode ficar, ou não conseguiríamos seguir em frente. E é assim que a raça humana inteira segue. Mas não o Dique. Como eles o chamam. — Teagarden concluiu: — Lincoln e Mussolini... Eu estava pensando numa terceira figura, de uns dois mil anos atrás.

— Esta é a primeira vez — disse Eric — que vejo alguém

comparando Gino Molinari com Jesus Cristo. Nem mesmo a imprensa chapa-branca fez isso.

— Talvez porque — disse Teagarden — eu sou a primeira pessoa com quem você já falou que convive com ele vinte e quatro horas por dia.

— Não comente com Mary Reineke essa sua comparação — disse Otto Dorf. — Ela vai te dizer que ele é um bastardo. Um porco na cama e na mesa, um homem safado de meia-idade com sede de estupro, e que devia estar na cadeia. Ela o tolera... porque ele é caridoso. — Dorf soltou uma risada seca.

— Não — disse Teagarden. — Não é isso que Mary diria. Exceto quando ela está furiosa, o que acontece cerca de um quarto do tempo. Não sei o que Mary Reineke diria; talvez ela nem tentasse. Ela apenas o aceita como ele é; tenta torná-lo melhor, mas mesmo que ele não melhore, e não vai melhorar mesmo, ela o ama. Você já conheceu esse tipo de mulher? Aquela que vê *possibilidades* em você? E com o tipo certo de ajuda da parte dela...

— Sim — disse Eric. Queria mudar logo de assunto; aquilo o fazia pensar em Kathy. E ele não queria isso nem um pouco.

O helicóptero começou a descer na direção de Cheyenne.

Deitada sozinha na cama, Kathy estava semiadormecida enquanto o sol da manhã trazia à tona as texturas variadas do seu quarto. Todas aquelas cores, tão familiares aos seus olhos durante sua vida de casada com Eric, agora começavam a se distinguir umas das outras à medida que a luz ficava mais intensa. Ali onde morava, Kathy havia implantado potentes espíritos do passado, aprisionados dentro de artefatos de outros períodos: uma lâmpada antiga da Nova Inglaterra, uma cômoda com gavetas de autêntica madeira de bordo, um armário Hepplewhite... Ela ficou com os olhos entreabertos, percebendo a presença de cada objeto e todas as conexões que envolviam a aquisição de cada um deles. Cada um representava um triunfo sobre um rival; algum colecionador envolvido na disputa havia fracassado, e não parecia exagerado demais ver naquela coleção um cemitério, com os fantasmas dos derrotados rondando ali nas vizinhanças. Aquela atividade dentro da sua vida doméstica não a incomodava; afinal, ela era mais forte do que eles.

— Eric — disse ela, sonolenta —, pelo amor de Deus levante e faça café. E me ajude a sair da cama. Me empurre, diga alguma coisa. — Virou-se na direção dele, mas não havia ninguém ali. Instantaneamente ela sentou na cama. Depois ficou de pé, andou descalça até o armário para pegar um robe, tremendo de frio.

Estava colocando um suéter leve de cor cinzenta, enfiando-o com alguma dificuldade pela cabeça, quando percebeu que um homem a observava. Enquanto ela se vestia, ele ficou parado no umbral da porta, sem fazer nenhum movimento que denunciasse sua presença; estava apreciando a visão dela se vestindo, mas nesse instante ele mudou de posição, endireitou o corpo e disse:

— Sra. Sweetscent?

Era um homem de uns trinta anos, com rosto moreno de feições duras e olhos que não inspiravam nela nenhuma sensação de bem-estar. Além disso, trajava um uniforme cinza, e ela percebeu o que ele era: um membro da polícia secreta de Lilistar em operação na Terra. Era a primeira vez na vida que ela encontrava um deles.

— Sim — respondeu, quase inaudivelmente. Continuou a se vestir, sentando na beira da cama para calçar os sapatos, sem tirar os olhos dele. — Sou Kathy Sweetscent, a esposa do dr. Eric Sweetscent, e se você não...

— Seu marido está em Cheyenne.

— Está mesmo? — Ela ficou de pé. — Eu preciso preparar meu café da manhã. Por favor, me deixe passar. E me mostre a autorização que tem para entrar aqui. — Ela estendeu a mão e esperou.

— Minha autorização — disse o homem cinzento de Lilistar — me diz para dar busca neste conapt à procura de uma droga ilegal. JJ-180. Frohedadrina. Se tiver qualquer quantidade dela, entregue-a, e vamos direto para a delegacia de Santa Monica. — Ele consultou um caderninho. — Ontem à noite, em Tijuana, no número 45 de Avila Street, a senhora usou essa droga oralmente em companhia de...

— Posso chamar meu advogado?

— Não.

— Quer dizer então que eu não tenho nenhum direito perante a lei?

— Estamos em tempo de guerra.

Ela teve medo. Mesmo assim conseguiu falar com uma calma razoável.

— Posso ligar para o meu chefe e dizer que não vou ao trabalho?

O policial cinzento concordou. Ela foi até o vidfone e discou o número de Virgil Ackerman em San Fernando. Logo surgiu na tela o rosto magro dele, lembrando um pássaro, com olhos de coruja enquanto acordava ainda meio confuso.

— Ah, Kathy. Cadê meu relógio?... — Virgil olhou em redor.

Kathy disse:

— Sr. Ackerman, me ajude. Os Lilistar...

Ela se interrompeu, porque o homem cinzento cortou a ligação com um gesto rápido. Encolhendo os ombros, ela pendurou o fone.

— Sra. Sweetscent — disse o homem cinza — gostaria de lhe apresentar o sr. Roger Corning. — Ele fez um gesto e, vindo do corredor, entrou no apartamento um Starman vestido num terno comum, com uma pasta embaixo do braço. — Sr. Corning, esta é Kathy Sweetscent, a esposa do dr. Sweetscent.

— Quem é você? — disse ela.

— Alguém que pode tirar seu pescoço da forca, minha cara — disse Corning, com jovialidade. — Podemos sentar na sala e falar a respeito disso?

Indo até a cozinha, ela girou o botão selecionando ovos não muito cozidos, torradas e café sem creme.

— Não há nenhuma jj-180 neste apartamento. A menos que vocês tenham colocado durante a noite. — A comida surgiu pronta. Ela a levou numa bandeja descartável e sentou-se à mesa. O aroma do café dissipou o resto do medo e do espanto dentro dela; sentia-se novamente capaz, e não mais intimidada.

Corning disse:

— Nós temos aqui uma sequência fotográfica de sua noite no número 45 de Avila Street. Desde o momento em que a senhora subiu a escada com Bruce Himmel e entrou. Suas primeiras palavras foram: "Olá, Bruce. Parece que hoje vai ser uma noitada exclusiva para o pessoal da TF&D...".

— Não está correto — disse Kathy. — Eu o chamei de "Brucie". Sempre o chamo de Brucie, porque ele é tão hebefrênico e bobo. — Ela tomou café, a mão bem firme segurando o copo descartável. — A sua sequência fotográfica comprova o que havia nas cápsulas que nós tomamos, sr. Gorning?

— Corning — corrigiu ele, com bom humor. — Não, Katherine, não prova. Mas o testemunho de dois outros participantes comprova. Ou pode vir a comprovar, quando as pessoas estiverem sob juramento, num tribunal militar. — Ele explicou: — Isto está fora da jurisdição de suas cortes civis. Nós mesmos iremos cuidar de todos os detalhes relativos à acusação.

— Por quê? — perguntou ela.

— A jj-180 só pode ser adquirida do nosso inimigo. Assim, o seu uso dessa droga, e isso pode ser bem demonstrado diante do tribunal, constitui relacionamento com o inimigo. Em tempo de guerra, o tribunal naturalmente irá pedir a pena de morte. — Virando-se para o policial de uniforme cinza, Corning disse: — Está com o depoimento do sr. Plout aí?

— Está no helicóptero — disse o outro, levantando-se e indo para a porta.

— Eu achava que existia algo de sub-humano em Chris Plout — disse Kathy. — Agora estou pensando a respeito dos outros... quem mais entre eles tinha essa qualidade sub-humana? Hastings? Não. Simon Ild? Não, ele...

— Tudo isto pode ser evitado — disse Corning.

— Mas eu não quero evitar — disse Kathy. — O sr. Ackerman me ouviu no vidfone. A TF&D vai mandar um advogado. O sr. Ackerman é amigo do secretário Molinari; eu não creio...

— Nós podemos matá-la, Kathy — disse Corning. — Hoje, ao anoitecer. O tribunal pode se reunir agora pela manhã. Já está tudo preparado.

Depois de algum tempo — ela já havia parado de comer —, Kathy disse:

— Por quê? Será que eu sou assim tão importante? O que há com a JJ-180? — Ela hesitou. — Aquilo que eu provei ontem à noite não fez tanto efeito assim. — Naquele mesmo instante ela desejou ardentemente que Eric não tivesse ido embora. Aquilo jamais teria acontecido se ele estivesse lá, ela percebeu. Eles teriam ficado com medo.

Silenciosamente, ela começou a chorar. Curvada sobre o prato, com as lágrimas rolando pelo seu rosto e caindo até desaparecer. Ela nem sequer tentou cobrir o rosto, apenas apoiou a mão na testa, o braço pousado na mesa, sem dizer nada. Dane-se, pensou.

— Sua situação é séria — disse Corning —, mas não é desesperadora. Existe uma diferença. Podemos providenciar alguma coisa... é por isso que estou aqui. Pare de chorar, sente-se direito e me escute enquanto tento explicar. — Ele abriu o fecho da pasta de documentos.

— Eu sei — disse Kathy. — Vocês querem que eu espione Marm Hastings. Estão atrás dele porque ele defendeu a proposta de se assinar uma paz em separado com os reegs, naquela vez na TV. Meu Deus, vocês se infiltraram neste planeta inteiro. Ninguém está seguro. — Ela ficou de pé, deu um gemido de desespero e foi ao quarto buscar um lenço, ainda fungando.

— Ficaria de olho em Hastings para nos ajudar? — disse Corning, quando ela voltou.

— Não. — Ela abanou a cabeça. Melhor morrer, pensou.

— Não se trata de Hastings — disse o policial de Lilistar uniformizado.

Corning disse:

— Nós queremos seu marido. Gostaríamos que o seguisse até Cheyenne e reatasse relações onde elas se interromperam. Cama e mesa, acho que é essa a expressão terrestre. O mais rápido que puder.

Ela o encarou.

— Não posso.

— Por que não pode?

— Nós nos separamos. Ele me abandonou. — Ela não entendia como, se eles sabiam de tudo, não sabiam disso ainda.

— Decisões desse tipo, num casamento — disse Corning —, podem sempre ser reduzidas à condição de um desentendimento temporário. Vamos levá-la a um dos nossos psicólogos, temos vários deles, excelentes, residindo aqui no seu planeta, e ele vai instruir a senhora nas técnicas que deverão ser usadas para reparar essa separação com Eric. Não se preocupe, Kathy: nós sabemos o que houve aqui ontem à noite. Na verdade, isso age ao nosso favor e nos dá a oportunidade de falar com você a sós.

— Não — ela abanou a cabeça. — Nós nunca ficaremos juntos de novo. Eu não *quero* voltar com Eric. Nenhum psicólogo, nem mesmo os de vocês, vai poder modificar isso. Eu odeio Eric e odeio toda essa porcaria em que vocês estão envolvidos.

Odeio vocês, Starmen, e todo mundo aqui na Terra sente o mesmo. Gostaria que fossem embora deste planeta. Gostaria que nunca tivéssemos entrado nessa guerra. — Impotente, frenética, ela o encarou furiosa.

— Calma, Kathy — disse Corning, sem se alterar.

— Meu Deus, gostaria que Virgil estivesse aqui; ele não tem medo de vocês, ele é uma das poucas pessoas na Terra...

— Ninguém na Terra tem tal status — disse Corning, num tom vago. — Está na hora de encarar a realidade; nós podemos, é claro, levá-la para Lilistar, em vez de matá-la... Já pensou nisso, Kathy?

— Ah, meu Deus. — Ela estremeceu. Não me levem para Lilistar, pensou consigo mesma, rezando em silêncio. Pelo menos me deixem ficar aqui na Terra, entre as pessoas que eu conheço. Vou procurar Eric. Vou *implorar* para que ele me queira de volta.

— Escute — disse em voz alta. — Não estou preocupada com Eric. O que me amedronta não é o que vocês possam fazer a ele. — E sim *a mim*, pensou.

— Sabemos disso, Kathy — disse Corning, assentindo. — Portanto, isso na verdade deve ser agradável para você, quando você examina a questão sem que as emoções a distraiam. A propósito... — Enfiando a mão na pasta, Corning tirou de lá um punhado de cápsulas; pôs uma delas em cima da mesa, mas a cápsula rolou e acabou caindo no chão. — Não leve a mal, Kathy, mas... — Ele encolheu os ombros. — Isto vicia. Basta ser exposto uma vez, como aconteceu com você no número 45 de Avila Street ontem à noite. E Chris Plout não vai arranjar mais disso. — Apanhando a cápsula caída no chão, ele a estendeu a Kathy.

— Não pode ser — disse ela, esboçando um gesto fraco de recusa. — Com apenas uma dose! Já tomei dezenas de drogas antes, e eu nunca... — Ela encarou Corning. — Seus filhos da mãe. Não acredito nisso, e de qualquer maneira, mesmo que seja verdade, eu posso superar a dependência. Existem clínicas.

— Não para a JJ-180. — Guardando a cápsula de volta na pasta, Corning comentou, em tom casual: — *Nós* podemos superar sua dependência; não aqui, mas numa clínica em nosso sistema. Talvez isso possa vir a ser combinado depois. Ou você pode querer continuar, e nós lhe forneceremos a droga pelo resto da vida. Que não vai ser muito longa.

— Eu não iria para Lilistar nem mesmo para curar meu vício em uma droga — disse Kathy. — Iria para o meio dos reegs... a droga é deles, você mesmo disse. Eles devem saber mais dela do que vocês, se foram mesmo eles que a inventaram. — Dando as costas a Corning, ela foi até o armário da sala e pegou o casaco. — Estou indo para o trabalho. Adeus. — Abriu a porta do corredor. Nenhum dos Starmen fez um movimento para detê-la.

Deve ser verdade, então, pensou ela. A JJ-180 deve ser viciante como eles dizem. Não tenho uma maldita chance sequer; eles sabem, e eu também sei. Vou ter que cooperar com eles ou tentar escapar até chegar aos reegs, que é de onde ela vem, e mesmo assim ainda estarei viciada. Não vou ganhar nada com isso. E os reegs provavelmente me matarão.

Corning disse:

— Pegue meu cartão, Kathy. — Foi até ela, estendendo o pequeno quadrado branco. — Quando precisar da droga, quando precisar dela a todo custo... — Ele enfiou o cartão no bolso externo do casaco dela. — ... venha me ver. Estaremos à sua espera, minha cara; daremos o que você precisa. — Ele completou, como que lembrando algo de repente: — E é claro que ela vicia, Kathy. Foi por isso que fizemos você tomar. — Ele deu um sorriso.

Fechando a porta às suas costas, Kathy caminhou cegamente até o elevador, entorpecida a ponto de não sentir nada, nem mesmo medo. Somente um vazio sem forma por dentro, o vácuo deixado pela extinção da esperança, da capacidade de vislumbrar algum caminho de fuga.

Mas Virgil Ackerman pode me ajudar, disse ela a si mesma ao entrar no elevador e apertar o botão. Vou procurá-lo, e ele saberá exatamente o que eu devo fazer. Nunca trabalharei para os Starmen, com ou sem vício; não vou colaborar com eles contra Eric.

Mas ela soube, depois de pouco tempo, que iria.

6

Foi no começo da tarde, quando estava sentada na sua sala na TF&D acertando a compra de um artefato de 1935, um disco razoavelmente obscuro da Decca, as Andrews Sisters cantando "Bei mir bist du schön", que Kathy Sweetscent sentiu os primeiros sintomas da crise de abstinência.

Suas mãos ficaram estranhamente pesadas.

Com todo cuidado ela pousou o disco. E havia também uma alteração fisiognômica nos objetos que a cercavam. Quando estava em Avila Street, sob o efeito da JJ-180, ela havia experimentado o mundo como consistindo em entidades etéreas, penetráveis e benignas, como bolhas de ar; ela se sentira capaz, pelo menos na alucinação, de passar através delas à vontade. Agora, no ambiente familiar do seu escritório, ela começou a experimentar uma transformação da realidade sob as leis de uma ameaçadora progressão: as coisas normais, de qualquer ângulo que ela as olhasse, pareciam estar ganhando densidade. Não eram mais suscetíveis de movimento ou de mudança; não podiam mais ser afetadas por ela.

E de outro ponto de vista, ela experimentava ao mesmo tempo aquela opressiva alteração tendo lugar dentro do seu próprio corpo. Por qualquer ângulo que a encarasse, a relação entre ela, sua força física e o mundo exterior havia se alterado para pior. Ela se sentia progressivamente mais e mais indefesa no sentido físico — a cada momento que passava, menos coisas ela era capaz de fazer. O disco da Decca, por exemplo. Estava ao alcance do toque dos seus dedos, mas, e se ela tentasse segurá-lo? O disco lhe escaparia. Sua mão, desajeitada e com um peso sobrenatural, tornada incerta pela concentração de densidade, esmagaria ou quebraria o disco. A ideia de realizar movimentos hábeis e complexos com relação ao disco parecia totalmente fora de questão. Movimentos refinados eram agora impossíveis para ela, que parecia feita apenas de uma massa grosseira e pesada.

Ela compreendeu que isso revelava algo a respeito da JJ-180: ela pertencia à classe dos estimulantes talâmicos. E agora, neste momento de carência da droga, ela estava sofrendo uma privação da energia talâmica; aquelas mudanças, que ela sentia como se acontecessem no mundo exterior e no seu corpo, eram na verdade minúsculas alterações no metabolismo de sua mente. Mas...

Esse conhecimento não a ajudou muito. Porque essas modificações em si mesma e no mundo não eram crenças; eram experiências autênticas, registradas pelos canais sensoriais de sempre, impostas à sua consciência contra a sua vontade. Como estímulos, não podiam ser evitados. E... a alteração fisiognômica do mundo prosseguia. Não havia um final à vista. Em pânico, ela pensou: até onde vai isso? Até que ponto isso pode piorar? Certamente não muito mais... a impenetrabilidade mesmo dos menores objetos ao seu redor parecia agora quase infinita. Ela ficou sentada, rígida, incapaz de se mexer, incapaz de estabelecer qualquer relação entre aquele seu corpo desmedido e os objetos esmagadoramente pesados que a cercavam e pareciam estar se fechando cada vez mais sobre ela.

E mesmo que os objetos do escritório parecessem estar maciçamente fazendo pressão sobre o corpo dela, em outro nível eles pareciam distantes; pareciam se afastar de uma maneira significativa, aterradora. Estavam perdendo, percebeu ela, aquilo que os animava, as suas almas funcionais, por assim dizer. As *animas* que os habitavam estavam agora os abandonando, à medida que os poderes de projeção psicológica dela se deterioravam. Os objetos haviam perdido sua herança de familiaridade; de grau em grau haviam se tornado frios, remotos e... hostis. No vácuo deixado pelo declínio da relação dela com as coisas que a cercavam, essas coisas tinham voltado a se isolar das forças domesticadoras da mente humana; tornavam-se cruas, abruptas, com bordas cheias de dentes afiados capazes de cortar, retalhar, infligir ferimentos letais. Ela não ousava se mexer. A morte, a morte em potencial, jazia em cada objeto. Até mesmo o cinzeiro de latão feito à mão, sobre a mesa, adquirira forma irregular, e na sua falta de simetria ele projetava ângulos para fora, superfícies que, como espinhas, poderiam estraçalhar Kathy se ela fosse estúpida o bastante para se aproximar.

O viscom sobre a mesa tocou. Lucile Sharp, a secretária de Virgil Ackerman, disse:

— Sra. Sweetscent, o sr. Ackerman gostaria que viesse ao escritório dele. Sugiro que traga consigo o disco que a senhora comprou hoje, "Bei mir bist du schön". Ele manifestou interesse em vê-lo.

— Sim — disse Kathy, e o esforço quase a matou; ela parou de respirar e ficou sentada com o tórax inerte, os processos fisiológicos básicos ficando mais lentos sob a pressão, extinguindo-se pouco a pouco. E então, de alguma maneira, ela conseguiu respirar um hausto de ar, enchendo os pulmões, e depois expirou, com aspereza, ruidosamente. Naquele momento conseguiu escapar. Mas tudo continuava piorando. E agora? Com esforço, ficou de pé. Então é isso a abstinência da JJ-180, pensou ela. Conseguiu segurar o disco da Decca. Suas bordas escuras eram como lâminas serrilhadas cortando suas mãos enquanto ela o carregava através da sala, indo para a porta. A hostilidade daquele objeto contra ela, seu desejo inanimado e ainda assim feroz de destruí-la, tornou-se algo insuportável; ela se retraía ao mero toque daquele disco.

E o deixou cair.

O disco ficou sobre o tapete felpudo, aparentemente inteiro. Mas como apanhá-lo novamente? Como soltá-lo daquela superfície, daquele pano de fundo que o rodeava? Porque o disco não parecia mais ser algo independente: ele tinha se fundido ao resto. Ao tapete, ao piso, às paredes e agora tudo naquela sala; ele se tornara uma superfície única, indivisível, sem nenhuma ruptura. Ninguém poderia entrar ou sair daquele espaço cúbico, porque todo ele estava preenchido, completo — nada poderia mudar porque tudo ali já estava presente.

Meu Deus, pensou Kathy enquanto contemplava o disco caído aos seus pés. Não consigo me libertar; vou ter que ficar aqui, e eles me encontrarão assim e vão perceber que algo está horrivelmente errado. Isto é catalepsia!

Ainda estava ali parada quando a porta se abriu e Jonas Ackerman entrou, bruscamente, com uma expressão animada no rosto liso e jovem; foi até ela, viu o disco, abaixou-se sem dificuldade, o recolheu e o entregou às mãos dela, ainda estendidas.

— Jonas — disse ela, numa voz lenta, pastosa — eu preciso de ajuda médica. Estou doente.

— Como assim doente?

Ele a olhou preocupado, o rosto contraído, a testa se franzindo, pensou ela, como um ninho de cobras. A emoção dele derramou-se sobre Kathy, que a sentiu como uma pressão fétida, insuportável. Jonas disse:

— Meu Deus, que hora para adoecer. Eric não está, foi para Cheyenne, e o substituto dele não chegou ainda. Mas eu posso levar você para a Clínica Governamental de Tijuana. O que você tem? — Ele segurou o braço dela, machucando sua pele.

— Acho que está apenas deprimida porque Eric viajou.

— Me leve ao andar de cima — ela conseguiu dizer. — Para Virgil.

— Puxa vida, você parece mal mesmo — disse Jonas. — Sim, posso levá-la até o velho, talvez ele saiba o que fazer. — Ele a conduziu para a porta. — Talvez seja melhor eu levar esse disco, você parece que vai largá-lo de novo.

Levaram não mais do que dois minutos para chegar à sala de Virgil Ackerman, e no entanto para ela aquela tortura durou um tempo incalculável. Quando por fim ela se viu frente a frente com Virgil, estava exausta; ofegava, sem ar, incapaz de falar. Aquilo estava sendo demais para ela.

Examinando-a primeiro com curiosidade, e depois com alarme, Virgil disse em sua voz fina e penetrante:

— Kathy, é melhor que vá para casa hoje. Deite na cama com algumas revistas femininas, uma bebida...

— Me deixe em paz — ela ouviu a própria voz dizendo. — Meu Deus! — E depois, com desespero: — Não me deixe, sr. Ackerman, por favor!

— Bem, decida o que quer — disse Virgil, ainda olhando-a com atenção. — Posso entender que o fato de Eric ter ido embora para Cheyenne...

— Não — disse ela. — Estou bem. — Agora o efeito tinha diminuído um pouco; ela sentia como se tivesse absorvido um pouco da energia dele, talvez porque ele tivesse tanta. — Aqui está um ótimo item para Wash-35. — Ela se virou para Jonas, que estava com o disco. — Era uma das músicas mais populares daquele tempo. Esta e "The Music Goes Round and Round". — Pegando o disco, ela o colocou diante de Virgil, em cima da grande escrivaninha. Eu não vou morrer, pensou ela. Vou aguentar isto tudo e recobrar minha saúde. — Vou lhe dizer outra coisa de que recebi uma pista segura, sr. Ackerman. — Ela sentou numa cadeira de frente para a mesa dele, tentando poupar a energia que estava voltando. — Uma gravação particular que alguém fez, naquela época, de Alexander Woolcott em seu programa *The Town Crier*. Da próxima vez em que estivermos em Wash-35, vamos poder escutar a voz real de Woolcott. E não uma imitação, como temos atualmente.

— *The Town Crier*? — exclamou Virgil com alegria infantil.

— Meu programa favorito!

— Tenho uma certeza razoável de conseguir — disse Kathy.

— Claro, enquanto eu não fizer o pagamento ainda pode haver algum problema. Vou ter que voar para Boston para fazer o acordo final; a gravação está lá, de posse de uma dama solteirona muito astuta chamada Edith B. Scruggs. A gravação foi feita num gravador Packard Bell Phon-o-cord, segundo ela me afirmou numa correspondência.

— Kathy — disse Virgil Ackerman —, se você conseguir mesmo uma gravação autêntica da voz de Alexander Woolcott, vou te dar um aumento, Deus é testemunha. Sra. Sweetscent, meu doce coração, eu a amo por tudo que faz por mim. O programa de rádio de Woolcott era na WMAL ou na WJSV? Pesquise isso para mim, por favor. Examine aquelas cópias de 1935 do *Washington Post*, e por falar nisso... Aquela *American Weekly* com o artigo a respeito do mar dos Sargaços. Acho que finalmente decidimos excluí-la de Wash-35, porque quando eu era garoto meus pais não compravam as publicações de Hearst. Eu só vi essa aí quando...

— Só um instante, sr. Ackerman — disse ela, erguendo a mão.

Ele inclinou a cabeça, com expectativa.

— Sim, Kathy?

— O que diria se eu fosse para Cheyenne, me juntar a Eric?

— Mas... — Virgil balbuciou, gesticulando. — Eu preciso de você!

— Por algum tempo apenas — disse ela. Talvez isso baste, pensou ela. Talvez eles não exijam mais do que isto. — O senhor deixou que *ele* fosse. E ele o mantém vivo, a presença dele é mais vital do que a minha.

— Mas Molinari precisa dele. E ele não precisa de você; ele não está construindo nenhum parque de diversões; ele não está nem um pouco interessado no passado; está cheio de gás a respeito do futuro, como um adolescente. — Virgil parecia abatido. — Não posso ceder você, Kathy. Perder Eric já foi ruim demais, mas neste caso o acordo foi de que eu poderia convocá-lo em qualquer momento de dificuldade. Eu *tive* de concordar com a ida dele; era a atitude patriótica correta, em tempo de guerra, embora eu não o quisesse. Na verdade, estou muito assustado com a ausência dele. Mas você, não. — Seu tom se tornou lamentoso. — Não, isso seria demais. Eric me jurou, quando estávamos em Wash-35, que você não ia querer ir com ele. — Ele deu um olhar mudo e suplicante para Jonas. — Faça com que ela fique, Jonas.

Esfregando o queixo, pensativo, Jonas disse a ela:

— Você não ama Eric, Kathy. Já conversei com você, já conversei com ele. Os dois me contaram os problemas domésticos que têm. Vocês estão tão afastados um do outro quanto é possível estar sem cometer um crime. Não entendo isso.

— Eu pensava assim — disse ela — quando ele estava aqui. Mas eu estava enganando a mim mesma. Agora eu percebi, e tenho certeza de que ele sente o mesmo.

— Tem certeza? — disse Jonas, de forma perspicaz. — Então ligue para ele. — Ele apontou o vidfone na mesa de Virgil. — Veja o que ele acha. Francamente, por mim vocês separados estão bem melhor, e não tenho dúvida de que Eric sabe disso.

Kathy disse:

— Vocês me dão licença? Preciso voltar para minha sala.

Ela sentia o estômago embrulhado e um medo terrível. Seu corpo abalado, dependente da droga, ansiava por alívio e, ao se debater às cegas, comandava suas ações: exigia que ela fosse para perto de Eric em Cheyenne. A despeito do que Ackerman dissera. Ela não podia parar, e mesmo agora naquele estado confuso ela era capaz de ler o próprio futuro: não poderia escapar à droga JJ-180. Os Starmen estavam certos. Ela teria que voltar a procurá-los, usando o cartão que Corning deixara com ela. Meu Deus, pensou, se pelo menos eu pudesse contar a Virgil. Preciso conversar com alguém.

E então ela pensou: vou dizer a Eric. Ele é médico, ele vai poder me ajudar. Vou para Cheyenne, mas é para isto, *não é por eles*.

— Pode me fazer um favor? — Jonas Ackerman estava dizendo. — Pelo amor de Deus, Kathy, preste atenção. — Ele agarrou o braço dela de novo.

— Estou ouvindo — disse ela, com irritação. — E me largue. — Ela puxou o braço e recuou, furiosa. — Não me trate dessa forma. Eu não suporto isso. — Olhou-o com raiva.

Cheio de cuidados, com uma voz deliberadamente calma, Jonas disse:

— Nós podemos permitir que você vá ficar com seu marido em Cheyenne, Kathy, *se* você prometer esperar antes, aqui, por vinte e quatro horas.

— Por quê? — Ela não entendeu.

— É para deixar passar esse período inicial de choque devido à separação — disse Jonas. — Espero que em vinte e quatro horas você veja as coisas com mais clareza e mude de ideia. Enquanto isto... — Ele olhou para Virgil; o velho assentiu, concordando. — Eu lhe faço companhia. Dia e noite, se for necessário.

Atônita, ela disse:

— Vá para o inferno. Eu nunca...

— Sei que está acontecendo alguma coisa com você — disse Jonas, com calma. — Isso é óbvio. Não acho que você deve ser deixada a sós. Estou assumindo a responsabilidade de não deixar que nada lhe aconteça. — Ele prosseguiu, em voz mais baixa: — Você é valiosa demais para nós para correr o risco de fazer algo irremediável. — Mais uma vez ele a segurou pelo braço, desta vez com uma firmeza decidida. — Vamos.

Vamos descer para a sua sala. Vai lhe fazer bem mergulhar no trabalho, e eu vou sentar lá e ficar quietinho, sem atrapalhar. À noite, depois do expediente, vamos voar para Los Angeles e jantar no Spingler's. Sei que você gosta de frutos do mar. — Ele a conduziu para a porta.

Ela pensou, *vou escapar*. Você não é tão esperto assim, Jonas; vou ter um momento durante o dia, ou durante a noite. Fujo de você e vou para Cheyenne. Ou então, pensou com náusea e com um breve aumento do terror que sentira, vou despistar você, largar você, fugir de você e mergulhar no labirinto que é a vida noturna de Tijuana, onde todos os tipos de coisas acontecem, algumas delas terríveis, outras maravilhosas e cheias de beleza. Tijuana vai ser demais para você. Chega quase a ser demais para mim. E eu a conheço muito bem; passei muito do meu tempo, da minha vida, na noite de Tijuana.

E olhe só no que deu, pensou ela com amargura. Eu estava à procura de alguma coisa pura e mística na vida, e em vez disso acabei me juntando a um povo que nos odeia, que domina a nossa raça. Nosso aliado, pensou ela. Devíamos era estar lutando contra eles; para mim agora é muito claro. Se eu conseguir ficar a sós com Molinari lá em Cheyenne, e talvez eu tenha esta chance, vou lhe dizer isto, dizer que nos aliamos ao povo errado e estamos combatendo o inimigo errado.

— Sr. Ackerman — disse ela, virando-se com urgência para Virgil —, eu preciso ir a Cheyenne comunicar algo ao secretário. É algo que afeta a nós todos, e que tem a ver com a guerra.

Virgil Ackerman disse secamente:

— Fale para mim, e eu direi a ele. Desta maneira terá mais chance de ser ouvido. Você nunca conseguirá falar com ele. A não ser que fosse um dos seus bambinos ou seus primos.

— É isso — disse ela. — Sou filha dele. — Fazia completo sentido para ela: todos eles na Terra eram filhos do secretário da ONU. Eles tinham esperado que seu pai os conduzisse para um lugar seguro. Mas por alguma razão ele falhara.

Sem oferecer resistência, ela seguiu Jonas Ackerman.

— Sei o que você está fazendo — disse para ele. — Está usando esta oportunidade, com Eric longe e eu neste estado terrível, para se aproveitar sexualmente de mim.

Jonas deu uma risada.

— Bem, vamos ver então — disse. O riso dele não soou culpado aos ouvidos de Kathy, mas cheio de tranquila confiança.

— Sim — concordou ela, pensando no policial Starman, Corning. — Vamos ver como você se sai tentando me levar para a cama. Pessoalmente eu não apostaria no seu sucesso. — Ela não se deu o trabalho de remover a mão dele, grande e firme, do seu ombro. Ele apenas a colocaria de novo.

— Sabe — disse Jonas. — Se eu fosse mais crédulo, pensaria que você está sob o efeito de uma substância que nós chamamos JJ-180. — E completou: — Mas isso não é possível, porque você não poderia ter tido acesso a ela.

Encarando-o, Kathy disse:

— O que... — Não conseguiu continuar.

— É uma droga — disse Jonas. — Desenvolvida por uma das nossas subsidiárias.

— Não foi pelos reegs?

— Frohedadrina, ou JJ-180, foi criada em Detroit, no ano passado, por uma empresa controlada pela TF&D, chamada Companhia Hazeltine. É uma arma importante na guerra, ou pelo menos será quando estiver em plena produção, o que acontecerá ainda este ano.

— Porque — perguntou ela baixinho — ela é muito viciante?

— Ah, não. Muitas drogas criam dependência, a começar pelos derivados do ópio. Devido à natureza das alucinações que provoca nos usuários — explicou ele. — Ela é alucinógena, como era o LSD.

Kathy disse:

— Me fale das alucinações.

— Não posso. É informação militar confidencial.

Dando uma risada cortante, ela disse:

— Ah, céus. Quer dizer que a única maneira que eu tenho de descobrir é experimentando.

— E experimentaria como? Ela não está disponível, e mesmo quando estiver sendo produzida não podemos deixar que a nossa população a use. É uma substância tóxica! — Ele a encarou irritado. — E nem fale a respeito de usá-la. Todas as cobaias animais a quem ela foi administrada morreram. Esqueça que eu sequer toquei no assunto. Pensei que Eric talvez tivesse mencionado a você. Eu próprio não teria lembrado dela, mas você estava agindo de uma maneira estranha, e isso me fez pensar na JJ-180 porque eu estou com muito medo, e todos nós estamos, de que alguém, de algum modo, vai conseguir colocá-la no mercado doméstico, entre o nosso próprio povo.

Kathy disse:

— Vamos torcer para que isso nunca aconteça.

Ela tinha vontade de rir, no entanto; a coisa toda era completamente insana. Os Starmen tinham obtido a droga na Terra, mas diziam tê-la conseguido com os reegs. Pobre Terra, pensou ela. Não conseguimos receber crédito nem sequer por isso, por esse perigoso e destrutivo composto químico que acaba com a mente — como diz Jonas, uma poderosa arma de guerra. E quem o está usando? Nossos aliados. Em quem? Em nós. A ironia é completa; o círculo se fecha. Certamente há uma certa justiça cósmica no fato de uma terrestre ser uma das primeiras pessoas a se viciar nela.

Franzindo a testa, Jonas falou:

— Você perguntou se a JJ-180 tinha sido produzida pelos nossos inimigos. Isso indica que você já ouviu falar dela. Então Eric conversou com você a respeito disso. Tudo bem: o que é segredo são as propriedades da droga, não a sua existência. Os reegs sabem que estamos fazendo experiência com drogas de guerra há décadas, desde o século xx. É uma das especialidades da Terra. — Ele deu uma risadinha.

— Talvez a gente acabe vencendo afinal de contas — disse Kathy. — Isso deve alegrar Gino Molinari. Talvez ele consiga ficar mais tempo no cargo com a ajuda de mais algumas armas milagrosas. Ele está contando com essa droga? Ele sabe a respeito dela?

— Claro que Molinari sabe; a Hazeltine o mantém informado de cada estágio da produção. Mas pelo amor de Deus, não saia por aí...

— Não vou lhe causar problemas — disse Kathy. *Acho que vou viciar você em* JJ-180, pensou consigo. *É o que você merece; todo mundo que ajudou a criá-la, ou que sabe a respeito dela. Fique junto de mim durante as próximas vinte e quatro horas,* pensou. *Coma comigo, vá para a cama comigo, e quando tudo acabar vai estar marcado para a morte do jeito que eu estou. E depois,* pensou ela, *talvez eu possa apresentar a droga a Eric. A ele mais do que todos.*

Vou levá-la comigo para Cheyenne, decidiu Kathy. *Contaminar todo mundo lá, inclusive o Dique e sua corte. E por um bom motivo.*

Eles serão forçados, assim, a descobrir uma maneira de curar a dependência. A vida deles próprios vai depender disso, não só a minha. Se fosse só por mim não valeria a pena pesquisar; nem mesmo Eric tentaria, e certamente Corning e seu pessoal não estão ligando a mínima, ninguém liga para mim, para falar a verdade.

Provavelmente não era isto que Corning e os superiores dele tinham em mente quando queriam mandá-la para Cheyenne. Tanto pior. Era o que ela pretendia fazer.

— Vai ser posta nos reservatórios de água — estava explicando Jonas. — Os reegs possuem gigantescas fontes de abastecimento de água, tais como havia em Marte antigamente. A JJ-180 vai ser introduzida lá, e com isso será espalhada por todo o planeta. Admito que soa como uma manobra desesperada da nossa parte. Um... você sabe: um tour de force. Mas na verdade é uma coisa muito racional e razoável.

— Não estou criticando — disse Kathy. — Na verdade, acho a ideia brilhante.

O elevador chegou; eles entraram e começaram a descer.

— Veja só do que um cidadão comum da Terra não tem conhecimento — disse Kathy. — Ele fica feliz da vida cuidando de seu dia a dia... e nunca lhe ocorreria pensar que seu governo criou uma droga da qual basta uma dose para transformar a pessoa num... como você diria, Jonas? Em algo menos do que um servo-robô? Certamente algo menos que humano. Imagino onde isso estaria situado na escala evolutiva.

— Eu nunca disse que uma única exposição à JJ-180 criaria dependência — disse Jonas. — Eric deve ter lhe dito isso.

— Estaria com os lagartos do período Jurássico — decidiu ela. — Criaturas com cérebros minúsculos e caudas imensas. Criaturas quase sem atividade mental; apenas máquinas dotadas de reflexos, executando os atos externos da vida, praticando as ações, mas sem de fato estarem presentes ali. Certo?

— Bem — disse Jonas —, são os reegs que vão receber a droga. Eu não desperdiçaria minhas lágrimas com eles.

— Eu desperdiço minhas lágrimas com qualquer coisa que venha a se viciar em JJ-180 — disse Kathy. — Eu odeio essa coisa. — Ela se interrompeu. — Não ligue para mim. Só estou irritada por causa da partida de Eric. Vou ficar bem. — Consigo mesma, ficou imaginando quando poderia ter uma chance de procurar Corning e conseguir mais cápsulas da droga. Estava evidente para ela que tinha se viciado. Mas agora ela ia ter que encarar.

Tudo que sentia era resignação.

Ao meio-dia, já no conapt agradável e moderno (embora excessivamente pequeno) que lhe fora designado pelos poderes miraculosos das autoridades governamentais superiores de Cheyenne, o dr. Eric Sweetscent terminou de ler as planilhas médicas do seu novo paciente — mencionado ao longo daquele enorme volume de impressos como apenas "o sr. Brown". O sr. Brown, refletiu ele, enquanto guardava o material de volta em sua caixa de plástico inquebrável, é um homem doente, mas a sua doença simplesmente não pode ser diagnosticada, pelo menos da forma tradicional. Porque — e esta era a parte mais esquisita, para a qual Teagarden não o havia preparado — o paciente tinha exibido, ao longo dos anos, sintomas de graves doenças orgânicas, sintomas não associados a desordens psicossomáticas. Houvera a certa altura um tumor maligno no fígado, que produzira metástases — e no entanto o sr. Brown não morrera. E o tumor maligno desaparecera, ou pelo menos não estava lá agora: exames feitos nos últimos dois anos o provavam. Até uma cirurgia exploratória fora realizada, finalmente, e o fígado do sr. Brown nem sequer exibia o desgaste que se esperava em um homem da sua idade cronológica.

Era o fígado de um rapaz de dezenove ou vinte anos.

E essa estranheza tinha sido observada em outros órgãos submetidos a rigorosos exames. Mas o sr. Brown estava exibindo uma diminuição de sua saúde em geral. Estava num processo de declínio: parecia muito mais velho do que sua idade cronológica, e a aura à sua volta indicava uma saúde precária. Era como se o seu corpo, num nível puramente fisiológico, estivesse ficando mais jovem, enquanto sua essência, sua gestalt psicobiológica total, envelhecesse naturalmente e de fato estivesse começando visivelmente a falhar.

Fosse qual fosse a força fisiológica que o sustentava do ponto de vista orgânico, o sr. Brown não estava agora recebendo dela nenhum benefício, exceto, naturalmente, pelo fato de que não morrera do tumor maligno no fígado nem de um anterior que fora detectado no baço, nem do câncer de próstata certamente fatal que ele tinha sofrido, sem que se tivesse sido detectado, em sua terceira década de vida.

O sr. Brown estava vivo, mas por um triz. Visto como um todo, seu corpo estava muito desgastado e em estado de deterioração. Seu sistema circulatório, por exemplo: a pressão sanguínea de Brown era 220, a despeito dos vasodilatadores administrados oralmente; sua visão já começava a ser afetada por isso. E no entanto, refletiu Eric, Brown certamente venceria esse desafio, tal como o fizera com todos os outros problemas físicos; um dia aquilo ia simplesmente desaparecer, mesmo com sua recusa a se manter fiel a uma dieta e com o fato de seu organismo não responder à medicação com reserpina.

O fato extraordinário era simplesmente que o sr. Brown tivera, num momento ou noutro de sua vida, quase todas as doenças mais sérias conhecidas, desde infartos pulmonares até hepatite. Era um simpósio ambulante de enfermidades, nunca totalmente bem, nunca funcionando cem por cento; em qualquer dado momento do tempo alguma porção vital do seu corpo estava sendo afetada. E então...

De algum modo, ele curava a si mesmo. E sem lançar mão de artificiórgãos. Era como se Brown praticasse algum tipo de medicina homeopática, primitiva, usasse algum remédio herbáceo bobo que ele jamais revelara aos médicos que o assistiam. E provavelmente nunca o faria.

Brown precisava estar doente. Sua hipocondria era real: ele não tinha sintomas meramente histéricos, tinha doenças verdadeiras que em geral levavam os pacientes a um estado terminal. Se aquilo fosse histeria, uma variedade das queixas puramente psicológicas, Eric nunca se deparara antes com algo semelhante. E, no entanto, a despeito disso, Eric tinha a intuição de que todas aquelas doenças tinham existido por um motivo: elas haviam sido engendradas das profundezas complexas e secretas da psique do sr. Brown.

Por três vezes na vida o sr. Brown desenvolvera um câncer. Mas como? E por quê?

Talvez isso surgisse por causa do seu desejo de morrer. E cada vez o sr. Brown parava na beira do abismo e recuava. Ele precisava estar doente — mas não morrer. O desejo de suicídio, portanto, não era legítimo.

Isso era algo importante de saber. Porque, se de fato era assim, o sr. Brown lutaria para sobreviver — lutaria contra a própria missão para a qual trouxera Eric.

Portanto, o sr. Brown tinha tudo para ser um paciente incrivelmente difícil. Para dizer o mínimo. E tudo isso, sem dúvida, funcionava num nível inconsciente: o sr. Brown certamente não percebia a coexistência daqueles impulsos gêmeos e opostos.

A campainha da porta do conapt soou. Ele foi atender e se viu diante de um sujeito de aspecto profissional, de terno impecável. Exibindo uma identificação, ele disse:

— Serviço Secreto, dr. Sweetscent. O secretário Molinari precisa do senhor. Ele está sofrendo dores agudas, e é melhor se apressar.

— Claro. — Eric correu para pegar o paletó no armário; um momento depois ele e o homem do Serviço Secreto estavam caminhando para onde sua roda estava estacionada. — Mais dores abdominais? — perguntou.

— As dores agora parecem ter se transferido para o lado esquerdo — disse o homem do Serviço Secreto enquanto pilotava a roda até juntar-se ao trânsito. — Na região do coração.

— Ele não descreveu a sensação como a de uma mão enorme apertando-o, não?

— Não, ele estava apenas deitado e gemendo. E chamando o senhor. — O homem do Serviço Secreto parecia encarar a situação de modo bem prático; evidentemente para ele tudo aquilo era muito familiar. O secretário, afinal, estava sempre doente.

Chegaram por fim à Casa Branca das Nações Unidas, e

Eric desceu pela esteira rolante. Se eu pelo menos pudesse implantar nele um artificiórgão, pensou, poderia acabar com tudo aquilo...

Mas estava bem claro para ele, agora que tinha lido o dossiê, por que Molinari sempre tivera como princípio recusar o transplante de órgãos artificiais. Se ele aceitasse um transplante recuperaria a saúde; a ambiguidade de sua existência — oscilando entre doença e morte — cessaria. Seus impulsos opostos seriam resolvidos em favor da saúde. Em consequência, o seu delicado dinamismo psíquico seria abalado, e Molinari se veria arrastado na direção de uma das forças que lutavam pelo controle dentro dele. E isso ele não podia permitir.

— Por aqui, doutor. — O homem do Serviço Secreto o guiou por um corredor até uma porta diante da qual estavam vários policiais uniformizados. Eles se afastaram para dar passagem, e Eric entrou.

No meio do quarto, numa enorme cama desarrumada, Gino Molinari estava deitado de barriga para cima, olhando um aparelho de TV fixado ao teto.

— Estou morrendo, doutor — disse Molinari, virando a cabeça. — Acho que as dores estão vindo do coração. Provavelmente era o coração, todo este tempo. — Seu rosto, largo e corado, brilhava de suor.

Eric disse:

— Vamos fazer um eletrocardiograma no senhor.

— Não, isso eu já fiz, uns dez minutos atrás, e não mostrou nada. Minha doença é sutil demais para ser detectada por instrumentos. Isso não quer dizer que ela não exista. Já ouvi falar de pessoas que tiveram tremendas tromboses coronárias e haviam feito ECG e eles não acusaram nada; isto é um fato conhecido, não? Escute, doutor. Eu sei de algo que o senhor não sabe. O senhor se pergunta por que eu tenho essas dores. Nosso aliado, nosso parceiro nesta guerra. Eles têm um plano de ação que inclui apossar-se da Tijuana Fur & Dye; eles me mostraram o documento. Estão confiantes a esse ponto. Têm um agente que já está plantado na sua empresa. Estou lhe dizendo isto para o caso de eu morrer de repente deste meu problema; o senhor sabe, posso ir a qualquer instante.

— Já disse isso a Virgil Ackerman? — perguntou Eric.

— Comecei a dizer, mas... Meu Deus, como se pode dizer uma coisa como essa àquele velho? Ele não entende o tipo de coisa que acontece numa guerra declarada; isto não é nada, essa apropriação das maiores indústrias da Terra. Isto é provavelmente apenas o começo.

— Bem, agora que estou sabendo — disse Eric —, acho que eu devo contar a Virgil.

— Está bem, conte a ele — disse Molinari rangendo os dentes. — Talvez você encontre uma maneira. Eu ia contar quando estávamos em Wash-35, mas... — Ele se contorceu de dor. — Faça alguma coisa por mim, doutor, isto está me matando.

Eric deu-lhe uma injeção intravenosa de morprocaína e o secretário da ONU se acalmou.

— Vocês não sabem — murmurou Molinari numa voz apaziguada, relaxada — o que eu tenho de encarar com esses Starmen. Fiz o que pude para mantê-los longe de nós, doutor. — Depois ele prosseguiu: — Não sinto nenhuma dor agora. O que o senhor me deu parece ter resolvido.

Eric perguntou:

— Quando eles pensam em assumir o controle da TF&D? Em breve?

— Alguns dias. Uma semana. É um cronograma flexível. A companhia fabrica uma droga na qual eles estão interessados... o senhor provavelmente não sabe. Nem eu. A verdade é que eu não sei de nada, doutor. Este é o segredo da minha situação. Ninguém me diz coisa alguma. Mesmo o senhor. O que há de errado comigo, por exemplo; aposto como não vai me dizer.

Eric perguntou a um dos homens do Serviço Secreto que os observavam:

— Onde posso achar uma cabine de vidfone?

— Não saia — disse Molinari, erguendo o corpo na cama — Se sair, minha dor vai voltar no mesmo instante, tenho certeza. Quero que chame Mary Reineke para cá. Preciso falar com ela, agora que estou me sentindo melhor. Veja bem, doutor, eu não disse nada a ela a respeito disto, do quanto estou doente. E não quero que o senhor diga nada, também. Ela precisa ter uma imagem idealizada de mim. As mulheres são assim: para amar um homem precisam olhar para ele de baixo para cima, glorificá-lo. Entende?

— Mas quando ela o vir na cama, ela não vai saber que...

— Ah, ela sabe que eu estou doente, sim, só não sabe que é fatal. Entende?

Eric disse:

— Prometo que não revelarei a ela que é fatal.

— E é? — Os olhos de Molinari se arregalaram de alarme.

— Não que eu saiba — disse Eric. Com muito cuidado, ele completou: — De qualquer modo, fiquei sabendo ao ler seu dossiê médico que o senhor já sobreviveu a várias doenças que geralmente são fatais, incluindo câncer do...

— Não quero falar sobre isso. Fico deprimido quando me lembro da quantidade de vezes que já tive câncer.

— Eu acho que...

— Que eu devia ficar otimista por ter me recuperado? Não, *porque talvez da próxima vez eu não me recupere.* Quero dizer, cedo ou tarde a doença vai me pegar, e antes que eu tenha completado o meu trabalho. E o que acontecerá com a Terra, então? Pode imaginar; dê um palpite.

— Vou procurar a srta. Reineke para trazê-la até aqui — disse Eric, caminhando na direção da porta. Um homem do Serviço Secreto se separou do grupo para mostrar-lhe onde ficava o vidfone.

Quando estavam fora do quarto, o homem do Serviço Secreto disse em voz baixa:

— Doutor, temos um problema no terceiro andar. Um dos cozinheiros da Casa Branca desmaiou há cerca de uma hora. O dr. Teagarden está com ele e gostaria de conversar com o senhor a respeito disso.

— Certamente — disse Eric. — Vou dar uma olhada nele antes do meu telefonema. — Ele seguiu o agente até o elevador.

No dispensário da Casa Branca ele encontrou o dr. Teagarden.

— Precisei do senhor — disse Teagarden imediatamente — porque o senhor lida com artificiórgãos. Este é um caso claro de angina pectoris e vamos precisar de um transplante imediato. Presumo que trouxe pelo menos um coração com o senhor.

— Sim — murmurou Eric. — O paciente tem histórico de problemas cardíacos?

— Não até duas semanas atrás — disse Teagarden. — Quando teve um ataque moderado. Então lhe ministraram dorminyl, claro, duas vezes por dia. Ele pareceu se recuperar. E agora...

— Qual é a relação entre a angina deste homem e as dores do secretário?

— Relação? Há alguma?

— Não parece estranho? Ambos os homens acusam fortes dores abdominais quase ao mesmo tempo...

— Mas neste caso aqui, o de McNeil — disse Teagarden, conduzindo Eric até a cama —, o diagnóstico é inconfundível. Enquanto que, no caso do secretário Molinari, não se pode diagnosticar angina, os sintomas típicos estão ausentes. Então, não vejo relação nenhuma. — Teagarden fez uma pausa e concluiu: — Em todo caso, isto aqui é um lugar de muita tensão, doutor, as pessoas aqui adoecem o tempo todo.

— Mesmo, assim, parece...

— Em todo caso — disse Teagarden —, é um problema apenas técnico. Transplante o coração novo e pronto.

— Pena que não possamos fazer o mesmo no andar de cima. — Eric inclinou-se sobre o catre onde McNeil estava deitado. Então este homem tinha a doença que Molinari imaginava ter. Qual dos dois adoecera primeiro?, pensou Eric. McNeil ou Gino Molinari? Qual dos dois era causa e qual era efeito — presumindo que tal relação existisse, e esta é uma suposição das mais tênues, na melhor das hipóteses. Como Teagarden argumentou.

Mas seria interessante descobrir, por exemplo, se alguém nas vizinhanças havia apresentado câncer de próstata ao mesmo tempo que Gino... e os outros cânceres, infartos, hepatite e tudo o mais.

Talvez valesse a pena consultar os registros médicos dos funcionários da Casa Branca, pensou ele.

— Quer ajuda no transplante? — perguntou Teagarden. — Se não, vou subir para ficar com o secretário. Há uma enfermeira da Casa Branca que pode ajudá-lo. Ela estava aqui até um instante atrás.

— Não vou precisar do senhor. O que eu gostaria era de ter uma lista de todos os problemas de saúde atuais no quadro de funcionários. Todas as pessoas que estejam em contato diário com Molinari, sejam pessoas que trabalham aqui ou mesmo visitantes frequentes, não importa o posto que ocupem. Isso pode ser feito?

— Com os funcionários, sim — disse Teagarden. — Mas não com os visitantes; não temos registros médicos deles, obviamente. — Ele encarou Eric.

— Tenho a intuição — disse Eric — de que no momento em que um coração novo for transplantado para o nosso amigo McNeil aqui, as dores do secretário cessarão. E os registros posteriores vão demonstrar que, a partir desta data, o secretário se recuperou de uma angina pectoris bem severa.

A expressão do rosto de Teagarden se alterou, tornando-se turva.

— Bem — disse ele, encolhendo os ombros — metafísica associada à cirurgia. Temos no senhor uma combinação bastante rara, doutor.

— O senhor seria capaz de dizer que Molinari é empático o bastante para desenvolver cada uma das doenças experimentadas pelas pessoas à sua volta? E não digo que seja apenas como processo histérico. Digo que ele sente genuinamente cada doença. Ele as contrai.

— Nenhum dom empático dessa natureza — disse Teagarden —, se é que podemos chamar isso de "dom", já teve sua existência comprovada.

— Mas o senhor já leu o dossiê dele — disse Eric calmamente. Abriu a valise de instrumentos e começou a organizar os instrumentos servo-robôs, automáticos, de que ia precisar para o transplante do coração artificial.

7

Depois da operação, que lhe exigiu apenas meia hora de trabalho, Eric Sweetscent, acompanhado por dois agentes do Serviço Secreto, seguiu para o apartamento de Mary Reineke.

— Ela é burra — disse o homem à sua esquerda, de forma gratuita.

O outro agente do Serviço Secreto, mais velho e mais grisalho, disse:

— Burra? Ela sabe o que faz o Dique funcionar. Ninguém mais foi capaz de descobrir isso.

— Não há o que descobrir — disse o agente mais jovem. — É somente o encontro de dois vácuos, e é como se fosse um único vácuo bem grande.

— Puxa, que vácuo, hein? O cara chegou a secretário da ONU. Acha que você ou qualquer outro conseguiriam isso? O conapt dela é aqui. — O agente mais velho se deteve e apontou uma porta. Virando-se para Eric, disse: — Não demonstre surpresa quando a vir. Quero dizer, quando vir que ela é apenas uma menina.

— Já me avisaram — disse Eric, e tocou a campainha. — Já sei tudo a respeito disso.

— Ele já sabe tudo — zombou o agente mais jovem. — Que bom. E nem sequer a viu ainda. Talvez o senhor vire secretário da ONU quando o Dique finalmente sucumbir.

A porta se abriu. Uma garota miúda, morena, espantosamente bonita, usando uma camisa masculina de seda vermelha por fora da calça e calças compridas justas, os encarou. Tinha na mão um alicate; evidentemente estava aparando as cutículas das unhas, que Eric percebeu serem longas e luminosas.

— Sou o dr. Sweetscent. Agora faço parte da equipe de Gino Molinari. — Ele quase disse *da equipe do seu pai*; controlou as palavras bem a tempo.

— Eu sei — disse Mary Reineke. — E ele quer minha presença, porque está se sentindo um caco. Só um minuto. — Ela entrou para pegar um casaco e desapareceu momentaneamente.

— Uma colegial — disse o agente à esquerda de Eric, e abanou a cabeça. — Se fosse um cara comum, seria uma violação da lei.

— Cale essa boca — disse bruscamente o outro, quando Mary Reineke voltou, usando um casaco pesado, estilo marinheiro, azul-escuro com botões grandes.

— Dois rapazes espertos — disse Mary aos agentes. — Podem ir na frente. Quero falar com o dr. Sweetscent sem vocês dois espichando a orelha para a nossa conversa.

— O.k., Mary. — Sorrindo, os dois agentes puseram-se a caminho. Eric ficou sozinho no corredor com a garota em seu casaco de marinheiro, calça comprida e sandálias.

Foram caminhando em silêncio, e então Mary perguntou:

— Como ele está?

Com cautela, Eric respondeu:

— Em muitos aspectos, com uma saúde excepcional. É quase inacreditável. Mas...

— Mas está morrendo. O tempo todo. Doente, mas isso vai se arrastando, se arrastando... Gostaria que acabasse; gostaria que... — Ela fez uma pausa, ficou pensativa. — Não, não quero isso. Se Gino morresse, eles me dariam um pé na bunda. E também em todos os primos, tios e bambinos dele. Fariam uma faxina completa de todo o lixo que tem aqui. — A língua dela era surpreendentemente ferina e amarga; Eric a olhou de esguelha, surpreso. — Está aqui para curá-lo? — perguntou ela.

— Bem, eu posso tentar. Posso pelo menos...

— Ou está aqui para ministrar o... como é mesmo que chamam? O golpe fatal. O senhor sabe. O *coup* de alguma coisa.

— *Coup de grace* — disse Eric.

— Sim — assentiu Mary Reineke. — Muito bem. O que deseja aqui? Ou não sabe? Está tão confuso quanto ele, será que é isso?

— Não estou confuso — disse Eric, depois de uma pausa.

— Então sabe qual é o seu dever aqui. O senhor é o homem dos artificiórgãos, não é? O grande cirurgião dos transplantes. Li a seu respeito na *Time*, acho. Não acha que *Time* é uma revista altamente informativa, sobre todos os assuntos? Eu a leio inteira toda semana, especialmente as seções sobre medicina e ciência.

Eric disse:

— Você... vai à escola?

— Eu já terminei. O segundo grau, não a faculdade. Não tenho interesse no que eles chamam de "ensino superior".

— O que você quer ser?

— O que quer dizer com isso? — Ela o olhou com suspeita.

— Quero dizer, que carreira pretende seguir?

— Eu não preciso de uma carreira.

— Mas antes você não podia ter previsto isto. Não tinha como adivinhar que ia acabar... — Ele fez um gesto amplo. — Ia acabar aqui na Casa Branca.

— Claro que sabia. Eu sempre soube, minha vida inteira. Desde os três anos.

— Como?

— Eu era... eu sou... uma desses precogs. Eu posso prever o futuro. — O tom de voz dela era bastante calmo.

— Ainda consegue fazer isso?

— Sim.

— Então não precisa me perguntar o que eu vim fazer aqui. Basta olhar adiante e ver.

— O que o senhor fizer — disse Mary — não tem tanta importância. Não fica registrado. — Ela sorriu então, mostrando dentes brancos, regulares, muito belos.

— Não consigo acreditar — disse ele, incomodado.

— Então seja seu próprio precog e não me pergunte o que sei se não está interessado nos resultados. Ou se é incapaz de aceitá-los. Este ambiente é implacável, aqui dentro da Casa Branca: cem pessoas bradando pela atenção de Gino ao mesmo tempo, vinte e quatro horas por dia. É preciso abrir caminho brigando no meio da multidão. É por isso que Gino adoece, ou pelo menos finge adoecer.

— Finge? — disse Eric.

— Ele é um histérico, o senhor sabe, quando a pessoa pensa que tem uma doença, mas não tem de verdade. É a maneira que ele tem para impedir que as pessoas montem nas costas dele. Ele está doente demais para poder se relacionar com elas. — Ela deu uma risada alegre. — O senhor sabe, já o examinou. Ele na verdade não tem coisa alguma.

— Já leu o dossiê dele?

— Claro.

— Então sabe que Gino Molinari já teve câncer em três ocasiões diferentes.

— E daí? — Ela fez um gesto. — Câncer histérico.

— Na ciência médica não existe...

— O que prefere, ir pelos manuais ou acreditar no que está vendo com seus olhos? — Ela o examinou atentamente. — Se espera sobreviver aqui dentro, é melhor ser realista. É melhor aprender a detectar os fatos quando se deparar com eles. Acha que Teagarden está contente com a sua presença aqui? O senhor é uma ameaça ao status dele, e ele já começou a procurar alguma maneira de desacreditá-lo, ou será que não reparou nisso?

— Não — disse ele —, não reparei.

— Então não vai ter a menor chance. Teagarden vai botá-lo para fora daqui tão depressa... — Ela se interrompeu. Lá adiante havia surgido a porta do secretário enfermo e as duas filas de agentes do Serviço Secreto. — Sabe por que Gino tem essas dores, na verdade? Para ser paparicado. Para que as pessoas fiquem à sua disposição como se ele fosse um bebê; ele quer ser um bebê de novo, para não ter as responsabilidades de um adulto. Entende?

— Teorias como essa — disse Eric — soam tão perfeitas, tão prontas, tão fáceis de dizer...

— Mas esta é verdadeira — disse Mary. — Nesse caso. — Ela passou pelos homens do Serviço Secreto, abriu a porta e entrou. Indo direto para a cama de Gino, ela olhou para ele e disse: — Levante agora mesmo dessa cama, seu filho da mãe preguiçoso.

Abrindo os olhos, Gino mexeu-se pesadamente.

— Ah, é você. Sinto muito, mas eu...

— Sinto muito coisa nenhuma — disse Mary num tom brusco. — Você não está doente. Levante! Tenho vergonha de você, todo mundo tem vergonha de você. Está com medo e agindo como um bebê. Como espera que eu o respeite, agindo dessa maneira?

Depois de algum tempo Gino disse:

— Talvez eu não espere que você pense nada. — Ele parecia, mais do que qualquer outra coisa, deprimido pelas censuras da garota. Então percebeu a presença de Eric. — Ouviu o que ela falou, doutor? — perguntou, taciturno. — Ninguém pode detê-la; ela entra aqui num momento em que estou morrendo e fala comigo desse jeito. Talvez seja por isso mesmo que estou nesse estado. — Ele esfregou o estômago com cuidado. — Não sinto mais nada agora. Pode ter sido aquela injeção que me deu. O que era aquilo?

Não foi a injeção, pensou Eric, foi a cirurgia que fiz lá

embaixo em McNeil. Suas queixas sumiram porque um cozinheiro assistente da Casa Branca tem agora um coração artificial. Eu estava certo.

— Se se sente bem... — começou Mary.

— Está bem — suspirou Molinari. — Vou levantar; basta me deixar em paz, pelo amor de Deus. — Ele se agitou, tentando ficar em pé. — O.k., vou levantar, isso a deixa satisfeita? — Ele elevou a voz, raivoso.

Virando-se para Eric, Mary Reineke disse:

— Está vendo? Eu posso tirá-lo da cama. Posso fazê-lo ficar de pé como um homem.

— Meus parabéns — murmurou Gino, azedo, enquanto se erguia, ainda trêmulo. — Eu não preciso de equipe médica; só preciso de você. Mas eu reparei que foi o dr. Sweetscent aqui presente que me livrou das minhas dores, e não você. O que mais você é capaz de fazer, a não ser brigar comigo? Se estou de pé é graças a ele. — Ele passou por Mary e foi ao armário pegar o roupão.

— Ele fica ressentido comigo — disse Mary a Eric. — Mas no fundo ele sabe que eu tenho razão. — Ela parecia perfeitamente tranquila e segura de si; parada, com os braços cruzados, ela ficou olhando o secretário amarrar a tira do roupão azul e calçar os chinelos de couro de veado.

— A chefona — murmurou Molinari olhando para Eric e fazendo um gesto com a cabeça na direção de Mary. — É ela quem manda aqui, ou pelo menos é o que ela pensa.

— Tem que fazer o que ela manda? — perguntou Eric.

Molinari riu.

— Claro. Não tenho?

— O que acontece se não fizer? Ela faz o mundo vir abaixo?

— Sim, ela faz o céu desabar — assentiu Molinari. — É um talento psiônico que ela possui... chama-se "ser mulher". Como a sua esposa Kathy. Estou feliz por ter Mary por perto, eu gosto dela. Não ligo se ela grita comigo; afinal de contas, consegui levantar da cama e isso não me fez nenhum mal. Ela estava certa.

— Eu sempre sei quando você está fingindo — disse Mary.

— Venha comigo, doutor — disse Molinari para Eric. — Eles prepararam alguma coisa para me mostrar, quero que veja também.

Acompanhados pelos homens do Serviço Secreto, eles seguiram pelo corredor e entraram numa sala trancada e vigiada, que Eric percebeu ser uma sala de projeção. A parede ao fundo consistia de uma vidtela permanente, em grande escala.

— Um discurso meu — explicou Molinari a Eric enquanto sentavam. Ele fez um sinal e um vídeo começou a rodar, projetado na enorme tela. — Vai ser transmitido amanhã à noite por todas as redes de TV. Quero sua opinião sobre ele antecipadamente, para o caso de haver alguma coisa que eu deva modificar. — Deu uma olhada de esguelha para Eric, como se houvesse mais alguma coisa que não estava querendo falar.

Por que ele haveria de querer minha opinião?, imaginou Eric enquanto olhava a imagem do secretário da ONU enchendo a tela. O Dique em uniforme de gala completo como comandante em chefe das Forças Armadas terrestres; medalhas, braçadeiras, fitas e, acima de tudo, o quepe de marechal com a viseira escondendo parcialmente o rosto redondo e de bochechas poderosas, de modo que a parte inferior, o queixo escuro era visível com sua expressão desconcertantemente dura.

E as bochechas, inexplicavelmente, não estavam frouxas; tinham ficado, por motivos que Eric não era capaz de adivinhar, firmes e determinadas. Era um rosto severo, imperturbável, aquele que aparecia na tela, estoico e fortalecido por uma autoridade íntima que Eric não tinha visto ainda no Dique... ou será que tinha?

Sim, pensou ele. Mas isso tinha sido anos atrás, quando o Dique tinha assumido o cargo, quando era mais jovem e não estava ainda esmagado sob o peso das responsabilidades. E agora, na tela, o Dique falava. E sua voz... *era a mesma voz dos tempos passados*, era exatamente como tinha sido, uma década atrás, antes daquela guerra terrível, daquela guerra perdida.

Dando uma risadinha, Molinari falou, das profundezas da poltrona de espuma onde estava afundado ao lado de Eric:

— Estou bastante bem aí, não?...

— Sim, está.

O discurso foi se desenrolando, sonoro, contendo até, de vez em quando, rasgos imponentes, majestosos. E era precisamente isto que Molinari perdera: tornara-se digno de pena. Na tela, o homem digno e maduro em uniforme militar se expressava com clareza numa voz que articulava sem hesitação cada frase; o secretário da ONU, em uma gravação, exigia e comunicava, não pedia nada, não se voltava para o eleitorado da Terra em busca de ajuda... ele lhes *dizia* o que fazer num momento de crise. E era assim que devia ser. Mas como aquela mudança fora possível? Como tinham transformado a esse ponto aquele inválido suplicante, hipocondríaco, sofrendo os intermináveis ataques que o deixavam quase morto? Eric estava atônito.

Ao lado dele, Molinari disse:

— Isso é falso. Não sou eu. — Deu um sorriso deliciado quando Eric olhou bem de perto para ele e depois para a tela.

— Quem é, então?

— Não é ninguém. É um servo-robô. Fabricado para mim pela General Robant Servant Enterprises. Esse discurso vai ser a primeira aparição dele. Ficou muito bom. Muito parecido comigo nos velhos tempos, me sinto rejuvenescido só de olhar para ele. — E Eric percebeu que o secretário da ONU já estava mais parecido com sua antiga imagem; já sentava mais ereto na poltrona enquanto contemplava o simulacro na tela. O Dique, antes de qualquer outra pessoa, estava totalmente envolvido por aquele espetáculo; era ele o primeiro convertido. — Quer vê-lo? É segredo absoluto, claro; somente três ou quatro pessoas têm conhecimento dele, além de Dawson Cutter das Organizações GRS, é claro. Mas tudo será confidencial; estão acostumados a lidar com material secreto neste processo de contratos de guerra. — Ele deu um tapa nas costas de Eric. — Está sendo admitido num segredo de Estado. O que acha disso? É dessa maneira que os Estados modernos são administrados. Existem coisas que o eleitorado não sabe, não pode saber, e é para o seu próprio bem. Todos os governos funcionaram dessa maneira, não é somente o meu. Imagina que sou apenas eu? Se sim, ainda tem muito o que aprender. Estou usando um servo-robô para falar meus discursos porque a esta altura eu não... — Fez um gesto indicando a si mesmo. — ... eu não tenho mais a aparência adequada, apesar dos técnicos em maquiagem que sempre me preparam. É uma tarefa impossível. — Agora ele estava abatido, não brincava mais. — De modo que eu desisti. Tenho que ser realista. — Ele voltou a afundar na cadeira, carrancudo.

— Quem escreveu este discurso?

— Eu escrevi. Ainda consigo articular um manifesto político, explicando a situação, dizendo a eles em que pé estamos, para onde estamos indo e o que temos de fazer. Minha mente continua no lugar. — O Dique deu umas batidinhas em sua têmpora proeminente. — Tive alguma ajuda, porém.

— Ajuda — ecoou Eric.

— Um homem que eu quero que conheça. Um advogado jovem e brilhante que me serve de consultor confidencial, sem salário. Don Festenburg, um verdadeiro ás. Você vai ficar tão impressionado com ele quanto eu fiquei. Ele tem um talento para remodelar, condensar, extrair a essência de algo e apresentá-la em poucas frases destiladas... Eu sempre tive uma tendência para me alongar demasiado, todo mundo sabe disso. Mas não mais, não enquanto tiver Festenburg por perto. Ele programou esse simulacro. Salvou minha vida, de fato.

Na tela, sua imagem sintética estava dizendo, com uma voz cheia de autoridade:

— ... e reunindo a flama coletiva de nossas diversas sociedades nacionais, nós, como terrestres, resultamos numa associação formidável, mais do que apenas um planeta, mas reconhecidamente menos, no momento, do que um império interplanetário da ordem de Lilistar, embora talvez...

— Eu... eu preferiria não conhecer o simulacro — disse Eric.

Molinari encolheu os ombros.

— Bem, é apenas uma oportunidade, mas se não está interessado, ou se isso de algum modo o perturba... — Ele encarou Eric. — O senhor preferiria reter a sua imagem idealista ao meu respeito, preferiria pensar que essa criatura falando aí na tela é real. — Ele deu uma risada. — Pensei que um médico, como um advogado ou um padre, pudesse suportar o choque de ver a vida como ela é; achei que a verdade fosse o seu pão de cada dia. — Ele se inclinou com veemência na direção de Eric, fazendo a poltrona ranger sob seu peso excessivo. — Estou velho demais. Não posso mais falar de uma maneira tão brilhante. Deus sabe o quanto eu gostaria. Mas isto me serve como solução; será que seria melhor desistir de tudo?

— Não — admitiu Eric. Aquilo não resolveria os problemas de ninguém.

— De modo que eu uso um servo-robô para me substituir, falando as frases programadas por Don Festenburg. A questão é: nós vamos prosseguir. E isso é tudo que importa. Então, doutor, aprenda a conviver com isto. Cresça. — Seu rosto agora estava frio, inflexível.

— Está bem — disse Eric, depois de um momento.

Molinari deu um tapinha no ombro de Eric e disse em voz baixa:

— Os Starmen não sabem a respeito deste simulacro e do trabalho de Don Festenburg. Não quero que eles descubram, doutor, porque também quero impressioná-los, entende? De fato, estou enviando uma cópia desta fita para Lilistar; já está a caminho. Quer saber a verdade, doutor? Francamente, estou mais interessado em produzir uma impressão sobre eles do que sobre a nossa própria população. O que me diz disso? Seja honesto.

— Me parece — disse Eric — um comentário bastante esclarecedor sobre a sua condição atual.

O Dique o contemplou com uma expressão sombria.

— Pode ser. Mas o que o senhor não percebe é que isto não é nada. O senhor não faz ideia do...

— Não me conte mais nada. Não agora, pelo menos.

Na tela, a imitação de Gino Molinari trovejava e pontificava, gesticulando para uma plateia de estúdio invisível.

— Claro, claro — disse Molinari, apaziguado. — Desculpe tê-lo aborrecido com meus problemas. — Abatido, com seu rosto exibindo agora linhas e rugas mais profundas do que antes, ele voltou a concentrar sua atenção na tela, na imagem saudável, vigorosa e totalmente sintética do que ele fora um dia.

Na cozinha do seu conapt, Kathy Sweetscent ergueu uma pequena faca com dificuldade, tentando cortar uma cebola roxa, mas descobriu para sua incredulidade que tinha acabado de fazer um corte no próprio dedo. Ficou parada e muda segurando a faca, olhando as gotas escarlates deslizando pelo dedo e se misturando à água do seu pulso molhado. Ela não conseguia mais manusear nada, nem o objeto mais banal. Maldita droga!, pensou, cheia de uma fúria amarga. A cada minuto me deixa mais impotente. Tudo agora me derrota. Como vou preparar o jantar?

Parado atrás dela, Jonas Ackerman comentou, preocupado:

— É preciso fazer alguma coisa por você, Kathy. — Ele a observou enquanto ela ia ao banheiro buscar um band-aid.

— Olhe só, agora você está derrubando os band-aids por toda parte. Nem isso você consegue. Se você pelo menos dissesse o que tem...

— Pode pôr o band-aid em mim, por favor? — Ela ficou parada e em silêncio enquanto ele colocava o curativo no dedo cortado. — É a jj-180 — desabafou ela de súbito, sem premeditar. — Estou sob efeito dela, Jonas. Os Starmen me deram. Me ajude, por favor, quero sair disso. Você ajuda?

Abalado, Jonas disse:

— Eu... eu não sei bem o que fazer, porque é uma droga muito nova. Claro que podemos entrar em contato com a nossa subsidiária, imediatamente. E a companhia como um todo estará lhe dando apoio, inclusive Virgil.

— Fale com Virgil, agora mesmo.

— *Agora*? Seu senso de tempo está distorcido pela droga, Kathy. Posso ligar para ele amanhã.

— Dane-se, não vou morrer por causa dessa droga. É melhor que o procure esta noite mesmo, Jonas, está me entendendo?

Depois de uma pausa, Jonas disse:

— Sim. Vou telefonar para ele.

— As linhas de vidfone estão grampeadas. Pelos Starmen.

— Isso é paranoia sua. Por causa da droga.

— Tenho medo deles. — Ela estava trêmula. — Eles podem fazer qualquer coisa. Vá lá e converse com Virgil pessoalmente. Telefonar não basta. Ou você não se importa com o que pode acontecer comigo?

— Claro que eu me importo! Está bem, vou lá falar com o velho. Mas você vai ficar bem, sozinha?

— Sim — disse Kathy. — Vou sentar na sala sem fazer nada. Vou esperar que você volte com algum tipo de ajuda. O que pode me acontecer se eu não tentar fazer nada, se eu ficar apenas sentada?

— Talvez você possa entrar num estado de agitação mórbida. Pode ser tomada pelo pânico... sair correndo. Se é verdade que você tomou JJ-180...

— É verdade! — disse ela erguendo a voz. — Pensa que estou brincando?!

— Está bem — disse Jonas, cedendo. Ele a levou até o sofá da sala, a ajudou a sentar. — Meu Deus, espero que você fique bem. Espero não estar cometendo um erro. — Ele estava pálido e suando, o rosto contraído de preocupação. — Vejo você daqui a uma meia hora, Kathy. Meu Deus, se alguma coisa acontecer, Eric nunca vai me perdoar, e não posso culpá-lo por isso. — A porta do apartamento se fechou às costas dele. Ele nem sequer se despediu.

Ela ficou sozinha.

Imediatamente foi para o vidfone e ligou.

— Um táxi — disse. Deu o endereço e desligou.

Instantes depois, com um casaco sobre os ombros, ela saiu do prédio para a calçada escura.

Quando o táxi autônomo a recolheu, ela o instruiu usando o cartão que Corning lhe dera.

Se eu conseguir que me deem um pouco mais da droga, pensou ela, minha mente vai ficar mais lúcida e eu vou poder pensar melhor no que fazer. Do jeito que estou agora não consigo pensar. Qualquer decisão que eu tome agora, neste estado, será um desastre. Devo a mim mesma a obrigação de recuperar o funcionamento normal das minhas faculdades, ou pelo menos o funcionamento desejável, porque sem isso não posso fazer planos, não posso sobreviver, estou condenada. Eu sei, pensou ela com intensidade, que meu único caminho de fuga seria o suicídio; é uma questão de poucas horas, no máximo. E Jonas não vai poder me ajudar num tempo tão curto.

A única maneira que eu tinha para me livrar dele foi a que eu escolhi: dizer que estava viciada. Senão, ele ficaria o tempo todo colado em mim e eu nunca teria a chance de procurar Corning para conseguir outra dose. Consegui minha chance, mas agora os Ackerman sabem o que há de errado comigo e vão tentar impedir ainda mais que eu vá me juntar a Eric em Cheyenne. Talvez eu devesse viajar para lá esta noite mesmo, sem voltar para o apartamento. Pegar um voo assim que conseguir as cápsulas. Deixar tudo que tenho para trás, abandonar tudo.

Até que grau de demência uma pessoa pode ir?, pensou ela. E tinha bastado experimentar apenas uma vez a JJ-180 para ficar assim; como vou ficar depois que a tomar repetidamente, ou apenas *duas vezes*?

O futuro, para ela, era misericordiosamente obscuro. Ela não sabia de nada.

— Chegamos ao destino, senhorita. — O táxi pousou na cobertura do edifício. — O total é de um dólar e vinte e cinco centavos, mais gorjeta de vinte e cinco centavos.

— Fodam-se você e a gorjeta — disse Kathy, abrindo a bolsa; suas mãos tremiam e ela mal conseguiu tirar o dinheiro.

— Sim, senhorita — disse o piloto autônomo, obedientemente.

Ela pagou e saiu. Luzes-guia de brilho mortiço indicaram o caminho do acesso para os andares de baixo. Que edifício decadente para os Starmen morarem, pensou ela. Com certeza isto aqui não é suficientemente bom para eles; devem estar fingindo que são terrestres. O único consolo dela era amargo: os Starmen, tal como ocorria com a Terra, estavam perdendo a guerra, estavam caminhando para a derrota. Saboreando essa ideia, ela apressou o passo, sentindo-se mais confiante. Ela não apenas odiava os Starmen, ela era capaz de, por um momento, sentir desprezo por eles.

Com a confiança fortalecida, ela chegou ao conapt dos Starmen, tocou a campainha e esperou.

Foi o próprio Corning quem veio abrir; ela viu por trás dele outros Starmen, que pareciam estar em reunião. Estão *in camera*, pensou consigo mesma; acho que estou atrapalhando. Tanto pior. Ele me disse que podia vir.

— Sra. Sweetscent! — Corning virou-se para as pessoas atrás dele. — Este não é um nome adorável? "Doce perfume"! Pode entrar, Kathy.

Ele abriu a porta para que ela passasse, mas ela permaneceu no corredor.

— Me dê aqui mesmo — disse. — Estou indo para Cheyenne agora. Acho que vai gostar de saber disso. Então, não quero perder tempo. — E estendeu a mão.

Uma expressão de piedade, inacreditavelmente, passou pelo rosto de Corning; ele a disfarçou rápido. Mas ela chegou a ver, e isso, mais do que qualquer outra coisa que acontecera, inclusive a dependência propriamente dita ou o seu sofrimento quando o efeito da droga passou — nada a chocou tanto quanto aquela demonstração fugaz de pena por parte de Corning. Se aquilo era capaz de comover um Starman... ela fez uma careta. Ah, Deus, pensou; estou mesmo com um problema sério. Devo estar caminhando para a morte.

— Olhe aqui — disse ela, tentando soar razoável. — Minha dependência pode não durar para sempre. Descobri que você mentiu para mim; que a droga vem da Terra, não dos nossos inimigos, e mais cedo ou mais tarde nossa subsidiária vai encontrar uma maneira de me libertar. Então, não estou com medo. — Ela esperou enquanto Corning ia buscar a droga; pelo menos ela imaginou que foi para isto que ele tinha se afastado. O fato é que sumiu lá dentro.

Um dos outros Starmen, observando-a tranquilamente, disse:

— Em Lilistar pode-se passar uma década espalhando essa droga sem encontrar ninguém instável o suficiente para sucumbir.

— Certo — concordou Kathy. — Esta é a diferença entre vocês e nós; somos parecidos, mas por dentro vocês são fortes e nós somos fracos. Puxa vida, como invejo vocês. Vai levar muito tempo, sr. Corning?

— Ele vai voltar num instante — disse o outro Starman. E para um dos companheiros: — Ela é bonitinha.

— Sim, bonitinha como um animal — respondeu o outro. — Quer dizer então que você gosta de animais bonitinhos? Foi por isso que foi designado para cá?

Corning voltou.

— Kathy, vou te dar três cápsulas. Não tome mais do que uma por vez. Se tomar mais, seu coração provavelmente não vai resistir.

— Está bem. — Ela recebeu as cápsulas. — Tem um copo d'água, para que eu possa tomar uma agora mesmo?

Ele trouxe o copo, ficou olhando com simpatia enquanto ela engolia a cápsula.

— Estou fazendo isto — explicou ela — para clarear minha mente e poder planejar direito o que vou fazer. Tenho amigos que estão me ajudando. Mas vou para Cheyenne porque trato é trato, mesmo com vocês. Pode me dar o nome de alguém, lá, você sabe, alguém que possa me conseguir mais, quando eu precisar? Quero dizer... se eu precisar.

— Não temos ninguém em Cheyenne que possa ajudá-la. Receio que você tenha que voltar aqui quando essas três cápsulas acabarem.

— A infiltração de vocês em Cheyenne não é muito grande, então.

— Parece que não. — Corning não parecia perturbado.

— Adeus — disse Kathy, afastando-se da porta. — Olhe só para vocês — disse, dirigindo-se ao grupo de Starmen dentro do apartamento. — Meu Deus, vocês são mesmo detestáveis. Tão confiantes. Que tipo de triunfo é esse... — Ela se interrompeu; de que adiantava? — Virgil Ackerman sabe o que está acontecendo comigo. Aposto que ele pode fazer algo a respeito. Ele não tem medo de vocês, é um homem muito poderoso.

— Tudo bem — disse Corning, assentindo. — Pode se apegar a essa ilusão, Kathy, ela é muito reconfortante. Enquanto isso, cuide-se para não comentar a respeito disso com mais ninguém, senão, nada de cápsulas. Você não devia ter comentado com os Ackerman, mas esta eu vou deixar passar; afinal, você estava meio tonta quando a droga deixou de fazer efeito; já esperávamos isso. Você o fez num estado de pânico. Boa sorte, Kathy. Vamos nos ver em breve.

— Não pode dar mais instruções a ela agora? — disse um Starman por trás de Corning, um homem com aparência de sapo, olhos sonolentos, voz arrastada.

— Ela não conseguiria reter mais nada — disse Corning. — Já está exigindo muito dela agora: não veem como ela está sobrecarregada?

— Dê-lhe um beijo de despedida — sugeriu o Starman por trás dele, aproximando-se. — Ou se isto não a deixar mais animada...

A porta foi fechada na cara de Kathy.

Ela esperou um instante e depois voltou pelo corredor, indo na direção de uma rampa de acesso. Tonta, pensou; estou começando a ficar desorientada. Espero conseguir chegar a um táxi. Assim que estiver dentro do táxi vou ficar bem. Meu Deus, pensou, eles me trataram muito mal. Eu devia me importar, mas não me importo. Não enquanto eu tiver estas duas cápsulas de JJ-180 que me restam. E puder arranjar mais.

As cápsulas eram como uma forma compactada da própria vida, e ao mesmo tempo tudo que elas continham era fabricado a partir de uma ilusão absoluta. Que bagunça, pensou ela negligentemente, ao emergir na área de pouso da cobertura e olhar em volta, à procura da luz vermelha e piscante de um táxi autônomo. Que grande bagunça.

Conseguiu um táxi, embarcou e já estava a caminho de Cheyenne quando a droga começou a bater.

As manifestações iniciais foram desconcertantes. Ela ficou pensando se seria possível extrair a partir daquilo uma pista sobre a ação real da droga; pareceu-lhe terrivelmente importante e ela tentou compreendê-la, com toda a energia mental de que dispunha. Era algo tão simples e ao mesmo tempo tão cheio de significado.

O corte no dedo tinha desaparecido.

Sentada, ela ficou examinando o local, tocando a pele macia, perfeita. Nenhuma marca. Nenhuma cicatriz. O dedo dela, exatamente como era antes... como se o tempo tivesse andado para trás. O band-aid também tinha sumido, e isso parecia resolver a questão, torná-la totalmente inteligível, mesmo para uma mente em processo de deterioração como a dela.

— Olhe para a minha mão — disse ela ao piloto, esticando o braço. — Vê algum sinal de ferimento? Acreditaria que eu sofri um corte bem fundo aqui, meia hora atrás?

— Não, senhorita — disse o piloto, enquanto sobrevoavam o deserto plano do Arizona, rumando na direção de Utah. — A mão parece intacta.

Agora eu entendo o que esta droga faz, pensou ela. Por que ela faz os objetos e as pessoas parecerem insubstanciais. Não é algo mágico, e não é meramente alucinógeno; meu corte desapareceu mesmo — *isto não é uma ilusão*. Vou lembrar disso mais tarde? Talvez, por causa da droga, eu esqueça; nunca terá havido um corte, depois de algum tempo, à medida que a ação da droga se espalhar e for engolfando mais e mais de mim.

— Tem um lápis? — perguntou ela ao piloto.

— Aqui, senhorita. — De um nicho nas costas da poltrona à frente dele surgiu um bloco de papel com um lápis acoplado.

Com todo cuidado, Kathy escreveu: *JJ-180 me levou de volta para antes de eu ter cortado feio meu dedo.*

— Que dia é hoje? — perguntou ao piloto.

— 18 de maio, senhorita.

Ela tentou lembrar se aquilo estava certo, mas agora se sentia confusa, será que aquilo estava lhe escapando? Tinha sido uma boa ideia ter feito aquela anotação. Mas será que tinha mesmo anotado? No seu colo estavam pousados o bloco e o lápis.

No bloco estava escrito: *JJ-180 me levou*

E isto era tudo; o restante da frase se perdia em zigue-zagues complicados e sem sentido.

E no entanto ela sabia que tinha completado a frase, fosse qual fosse; agora não lembrava mais o que tinha sido. Como que num ato reflexo, ela examinou a própria mão. Mas o que tinha sua mão a ver com aquilo?

— Piloto — disse ela, apressada, como se sentisse o equilíbrio de sua personalidade se esvaindo — o que foi que eu lhe perguntei um instante atrás?

— A data.

— Antes disso.

— A senhorita pediu papel e algo para escrever.

— Alguma outra coisa antes disso?

O piloto pareceu hesitar.

— Não, senhorita, nada antes disso.

— Nada sobre *minha mão*?

Agora não havia dúvida: os circuitos do piloto acusaram defeito. Mas ele conseguiu articular, com dificuldade:

— Não, senhorita.

— Obrigada — disse Kathy, e recostou-se no assento, esfregando a testa e pensando. Então ele também está confuso. Então isto não é meramente subjetivo; houve um nó verdadeiro no tempo, algo que envolveu a mim e o que estava ao meu redor.

O piloto disse, como que pedindo desculpas por não poder ajudá-la:

— Já que a viagem vai levar algumas horas, senhorita, gostaria de assistir um pouco de TV? A tela está exatamente à sua frente, basta pisar no pedal.

Num gesto reflexo ela acendeu a tela com um toque do dedão do pé; ela se iluminou de imediato e Kathy se viu frente a frente com uma imagem familiar. Era o líder, Gino Molinari, no meio de um discurso.

— Este canal agrada a senhorita? — perguntou o piloto, ainda procurando se desculpar.

— Ah, claro — disse ela. — De qualquer modo, quando ele discursa, o faz em todos os canais. — Era a lei.

E, no entanto, também ali, naquele espetáculo que já era tão familiar, alguma coisa estranha absorveu sua atenção; olhando atentamente a tela, ela pensou, ele parece mais novo. Parece do modo como lembro dele quando eu era criança. Efervescente, cheio de animação, falando com entusiasmo, os olhos vívidos e com a antiga intensidade; a pessoa original que ninguém esquecera, embora já houvesse desaparecido há muito tempo. No entanto, obviamente não desaparecera: ela estava vendo tudo de novo com seus próprios olhos, e mais aturdida que nunca.

É a JJ-180 que está fazendo isto comigo?, ela se perguntou, sem resposta.

— Gosta de assistir o sr. Molinari? — perguntou o piloto.

— Sim — disse Kathy. — Gosto de vê-lo falar.

— Posso dar meu palpite — disse o piloto — de que ele vai acabar conseguindo o cargo para o qual se candidatou, de secretário das Nações Unidas?

— Sua máquina estúpida, seu servo-robô automático — disse Kathy. — Ele está nesse cargo há anos. — "Se candidatou?", pensou ela. Sim, era essa a aparência do Dique durante a campanha, décadas atrás... talvez isso tivesse confundido os circuitos do piloto. — Desculpe — disse ela. — Mas onde você tem passado o seu tempo? Estacionado numa oficina de autofac por vinte e dois anos?

— Não, senhorita. Em serviço ativo. Suas lembranças, se permite dizer, parecem estar misturadas. Precisa de assistência médica? No momento estamos sobrevoando o deserto mas em breve nos aproximaremos de St. George, em Utah.

Ela teve um acesso violento de irritação.

— Claro que eu não preciso de assistência médica, eu estou bem.

Mas o piloto tinha razão. A droga estava exercendo sua influência sobre ela com toda força agora. Sentiu-se tonta e fechou os olhos, apertando os dedos contra a testa como se para empurrar para trás a zona em expansão da sua realidade mental, seu eu privado, subjetivo. Estou assustada, percebeu. Eu me sinto como se meu útero estivesse a ponto de cair; desta vez a coisa está batendo com muito mais força do que antes, não é a mesma coisa, talvez porque estou sozinha em vez de no meio de um grupo. Mas vou ter que aguentar. Se puder.

— Senhorita — disse o piloto de repente —, poderia repetir para mim qual é o nosso destino? Eu esqueci. — Os circuitos dele produziam estalidos rápidos como se ele tivesse algum problema mecânico. — Ajude-me, por favor.

— Eu não sei para onde você está indo — disse ela. — Isso é problema seu, e é você que vai resolver. Continue voando, se não se lembra. — Por que ela se preocuparia com o destino do voo dele? O que aquilo tinha a ver com ela?

— Começava com C — disse o piloto, esperançoso.

— Chicago.

— Acho que era outra coisa. No entanto, se tem certeza... — Os mecanismos internos trepidaram, enquanto ele procedia à alteração da rota.

Você e eu estamos indo juntos, percebeu Kathy. Na fuga induzida pela droga. O senhor cometeu um erro, sr. Corning, dando-me essa droga sem supervisão. Corning? Quem era Corning?

— Eu sei para onde estamos indo — disse ela em voz alta. — Para Corning.

— Não existe esse lugar — disse o piloto com voz inexpressiva.

— Deve existir. — Ela sentiu pânico. — Verifique os seus dados de novo.

— De verdade, não existe!

— Então estamos perdidos — disse Kathy, com resignação. — Meu Deus, isto é terrível. Eu preciso estar em Corning esta noite e esse lugar não existe; o que posso fazer? Sugira alguma coisa. Eu dependo de você; por favor, não me deixe assim. Sinto como se estivesse perdendo a cabeça.

— Vou solicitar ajuda da administração — disse o piloto. — Do serviço de assessoria de alto nível em Nova York. Só um instante. — Ele ficou algum tempo em silêncio. — Senhorita, não existe serviço de assessoria de alto nível em Nova York, ou, se existe, não consigo entrar em contato.

— Existe alguma coisa em Nova York?

— Estações de rádio, muitas delas. Mas não há nenhuma transmissão de TV ou na faixa de FM ou de ultrafrequência; nada na faixa de comunicação que nós usamos. No presente momento estou captando uma estação de rádio que transmite algo intitulado "Mary Marlin". Uma peça de Debussy para piano está sendo executada, como tema musical.

Ela conhecia aquela história; afinal de contas, era colecionadora de antiguidades e aquele era o seu trabalho.

— Transfira para o sistema de áudio, para que eu possa escutar — pediu.

Um momento depois ela ouviu uma voz feminina narrando com detalhes uma sofrida história para uma outra mulher, um relato sombrio na melhor das hipóteses. E, no entanto, ele encheu Kathy de uma excitação incontrolável.

Eles estão errados, pensou ela, sua mente trabalhando a toda. Isto não vai me destruir. Eles esqueceram que esta é a minha especialidade, eu a conheço tão bem quanto conheço o presente. Não há nada de amedrontador ou de desintegrador nesta experiência, no que me diz respeito; de fato, é uma oportunidade.

— Deixe o rádio ligado — disse ela ao piloto. — E continue voando. — Atenta, ela ficou escutando a novela no rádio enquanto o táxi prosseguiu seu voo.

Contrariando a natureza e a razão, era dia. E o piloto autônomo sabia a impossibilidade daquilo: sua voz estava estridente de sofrimento quando ele exclamou para Kathy:

— Olhe na estrada, lá embaixo, senhorita! Um carro antigo, que não pode existir! — O táxi perdeu altura, aproximando-se. — Veja com seus olhos! *Olhe!*

Olhando para baixo, Kathy concordou:

— Sim. É um Ford Modelo A, 1932. E concordo com você; não existem mais Fords Modelo A há algumas gerações. — Refletindo rápido e com precisão, ela ordenou: — Quero que pouse.

— Onde? — Decididamente, o piloto do táxi não estava gostando da ideia.

— Na vila lá na frente. Desça em algum teto de lá.

Ela estava calma. Mas na sua mente, uma só ideia predominava: era a droga. E somente a droga. Aquilo duraria enquanto a droga estivesse operando no interior do ciclo metabólico de sua mente. A JJ-180 a trouxera até ali sem aviso, e a JJ-180 a levaria de volta para o seu próprio tempo, também sem avisar.

— Quero encontrar um banco — disse ela em voz alta. — E abrir uma conta. E quando fizer isto...

Então ela percebeu que não trazia consigo dinheiro algum

daquele período, e deste modo não havia nenhuma maneira de negociar com alguém. O que poderia fazer, então? Nada? Ligar para o presidente Roosevelt e avisá-lo sobre Pearl Harbor?, pensou com sarcasmo. Mudar a história! Sugerir que nos anos futuros eles não desenvolvessem a bomba atômica.

Ela se sentia impotente — e ao mesmo tempo dominada pelo potencial de seu poder; experimentava ambas as sensações de forma simultânea, achando aquela mistura radicalmente desagradável. Trazer algum artefato para o presente, para Wash-35? Ou aproveitar para verificar algum ponto controverso da pesquisa, resolver algum debate histórico? Sequestrar o verdadeiro Babe Ruth, trazê-lo em pessoa para habitar no seu empreendimento marciano? Isso decerto traria verossimilhança ao projeto.

— Virgil Ackerman — disse ela devagar — está vivo, neste período, como um garoto. Isso te dá alguma ideia?

— Não — disse o piloto.

— Isso me dá um poder gigantesco sobre ele. — Ela abriu a bolsa. — Vou dar para ele alguma coisa. As moedas que eu tenho comigo, as cédulas. — Sussurrar no ouvido dele o ano em que os Estados Unidos vão entrar na guerra, pensou ela. Ele pode usar esse conhecimento mais tarde, de alguma maneira... ele achará um modo; sempre foi esperto, muito mais esperto do que eu. Meu Deus, pensou ela, se eu ao menos conseguisse acertar o alvo! Dizer-lhe para investir no quê? Ações da General Dynamics? Apostar em Joe Louis, em todas as suas lutas no ringue? Comprar imóveis em Los Angeles? O que se pode dizer a um menino de oito ou nove anos, quando se tem o conhecimento exato e completo do que vai acontecer nos cento e vinte anos que se seguem?

— Senhorita — disse o piloto, em tom lamentoso —, estamos voando há muito tempo, e estou perto de ficar sem combustível.

Sentindo um calafrio, ela disse:

— Mas você devia ter combustível suficiente para quinze horas de voo.

— Eu já estava com pouco — admitiu ele com relutância. — A culpa é minha, lamento muito. Eu estava justamente indo abastecer quando a senhorita entrou em contato.

— Maldita máquina idiota — disse ela com fúria. Mas não havia o que discutir; eles não conseguiriam chegar a Washington, DC; eram pelo menos mil e quinhentos quilômetros a mais. E aquele período histórico, é claro, não dispunha do protonex super-refinado de alto grau que aquele táxi usava. E então, num relance, ela soube o que tinha de fazer. O piloto lhe dera a ideia, involuntariamente. Protonex era o combustível mais refinado que existia — e era derivado da água do mar. Tudo que ela tinha de fazer era remeter um recipiente cheio de protonex para o pai de Virgil Ackerman, com instruções para que fizesse a análise do composto e depois o patenteasse.

Mas ela não tinha recursos para enviar nada pelo correio, nem sequer tinha dinheiro para comprar os selos necessários. Na bolsa trazia uma pequena folha amassada de selos postais, mas eram todos da sua própria época, de 2055, pensou ela consigo, furiosa. Aqui está, bem à minha frente, a resposta do que devo fazer, e eu não posso fazê-lo.

— De que maneira eu poderia — perguntou ela ao piloto — enviar uma carta neste período, sem dispor de selos postais? Me diga.

— Mande a carta sem selo e sem endereço do remetente, senhorita. O correio a entregará com um selo de postagem a pagar, por conta do destinatário.

— Sim — disse ela — é claro. — Mas ela não podia colocar protonex num envelope de carta simples; ele teria que ser enviado como encomenda, e desse jeito, se a quantidade de selos não fosse correta, o pacote não seria entregue. — Escute — disse ela —, você tem transistores nos seus circuitos?

— Alguns. Mas os transistores se tornaram obsoletos quando...

— Me dê um. Não me importa que utilidade ele tenha para você. Puxe para fora e me dê, e quanto menor ele for, melhor para mim.

Alguns instantes depois, num escaninho no encosto da poltrona à frente dela, caiu um transistor, e ela o recolheu.

— Com isso meu radiotransmissor fica desligado — queixou-se o piloto. — Terei que incluir o preço na sua conta; vai ser um pouco caro, porque...

— Cale a boca — disse Kathy. — E desça ali naquela cidade. Vá baixando assim que puder. — Ela escreveu às pressas numa folha de papel: "Isto é uma peça de um rádio do futuro, Virgil Ackerman. Não o mostre a ninguém e guarde-o até o começo da década de 1940. Então, leve-o para a Westinghouse Corporation, para a General Electric ou qualquer outra empresa de eletrônica (de rádio). Isso vai torná-lo um homem rico. Eu sou Katherine Sweetscent. Lembre-se de mim um dia, por causa disto aqui".

O táxi pousou desajeitadamente no teto de um prédio de escritórios no centro da cidadezinha. Embaixo, na calçada, os transeuntes rústicos, de aparência antiquada, olhavam boquiabertos.

— Pouse na rua — corrigiu Kathy. — Tenho que botar isto aqui no correio. — Ela encontrou um envelope na bolsa, rabiscou às pressas o endereço de Virgil em Wash-35, pôs o transistor e o bilhete dentro do envelope e o lacrou. Abaixo deles, na rua, carros obsoletos passavam lentamente.

Um momento depois ela estava correndo na direção de uma caixa de correios; colocou a carta lá dentro e ficou parada, ainda ofegando.

Tinha feito. Tinha assegurado o futuro econômico de Virgil, e consequentemente o dela mesma. Aquilo garantiria para sempre a carreira de ambos.

Pro inferno com você, Eric Sweetscent, disse ela a si mesma. Não preciso mais nem sequer casar com você; já o deixei para trás.

E então ela lembrou com horror: ainda vou precisar casar com ele, para poder adquirir o nome, para que Virgil possa me identificar, no futuro, no nosso próprio tempo. O que ela acabara de fazer, então, resultava em zero.

Devagar, ela caminhou de volta para o táxi estacionado.

— Senhorita — disse o piloto —, pode me ajudar a encontrar combustível, por favor?

— Você não vai encontrar combustível nenhum aqui — disse Kathy. Aquela obstinada recusa, ou incapacidade, de entender a situação a deixava maluca. — A menos que você possa queimar gasolina de 60 octanos, o que duvido bastante.

Um transeunte, um homem de meia-idade usando chapéu de palha, imobilizado no trajeto pela visão do táxi autônomo, dirigiu-se a ela:

— Ei, dona, o que é isso afinal? Uma arma secreta da Marinha para treinamento de guerra?

— Sim — respondeu Kathy. — E mais adiante vai nos servir para parar os nazistas. — Enquanto embarcava novamente no veículo, ela gritou para uma pequena multidão que se formara para olhar o táxi a uma distância segura: — Anotem esta data: 7 de dezembro de 1941! Vai ser um dia para ninguém esquecer. — Ela fechou a porta do táxi. — Vamos embora. Eu podia dizer tantas coisas a esse pessoal... mas parece que nem vale a pena. Um bando de caipiras do Meio-Oeste. — Aquela cidade, ela concluiu, devia ficar no Kansas ou no Missouri, pela aparência. E francamente, ela achava aquilo repulsivo.

O táxi levantou voo, obediente.

Os Starmen deviam ver o Kansas de 1935, pensou ela. Se o fizessem, não teriam interesse em se apossar da Terra. Iria parecer não valer a pena.

Para o piloto, ela ordenou:

— Pouse numa pastagem. Vamos sentar e esperar até estarmos de volta à nossa época.

Provavelmente não demoraria muito; ela tinha a impressão de uma insubstancialidade voraz ali naquela era — a realidade do lado de fora do táxi tinha adquirido uma qualidade quase gasosa, que ela reconheceu da sua experiência prévia com a droga.

— Está falando sério? — disse o piloto. — Acha mesmo possível que...

— O problema — disse ela com aspereza — não está em voltar para nossa própria era; o problema é encontrar uma maneira de ficar sob a influência da droga até alguma coisa útil ser realizada. — O tempo é que não era suficientemente longo.

— Que droga, senhorita?

— Nenhuma que seja da porra da sua conta — disse Kathy. — Sua não entidade autônoma e intrometida, com seus circuitos espiões abrindo e batendo asas. — Ela acendeu um cigarro e se recostou no assento, sentindo-se exausta. O dia estava sendo difícil, e ela sabia, com convicção, que ainda havia mais pela frente.

O jovem de rosto amarelado, que estranhamente já ostentava uma barriga volumosa, como se seu físico já estivesse cedendo aos prazeres de quem vivia na capital financeira e política do planeta, deu um aperto pegajoso na mão de Eric Sweetscent e disse:

— Sou Don Festenburg, doutor. É bom saber que está se juntando a nós. Posso servir-lhe um drinque à moda antiga?

— Não, obrigado — disse Eric.

Havia algo em Festenburg que não o atraía muito, mas que ele não conseguia definir com precisão. Apesar do começo de obesidade e da aparência pouco saudável, Festenburg parecia bastante amigável, e decerto era competente; esta última parte era a que de fato importava, afinal. Mas, pensou Eric enquanto olhava Festenburg preparar uma bebida para si mesmo, talvez seja porque eu acho que ninguém deveria falar em nome do secretário. Eu teria uma certa aversão por qualquer um que fizesse o trabalho que Festenburg está fazendo.

— Já que estamos a sós — disse Festenburg, olhando a sala — eu gostaria de sugerir algo que talvez me torne mais palatável para o senhor. — Ele deu um sorriso confiante. — Posso perceber quais são os seus sentimentos; sou sensível, doutor, mesmo sendo fisicamente do tipo pícnico. Suponhamos que eu dissesse o seguinte: uma trama muito bem elaborada está sendo realizada com sucesso e convencendo todo mundo, inclusive o senhor. O Gino Molinari que o senhor conheceu e aceitou como o autêntico secretário da ONU, esse homem flácido de meia-idade, totalmente hipocondríaco e sem entusiasmo... — Festenburg sacudiu de leve o copo de bebida, sem tirar os olhos de Eric. — *Este é o simulacro, o servo-robô.* E o indivíduo energético e robusto que o senhor viu ainda há pouco na gravação é o homem vivo e real. Esta encenação deve necessariamente ser mantida, é claro, para despistar ninguém mais, ninguém menos que os nossos queridos aliados de guerra, os Starmen.

— O quê?! — disse Eric, boquiaberto. — Mas por que alguém...

— Os Starmen nos consideram inofensivos, não merecedores da sua atenção militar, somente enquanto o nosso líder for visivelmente fraco. Ostensivamente incapaz de lidar com todas as suas responsabilidades, em outras palavras, alguém que de forma alguma pareça ser um rival, uma ameaça.

Depois de uma pausa, Eric disse:

— Eu não acredito nisso.

— Bem — disse Festenburg, dando de ombros —, é uma ideia interessante do ponto de vista dos intelectuais, da torre de marfim. Não acha? — Ele veio caminhando para perto de Eric, girando a bebida no copo. Parando bem perto dele, Festenburg exalou um bafo desagradável no seu rosto e disse: — *Pode* ser assim. E o senhor não saberá enquanto não submeter Gino a um intenso exame físico, porque tudo que o senhor leu naquele dossiê pode ter sido inventado. Preparado para embasar uma trapaça cuidadosamente planejada. — Os olhos dele cintilaram, divertindo-se, implacáveis. — Pensa que eu fiquei maluco? Que eu estou brincando com ideias como um sujeito esquizoide, sem ligar para as suas consequências reais? Talvez. Mas o senhor não pode provar que o que eu acabei de lhe dizer é falso, e enquanto as coisas forem assim... — Ele tomou um grande gole da bebida e fez uma careta. — Enquanto isso, não faça uma ideia errada do que viu naquele vídeo da Ampex. Certo?

— Mas, pelo que você diz — falou Eric —, ficarei sabendo da verdade no momento em que o examinar. — E isso vai ser muito em breve, pensou. — Então, se me dá licença, eu gostaria de encerrar esta conversa. Ainda nem tive tempo de me instalar satisfatoriamente no meu conapt.

— Sua esposa... como é mesmo o nome dela... Kathy? Ela não está vindo, certo? — Don Festenburg piscou o olho. — O senhor pode se divertir por aqui. Posso te dar uma mãozinha. Esse é o meu departamento, o território do ilícito, do selvagem e do... bem, digamos, do "peculiar". Em vez de "o que é contra a natureza". Mas o senhor está vindo de Tijuana. Provavelmente eu não tenho nada para lhe ensinar.

Eric disse:

— Você pode me levar a ter uma ideia errada não apenas do que eu vi naquele vídeo, mas também... — Ele se calou. A vida pessoal de Festenburg, afinal de contas, só interessava ao próprio.

— Mas também do criador dele — disse Festenburg, concluindo a frase. — Doutor, sabia que na Idade Média as famílias reais mantinham pessoas vivendo em garrafas? Passavam ali sua vida inteira. Corpos encolhidos, é claro, colocados ali dentro desde que eram bebês, e ali cresciam, até certo ponto, claro, dentro da garrafa. Não temos mais isso hoje em dia. No entanto... Cheyenne é hoje a sede das famílias reais. Há algumas atrações locais que eu gostaria de mostrar-lhe, caso se interesse. Talvez do ponto de vista médico, exclusivamente; profissional, desinteressado...

— Seja o que for que pretende me mostrar, acho que apenas me deixaria menos satisfeito com a minha decisão de vir para Cheyenne — disse Eric. — Então, francamente, não sei do que adiantaria.

— Espere — disse Festenburg, erguendo a mão. — Um item apenas. Somente uma peça que está em exibição, adequadamente instalada, num recipiente hermeticamente fechado, banhado numa solução que mantém aquela coisa ad infinitum, ou, se preferir, ad nauseam. Posso levá-lo até lá? Está no que chamamos, aqui na Casa Branca, de Sala 3-C. — Festenburg foi até a porta e a abriu para Eric.

Depois de uma hesitação, Eric o seguiu.

Com as mãos enfiadas nos bolsos das suas calças amarrotadas e não passadas, Festenburg o guiou ao longo de vários corredores, até que pararam finalmente num andar subterrâneo, diante de dois homens de alta patente do Serviço Secreto, de guarda diante de uma porta de metal reforçada com o letreiro ULTRASSECRETO. ENTRADA APENAS PARA PESSOAS AUTORIZADAS.

— Eu sou autorizado — disse Festenburg alegremente. — Gino me nomeou diretor desta toca de coelho. Ele confia muito em mim, e por causa disso o senhor vai ver um segredo de Estado que normalmente nunca chegaria a conhecer nem em mil anos. — Quando passaram pelos homens uniformizados do Serviço Secreto, ele empurrou a porta e continuou: — No entanto, há um aspecto nisso tudo que vai ser uma decepção.

147

Vou lhe mostrar algo, mas não vou explicar. Eu *gostaria* de lhe explicar, mas... simplesmente não posso.

No centro de uma sala escura e fria, Eric avistou uma espécie de caixão. Como Festenburg havia dito, estava hermeticamente fechado. Uma bomba pulsava com um ruído baixinho ao lado, mantendo o que quer que houvesse ali dentro numa temperatura extremamente baixa.

— Dê uma olhada — disse Festenburg, de forma brusca.

Fazendo uma pausa deliberada, Eric acendeu um cigarro e depois foi até lá.

Dentro do ataúde, deitado de barriga para cima, estava Gino Molinari, com o rosto contorcido em agonia. Estava morto. Era possível ver sangue, gotas secas vermelhas em seu pescoço. Seu uniforme estava rasgado, sujo de lama. As mãos estavam semierguidas, os dedos contorcidos, como se ainda agora ele tentasse lutar contra o que, ou quem, o matara. Sim, pensou Eric. Estou vendo o resultado de um assassinato, isto é o cadáver do líder, furado por balas disparadas por armas de tiros em altíssima velocidade; o corpo do homem foi deformado pelos tiros, quase despedaçado. Tinha sido um ataque brutal. E bem-sucedido.

— Bem — disse Festenburg, depois de algum tempo e de inspirar profundamente, —, há várias maneiras de explicar a existência deste item, que eu chamo de Item 1 do Show de Monstruosidades de Cheyenne. Vamos supor que se trate de um servo-robô. Ele está guardado aqui embaixo, esperando o momento em que Gino vai precisar dele. Construído pelas Organizações GRS, pelo inventivo Dawson Cutter, que o senhor precisa conhecer qualquer dia destes.

— Mas por que Molinari precisa disso?

Festenburg, coçando o nariz, explicou:

— Vários motivos. No caso de haver uma tentativa de assassinato, e essa tentativa falhar, isto aqui pode ser exibido, enquanto Gino se protege. Ou então pode ser em benefício de nossos queridos aliados; talvez Gino tenha em mente algum plano barroco, incrivelmente complexo, algo que envolva sua saída de cena em função da pressão que os Starmen exercem sobre ele.

— Tem certeza de que isto é um servo-robô? — Para Eric, a coisa dentro do caixão parecia real.

— Eu nem sequer *acho* que é, quanto mais *saber*. — Festenburg fez um gesto com a cabeça, mostrando a Eric os dois homens do Serviço Secreto que também tinham entrado na sala; obviamente não seria possível examinar o corpo.

— Há quanto tempo isso está aí?

— Só Gino sabe, e isso ele não diz a ninguém; dá apenas um sorriso malicioso. "Espere, espere, Don", ele fala, naquele tom de confidências. "Tenho um plano muito bom para ele."

— Mas, se não for um servo-robô...

— ... Então é o próprio Gino Molinari, todo perfurado por balas de metralhadora. Uma arma primitiva e fora de moda, mas que certamente é capaz de liquidar uma vítima além das possibilidades de conserto até via transplante de órgãos. Pode ver ali que o crânio mostra perfurações; o cérebro foi destruído. Se isso é Gino, então de onde veio? Do futuro? Existe uma teoria que tem a ver com a sua empresa, a TF&D. Uma das subsidiárias dela produziu uma droga que permite ao usuário se transportar livremente pelo tempo. Sabe alguma coisa a respeito disso? — Ele observou Eric atentamente.

— Não — admitiu Eric. Esse boato era mais ou menos uma novidade para ele.

— De qualquer maneira, aqui está o cadáver — disse Festenburg. — Deitado aqui dia após dia e me deixando maluco. Talvez ele venha de um presente alternativo em que Gino foi assassinado, derrubado do cargo à força por um grupo dissidente de terrestres apoiados por Lilistar. Mas existe outra ramificação dessa teoria, uma que realmente me perturba. — O tom de Festenburg era sombrio agora; ele tinha abandonado a atitude de piada. — Esta outra hipótese teria uma implicação diversa a respeito do Gino Molinari viril e cheio de energia que gravou aquele vídeo. Ele também não seria um servo-robô, e a GRS não o fabricou, porque ele é outro Gino Molinari autêntico, vindo de um presente alternativo. Um presente em que a guerra não aconteceu, um presente em que talvez a Terra nem sequer chegou a se envolver com Lilistar. Gino Molinari se transferiu para esse outro mundo, mais seguro, e plantou aqui esta sua contrapartida mais saudável, para auxiliá-lo. O que acha, doutor? Isto é possível?

Desorientado, Eric disse:

— Se eu soubesse algo a respeito dessa tal droga...

— Eu pensei que soubesse. Estou desapontado; foi por isso que o trouxe até aqui. De qualquer modo, há outra possibilidade... logicamente. Sugerida por este corpo assassinado que temos aqui. — Festenburg hesitou, então prosseguiu. — Detesto mencionar isto, porque é tão bizarro que faz todas as minhas outras teorias parecerem malucas, por mera proximidade.

— Vá em frente — disse Eric, tenso.

— Não existe nenhum Gino Molinari.

Eric soltou um grunhido. Puxa vida, pensou.

— Todos eles são servos-robôs. O mais saudável, que está no vídeo; o outro, doente e cansado, que o senhor conheceu; o que está morto aqui; alguém, possivelmente as Organizações GRS, preparou isto tudo para evitar que os Starmen assumissem o controle do nosso planeta. Até agora, usaram apenas o que está doente. — Festenburg fez um gesto. — E agora eles tiraram da caixa o Gino saudável, gravaram o primeiro vídeo em que ele aparece. *E podem existir ainda outros.* De um ponto de vista meramente lógico, por que não? Já cheguei mesmo a tentar imaginar quais alternativas haveria. Diga-me o senhor. Além dos três que conhecemos, o que mais pode existir?

Eric disse:

— Obviamente isso sugere a possibilidade de produzir um que tenha poderes além do normal. Um que seja mais do que apenas saudável. — Ele pensou então na recuperação de Molinari acometido por uma doença após a outra. — Mas talvez já tenhamos isso. Já leu o dossiê médico dele?

— Sim — assentiu Festenburg. — E esse dossiê tem uma característica muito interessante. Nenhum dos exames foi levado a efeito por alguém que esteja hoje na equipe médica dele. Teagarden não autorizou nenhum deles; os exames foram feitos antes de ele se juntar à equipe, e, ao que eu saiba, Teagarden, tal como o senhor, nunca conseguiu fazer nem mesmo o exame físico mais superficial em Gino. E não acho que jamais venha a fazer. Nem ele nem o senhor, doutor. Mesmo que o mantenham aqui durante anos.

— A sua mente — disse Eric — é mesmo hiperativa.

— Sou um caso de problema glandular, então?

— Isso não tem nada a ver com a questão. Mas você é certamente capaz de produzir sozinho uma série enorme de ideias ad hoc.

— Ideias baseadas nos fatos — advertiu Festenburg. — Quero saber quais são os planos de Gino. Acho que ele é um homem esperto pra cacete. Acho que ele é capaz de ser mais esperto do que os Starmen em qualquer circunstância, e se tivesse os recursos econômicos e o apoio de uma população como a deles, ele que estaria dando as cartas, sem dúvida alguma. Mas, do jeito que as coisas são, ele tem a seu cargo apenas um planeta minúsculo, e eles têm um império abrangendo um sistema inteiro de doze planetas e oito satélites. Francamente, é um prodígio que ele tenha conseguido tudo que conseguiu. Sabe, doutor, o senhor está aqui com a missão de descobrir o que faz Gino sentir-se doente. Pois eu digo que a questão principal não é esta. É óbvio o que o deixa doente: toda esta maldita situação. A verdadeira questão é: *o que o mantém vivo?* É este o verdadeiro mistério. O milagre.

— Acho que tem razão. — A contragosto, ele teve que admitir que, apesar de suas qualidades repulsivas, Festenburg era inteligente e original; conseguia ver o problema de maneira adequada. Não era de admirar que Molinari o houvesse contratado.

— Já encontrou a estudantezinha megera?

— Mary Reineke? — Eric assentiu.

— Meu Deus, olhe só que confusão trágica, complicada. Um sujeito doente que mal consegue chegar ao fim do dia, carregando o mundo nas costas, sabendo que está perdendo a guerra, sabendo que os reegs vão nos destruir caso por um milagre Lilistar não o faça... e por cima de tudo isso ele ainda tem Mary montada em suas costas. E a ironia final e mais dolorosa de todas é que Mary, sendo uma megera, sendo uma simplória, egoísta, voluntariosa, e tudo o mais que se possa conceber como defeitos de caráter, ela é capaz de fazê-lo ficar de pé. O senhor a viu obrigar Gino a levantar da cama e vestir o uniforme, voltar a funcionar. Conhece alguma coisa a respeito do Zen, doutor? Este é um paradoxo Zen, porque de um ponto de vista lógico, Mary deveria ter sido a gota d'água que faria Gino afundar de vez. Isso nos faz repensar todo o papel que a adversidade tem na vida humana. Para dizer a verdade, eu a detesto. Ela também me detesta, naturalmente. Nossa única conexão no trabalho é Gino, porque ambos queremos que ele sobreviva.

— Ela já viu a gravação com o Molinari saudável?

Festenburg ergueu os olhos com rapidez.

— Uma ideia inteligente. Será que Mary viu o vídeo? Sim, talvez ou não: assinale uma das respostas. Pelo que eu saiba, não viu ainda. Mas se o senhor aceitar minha teoria de um presente alternativo, e que *não é* um servo-robô naquele vídeo; se se trata de um ser humano, aquele semideus magnético, belicoso, aguerrido... e se Mary puser os olhos nele... Pode presumir o seguinte: os outros Molinari vão todos desaparecer. Porque o que o senhor viu no vídeo é exatamente o que Mary quer e insiste para que Gino seja.

Era uma possibilidade extraordinária. Eric se perguntou se Gino percebia esse aspecto da situação; se fosse assim, talvez isso explicasse por que tinha esperado tanto tempo até recorrer àquela tática.

— Eu imagino — disse ele a Festenburg — como esse Gino doente que nós conhecemos poderia ser um servo-robô, em vista da existência de Mary Reineke.

— Como assim? Por quê?

— Para colocar a coisa em termos delicados... Mary não se sentiria um pouco aborrecida em ser amante de um produto das Organizações GRS?

— Estou ficando cansado, doutor — disse Festenburg. — Vamos por um ponto final nesta discussão. O senhor precisa ir cuidar daquele conapt todo chique que recebeu pelos seus serviços fiéis aqui em Cheyenne. — Ele se encaminhou para a porta; os dois homens do Serviço Secreto deram um passo ao lado.

Eric disse:

— Vou lhe dar uma opinião pessoal. Tendo conhecido Gino Molinari, eu me recuso a acreditar que a GRS conseguisse construir algo tão humano e...

— Mas o senhor não conheceu ainda o outro, o que aparece no vídeo — disse Festenburg calmamente. — É interessante, doutor. Recorrendo às versões de si mesmo que se misturam no redemoinho do tempo, Gino pode ter reunido um conjunto capaz de confrontar nossos aliados. Três ou quatro Gino Molinari, formando um comitê, seria algo formidável, não acha? Pense na engenhosidade combinada de todos eles; pense nas táticas temerárias, sagazes e imprevisíveis que eles poderiam arquitetar, trabalhando coletivamente. — Abrindo a porta, ele completou: — O senhor conheceu a versão doente e teve um vislumbre da versão sadia... não ficou impressionado?

— Sim — admitiu Eric.

— Ficaria, agora, do lado daqueles para quem Gino deve deixar o cargo? E no entanto, quando o senhor tenta saber precisamente o que ele fez de tão impressionante... não consegue. Se estivéssemos ganhando a guerra, ou rechaçando essa lenta invasão de Lilistar em nosso planeta... Mas não estamos. Então, o que fez Gino, doutor, especificamente, para impressioná-lo tanto? Diga-me. — Ele esperou.

— Eu... eu acho que não sei dizer, especificamente, mas...

Um funcionário da Casa Branca, um servo-robô uniformizado, apareceu e foi direto para Eric Sweetscent.

— O secretário Molinari está à sua procura, doutor. Quer que vá falar com ele no seu escritório. Eu lhe mostro o caminho.

— Ooops — disse Festenburg, constrangido e de repente bastante nervoso. — Evidentemente eu o retive por tempo demais.

Sem mais conversa, Eric seguiu o servo-robô até o elevador. Teve a intuição de que se tratava de algo importante.

No escritório, Molinari estava sentado numa cadeira de rodas, uma manta no colo, o rosto descorado e flácido.

— Onde estava? — perguntou assim que avistou Eric. — Bem, não importa. Escute, doutor... Os Starmen convocaram uma conferência e quero que esteja comigo durante esse tempo. Quero que esteja à disposição constantemente, caso necessário. Não me sinto bem, e por mim esse maldito encontro não se realizaria. Ou pelo menos seria adiado por algumas semanas. Mas eles insistiram. — Começou a conduzir a cadeira de rodas para fora do escritório. — Vamos. Vai começar daqui a pouco.

— Conheci Don Festenburg.

— Um tipo brilhante, não é mesmo? Tenho certeza absoluta de que nosso eventual sucesso se deverá a ele. O que ele lhe mostrou?

Parecia pouco razoável dizer a Molinari que tinha acabado de ver o seu cadáver, especialmente quando o homem em pessoa acabara de dizer que não se sentia bem, de modo que Eric disse apenas:

— Ele me mostrou as instalações daqui.

— Festenburg coordena tudo aqui, devido à confiança que tenho nele.

Numa curva do corredor, uma multidão de estenógrafas, tradutores, funcionários do Departamento de Estado e guardas armados veio ao encontro de Molinari. Sua cadeira de rodas desapareceu naquele mar corporativo e não ressurgiu. Eric, porém, ainda podia ouvi-lo falando alto, explicando o que aconteceria em seguida.

— Freneksy está aqui, então isto não vai ser fácil. Tenho uma ideia do que eles querem, mas vamos aguardar para ver. É melhor não antecipar nada; não vamos fazer o trabalho deles por eles. Desse modo estamos lutando contra nós mesmos e esgotando nossa energia.

Freneksy, pensou Eric com uma sensação de horror. O primeiro-ministro de Lilistar tinha vindo pessoalmente à Terra.

Não era de admirar que Molinari estivesse doente.

9

Os membros da delegação terrestre para aquela conferência marcada às pressas tomaram lugar de um lado da longa mesa de carvalho, e agora, no lado oposto, os personagens de Lilistar começaram a emergir dos corredores laterais e a procurar os seus assentos. Vistos em conjunto, não pareciam sinistros; pareciam, na verdade, esgotados e sob pressão, vítimas, tal como os terrestres, do estresse de conduzir uma guerra. Obviamente, não tinham tempo a perder. Via-se bem que eram mortais.

— A tradução — disse um Starman em inglês — será feita por ação humana, não por máquinas, uma vez que uma máquina poderia fazer um registro permanente, o que é contrário aos nossos desejos no momento.

Molinari soltou um grunhido e concordou.

Foi quando Freneksy apareceu; a delegação de Lilistar e vários membros da equipe terrestre se levantaram, em sinal de respeito. Os Starmen aplaudiram quando o homem calvo, magro, com uma estranha cabeça arredondada, assumiu sua cadeira no centro da delegação e começou, sem preliminares, a retirar documentos de uma pasta.

Mas os seus olhos... Eric notou, quando Freneksy ergueu a vista rapidamente para Molinari e o saudou sorrindo, que ele tinha o que Eric costumava identificar e reconhecer, em seu trabalho, como olhos paranoicos. Depois que aprendeu a reconhecê-los, o resto vinha com facilidade. Aqueles não eram os olhos brilhantes e inquietos que revelam uma desconfiança banal; era um olhar imóvel, uma concentração de todas as faculdades interiores para constituir uma única e intocada função psicológica. Freneksy não agia assim intencionalmente; na verdade ele estava sem defesas diante disso, era compelido a confrontar tanto seus compatriotas quanto seus adversários da mesma maneira, com aquela fixidez interminável e hipnótica. Era uma concentração da atenção que tornava impossíveis a empatia e a compreensão mútua; os olhos não exprimiam uma realidade interior; eles devolviam ao observador exatamente o que ele era. Eram olhos que cortavam qualquer possibilidade de comunicação; uma barreira que não poderia ser penetrada do lado de cá do túmulo.

Freneksy não era um burocrata e ele não se submetia ao seu cargo; nem poderia, mesmo que quisesse. Freneksy permanecia um homem, no mau sentido: ele mantinha, em plena atividade dos procedimentos oficiais, a essência de algo puramente pessoal, como se para ele tudo fosse deliberado e intencional — um confronto de pessoas, não de questões abstratas ou ideais.

O que o ministro Freneksy faz, percebeu Eric, é privar todos os demais da santidade do seu ofício. Da realidade asseguradora que sua posição lhes proporciona. Encarando Freneksy, eles voltavam a ser o que eram ao nascer: indivíduos isolados, sem o apoio das instituições que supunham representar.

Molinari, por exemplo. De costume, o Dique era o secretário da ONU; como indivíduo, ele tinha, adequadamente, se fundido com a sua função. Mas ao encarar o ministro Freneksy, emergia de dentro dele o ser humano nu, indefeso e solitário — e era nessa condição que se via forçado a confrontar o ministro, numa infelicidade permanente. A costumeira *relativização* da existência, vivida por outras pessoas na situação flutuante de uma segurança mais ou menos adequada, desaparecia por completo.

Pobre Gino Molinari, pensou Eric. Porque, confrontando Freneksy, era como se o Dique nunca tivesse se tornado secretário da ONU. E enquanto isso o ministro Freneksy se tornava ainda mais frio, mais destituído de vida. Ele não ardia com o desejo de destruir ou de dominar; ele apenas tomava para si aquilo que o adversário possuía e o deixava sem nada e em lugar nenhum, literalmente.

Era perfeitamente claro para Eric, àquela altura, por que a sequência de doenças terminais de Molinari não tinha sido fatal. As doenças não eram meramente um sintoma da tensão sob a qual ele vivia: *elas eram ao mesmo tempo uma solução para aquela tensão.*

Ele não conseguia distinguir precisamente como as doenças agiam a fim de funcionar como uma resposta a Freneksy. Mas tinha uma intuição aguda e profunda de que o saberia em breve: o confronto entre Freneksy e Molinari ocorreria dentro de alguns momentos, e tudo que o Dique tinha em si teria que ser mobilizado, se ele queria sobreviver.

Sentado junto de Eric, um funcionário de segundo escalão do Departamento de Estado murmurou:

— Opressivo, isto aqui, hein? Gostaria que eles abrissem a janela ou ligassem o sistema de ventilação.

Eric pensou: nenhuma ventilação mecânica será capaz de tornar este ar mais leve. Porque essa opressão emana das pessoas que estão sentadas à nossa frente e não desaparecerá enquanto eles não forem embora, e talvez ainda assim ela permaneça.

Inclinando-se para Eric, Molinari disse:

— Sente aqui, ao meu lado. — E puxou a cadeira. — Escute, doutor, está com sua valise de instrumentos aí?

— Ficou no meu conapt.

Molinari imediatamente despachou para lá um servo-robô. — Quero que tenha essa valise consigo o tempo inteiro. — Ele pigarreou, depois se virou para as pessoas sentadas do lado oposto da mesa. — Ministro Freneksy, eu tenho um, hummm, uma declaração a fazer. Eu gostaria de ler esse documento; esta declaração faz um resumo da posição atual da Terra com relação a...

— Secretário — disse Freneksy subitamente, em inglês. — Antes que leia qualquer declaração, eu gostaria de descrever a situação do esforço de guerra no Front A. — Freneksy se levantou; um ajudante desenrolou um mapa projetado que surgiu imediatamente na parede do fundo. A sala mergulhou na penumbra.

Com um grunhido, Molinari recolocou a cópia da declaração no bolso do casaco do uniforme; não teria a oportunidade de lê-la. De uma maneira bastante óbvia, ele tinha sido passado para trás. E, para um estrategista político, isso era um defeito grave. Se a iniciativa tinha sido sua em algum momento, agora não era mais.

— Nossas forças combinadas — declarou Freneksy — estão reduzindo suas linhas com propósito estratégico. Os reegs estão consumindo quantidades desproporcionais de homens e de material nesta área. — Ele indicou uma região no mapa; ficava mais ou menos a meia distância entre os dois planetas no sistema de Alfa. — Eles não poderão manter isso durante muito tempo; prevejo que as forças deles estarão falidas em não mais do que um mês, pela contagem terrestre, a partir de agora. Os reegs não entendem que esta guerra deverá ser longa. A vitória, para eles, ou vem rapidamente ou não virá. Nós, no entanto... — Freneksy indicou o mapa inteiro, com um giro rápido do apontador — Nós temos uma consciência bem amadurecida sobre o sentido estratégico geral desta guerra e sobre o quanto ela ainda nos exigirá em termos de tempo, bem como de espaço. Por outro lado, as forças dos reegs estão excessivamente espalhadas. Se uma batalha importante tivesse que ser travada aqui... — Freneksy indicou o ponto — ... eles não poderiam dar assistência às tropas envolvidas no local. Além disso, teremos mais vinte divisões de primeira linha em ação no final deste ano terrestre; isto é uma promessa, secretário. Temos ainda várias categorias de reservistas a serem convocadas aqui na Terra, enquanto os reegs já usaram praticamente todas as forças de que dispõem. — Ele fez uma pausa.

Molinari murmurou:

— Sua valise está aí, doutor?

— Ainda não — respondeu Eric, olhando em torno à procura do servo-robô, que ainda não voltara.

Inclinando-se mais para perto dele, o Dique cochichou:

— Escute. Sabe o que eu venho experimentando ultimamente? Ruídos dentro da cabeça. Sons de algo se arrastando. Sabe como é, nos ouvidos. Vuup, vuup. Isso lhe sugere alguma coisa?

O ministro Freneksy continuava.

— Temos novas armas, que também nos têm chegado do Planeta Quatro do Império. Vai ficar deslumbrado, secretário, quando assistir ao videoclipe das operações táticas em que elas são empregadas. São precisas e devastadoras. Não vou tentar descrevê-las em detalhe agora; prefiro esperar até que os vídeos estejam disponíveis. Eu supervisionei pessoalmente o planejamento e a produção delas.

Com a cabeça quase tocando a de Eric, Molinari cochichou:

— E quando eu viro minha cabeça de um lado para o outro, eu sinto um som de estalos bem na base do meu pescoço. Pode ouvir? — Ele virou a cabeça para lá e para cá, fazendo um gesto de assentir, de modo lento e empertigado. — O que é isso? Esse som é muito desagradável aos meus ouvidos.

Eric não disse nada; estava observando Freneksy e mal prestava atenção no homem que cochichava ao seu lado.

— Secretário — disse Freneksy, fazendo uma pausa —, considere este aspecto do nosso esforço conjunto. A produção de naves espaciais dos reegs tem sido severamente restrita devido ao sucesso de nossas bombas-W. As unidades que saíram das suas linhas de montagem recentemente, conforme fomos informados pelo MCI, são pouco confiáveis, e uma grande quantidade de contaminações altamente destrutivas tem ocorrido no espaço profundo em suas naves regulares.

Neste momento o servo-robô entrou na sala trazendo a valise de instrumentos de Eric.

Ignorando isso, Freneksy continuou, com voz áspera e insistente:

— Também quero assinalar, secretário, que no Front Azul as brigadas terrestres não têm se portado bem, sem dúvida pela falta de equipamento adequado. A vitória, é claro, é inevitável para nós, mais cedo ou mais tarde. Mas no momento devemos providenciar para que nossas tropas que estão na linha de combate enfrentando os reegs não se vejam na posição de entrar em choque com o inimigo privadas de material adequado. É criminoso permitir que homens vão à luta em tais circunstâncias, não acha, secretário? — Sem esperar resposta, Freneksy continuou: — Desse modo, o senhor pode ver a urgência que temos em aumentar a produção terrestre de material bélico estratégico e de armas de todos os tipos.

Molinari viu a valise de instrumentos de Eric e assentiu com alívio, dizendo:

— Chegou, então. Muito bem. Deixe-a aí, caso necessário. Sabe o que eu penso desses barulhos na minha cabeça? Hipertensão.

Com todo cuidado, Eric comentou:

— Pode ser.

Agora, o ministro Freneksy tinha parado de falar. Seu rosto sem expressão parecia ter se tornado mais severo, mais retraído para dentro do vácuo de sua própria intensidade, o não ser que parecia sua característica principal. Irritado pela falta de atenção por parte de Molinari, Freneksy estava recorrendo cada vez mais ao poço de sua própria não existência, pelo que Eric percebia. Projetando seu princípio por toda a sala de conferências e as pessoas dentro dela, como que forçando cada uma delas para longe das outras, pouco a pouco.

— Secretário — disse Freneksy —, esta parte agora é a mais crucial. Meus generais de campo me dizem que a nova arma ofensiva dos reegs, a sua...

— Espere! — grasnou Molinari. — Preciso conferenciar com meu colega, aqui do lado. — Inclinando-se sobre Eric, tão próximo que sua bochecha macia e suada se colou ao seu pescoço, Molinari cochichou: — E sabe o que mais? Acho que estou tendo um problema com os meus olhos. Como se estivesse ficando cego. Eis o que eu quero que faça, doutor: tire minha pressão agora mesmo. Só para ter certeza de que não está alta demais e que não corro perigo. Sinto que preciso, sinceramente.

Eric abriu a valise de instrumentos.

Junto ao mapa projetado na parede, Freneksy continuou:

— Secretário, temos que dar atenção a este detalhe decisivo, antes de continuar. As tropas terrestres não têm sido bem-sucedidas ao enfrentar as novas bombas homeostáticas dos reegs, portanto eu gostaria de liberar um milhão e meio dos meus próprios trabalhadores nas fábricas e transferi-los para o combate, substituindo-os nas fábricas por operários terrestres. Esta é uma medida vantajosa para vocês, secretário, considerando que os terrestres não estarão mais lutando e morrendo na frente de batalha, e sim em segurança no interior das indústrias do Império. No entanto, isso deve ser providenciado imediatamente, ou não terá mais utilidade. — Ele completou: — Isso explica minha urgência em realizar esta conferência de alta cúpula.

Eric leu, no disco de teste, uma pressão de 290 em Molinari, um aumento excessivo e perigoso.

— Está ruim, não é mesmo? — disse Molinari, apoiando a cabeça nos ombros. Voltando-se para o servo-robô, ele ordenou: — Traga Teagarden aqui. Quero que ele discuta a situação com o dr. Sweetscent, e diga a ele que venha preparado para dar um diagnóstico imediatamente.

— Secretário — disse Freneksy —, não podemos continuar se não der atenção ao que estou dizendo. Meu pedido de um milhão e meio de homens e mulheres terrestres para trabalhar nas fábricas do Império, ouviu minha explicação? Este pedido crucial deve ser atendido imediatamente. O transporte desses indivíduos deve começar no máximo até o fim desta semana, pela sua contagem de tempo.

— Hummm — disse Molinari. — Sim, ministro, eu ouvi. Estou considerando a sua proposta.

— Não há o que considerar — disse Freneksy. — Ela deve ser atendida, se queremos manter a integridade das nossas linhas no Front C, onde a pressão dos reegs está agora em seu grau mais alto. Um rompimento está prestes a ocorrer, e as brigadas terrestres não têm...

— Terei que consultar o meu secretário do Trabalho — disse Molinari, depois de uma longa pausa. — Pedir sua aprovação.

— Nós *precisamos* desse contingente de um milhão e meio do seu povo!

Enfiando a mão no bolso do casaco, Molinari pegou de volta as suas folhas de papel dobradas.

— Ministro, a declaração que eu...

— Tenho a sua promessa? — inquiriu Freneksy. — Para que possamos seguir adiante com outros assuntos agora?

— Estou doente — disse Molinari.

Fez-se o silêncio.

Por fim Freneksy falou, pensativo:

— Eu tenho consciência, secretário, de que há alguns anos o senhor não está com a saúde ideal. Portanto, tomei a liberdade de trazer comigo um médico do Império para esta conferência. Este é o dr. Gomel. — Na extremidade da mesa, um Starman de rosto comprido fez ao Dique um breve cumprimento com a cabeça. — Gostaria que ele o examinasse, a fim de corrigir de forma permanente os seus problemas de ordem física.

— Obrigado, ministro — disse Molinari. — Aprecio sua bondade em trazer o dr. Gomel. No entanto, eu tenho aqui ao meu lado o meu próprio médico, o dr. Sweetscent. Ele e o dr. Teagarden vão fazer um exame exploratório para determinar a causa da minha hipertensão.

— *Agora?* — disse Freneksy, e demonstrou, pela primeira vez, algum traço de genuína emoção. Uma raiva estupefata.

— Minha pressão sanguínea está perigosamente alta — explicou Molinari. — Se continuar assim, perderei a visão. Na verdade, já estou sofrendo agora problemas de visão. — Em voz baixa, ele disse a Eric: — Doutor, tudo à minha volta se tornou difuso; acho que já estou cego. Onde diabos está Teagarden?

Eric disse:

— Posso investigar a causa da hipertensão, secretário. Tenho aqui comigo os instrumentos necessários para o diagnóstico. — Ele remexeu novamente na valise. — Primeiro vou lhe dar uma injeção de sais radioativos que se espalharão pela corrente sanguínea...

— Eu sei — disse Molinari. — E vão se acumular na fonte da vasoconstrição. Pode prosseguir. — Ele arregaçou a manga e ofereceu o braço peludo. Eric pressionou a ponta autoesterilizadora do tubo da injeção de encontro a uma veia próxima ao cotovelo e apertou o botão.

Com severidade, o ministro Freneksy disse:

— O que está acontecendo, secretário? Podemos prosseguir com a conferência?

— Sim, pode continuar — disse Molinari, assentindo. — O dr. Sweetscent está apenas fazendo uma exploração do...

— Problemas médicos me aborrecem — interrompeu Freneksy. — Secretário, há uma outra proposta que eu gostaria de fazer agora. Primeiro, eu gostaria que o meu médico, dr. Gomel, fosse incluído permanentemente na sua equipe para supervisionar o seu tratamento médico. Em segundo lugar, fui informado pela agência de contrainteligência do Império operando aqui na Terra de que um grupo de dissidentes, desejando encerrar a participação deste seu planeta nesta guerra, está planejando o seu assassinato. Deste modo, eu desejo, para sua segurança, designar-lhe uma guarda armada permanente composta por comandos de Starmen, os quais, pela sua extrema coragem, determinação e eficiência, protegerão sua pessoa o tempo inteiro. Eles são vinte e cinco guardas, um número adequado, dada a qualidade única do seu preparo.

— O quê? — disse Molinari, e estremeceu. — O que encontrou, doutor? — Ele parecia confuso agora, incapaz de concentrar sua atenção ao mesmo tempo em Eric e no desenrolar da conferência. — Espere, ministro. — Para Eric ele murmurou: — O que encontrou, doutor? Ou será que já me disse? Desculpe. — Ele esfregou a testa. — Estou cego. — Sua voz estava cheia de pânico. — Faça alguma coisa, doutor.

Eric, examinando o painel gráfico que reproduzia o trajeto dos sais radioativos no sistema circulatório de Molinari, disse:

— Parece haver um estreitamento da artéria renal que passa pelo seu rim direito. Um anel que...

— Eu sei — disse Molinari, assentindo. — Sei desse estreitamento em meu rim direito; já tive isso antes. Vai ter que me operar, doutor, e extrair esse anel, ou ele vai acabar me matando. — Ele agora parecia fraco demais para sequer erguer a cabeça; estava sentado, arriado para a frente, o rosto escondido nas mãos. — Meu Deus, eu me sinto terrivelmente mal — murmurou. Então levantou a cabeça e disse a Freneksy: — Ministro, eu preciso ser submetido imediatamente a uma cirurgia de correção para aliviar esse meu estreitamento arterial. Vamos ter que adiar esta nossa discussão. — Ele ficou de pé, oscilou e depois caiu ruidosamente para trás; Eric e o funcionário do Departamento de Estado o seguraram e o ajudaram a sentar de novo. O Dique parecia incrivelmente pesado e inerte; Eric mal conseguiu ampará-lo, mesmo com ajuda.

Freneksy declarou:

— A conferência tem que continuar.

— Está bem — arquejou Molinari. — Farei a operação enquanto o senhor fala. — Ele fez um sinal para Eric, quase sem forças. — Não espere por Teagarden. Pode começar.

— *Aqui?* — disse Eric.

— Vai ter que ser — gemeu Molinari. — Extraia esse anel, doutor, ou vou morrer. Já estou morrendo, consigo sentir isso. — Ele apoiou o corpo de encontro à mesa. E desta vez não voltou a se erguer para a posição sentada: continuou assim, como um enorme saco caído, jogado.

Na extremidade da mesa, o vice-secretário da ONU, Rick Prindle, disse a Eric:

— Comece, doutor. Como ele disse, é urgente; o senhor sabe disso. — Era óbvio que ele e os outros presentes já tinham passado por isso antes.

Freneksy disse:

— Secretário, o senhor poderia transferir para o sr. Prindle o poder para assumir seu lugar nas negociações entre Lilistar e a Terra?

Não houve resposta de Molinari: ele tinha perdido os sentidos.

Eric tirou da valise uma pequena unidade cirúrgica homeostática; era o suficiente, esperava ele, para a delicada cirurgia. Abrindo o próprio caminho e fechando-o atrás de si, o minúsculo instrumento penetraria a pele e depois o epíploo até atingir o rim, onde, se continuasse a funcionar corretamente, passaria a construir uma ponte plástica para aquela secção da artéria; isso seria mais seguro, no momento, do que remover o estreitamento da artéria.

A porta se abriu e o dr. Teagarden entrou. Foi depressa até Eric e viu Molinari inconsciente, com a cabeça caída sobre a mesa, e disse:

— Está pronto para operar?

— Tenho o equipamento aqui. Sim, tudo pronto.

— Nenhum artificiórgão, é claro.

— Não vai ser preciso.

Teagarden segurou o pulso de Molinari, mediu as pulsações; depois desdobrou um estetoscópio, desabotoou o casaco e a camisa do secretário, auscultou seu coração.

— Fraco e irregular. É melhor baixar a temperatura dele.

— Sim — concordou Eric, e tirou da valise um kit térmico.

Freneksy, aproximando-se para olhar, disse:

— Vão abaixar a temperatura do corpo dele durante a operação?

— Sim, vamos deixá-lo inconsciente — disse Eric. — Os processos metabólicos...

— Não estou interessado — disse Freneksy. — Assuntos biológicos não me interessam. Tudo que me preocupa é o fato de que o secretário evidentemente não tem condições de continuar com a presente discussão. Uma discussão para a qual nós viajamos alguns anos-luz. — O rosto dele exibia uma irritação surda, perplexa, que ele era incapaz de reprimir.

Eric disse:

— Não temos alternativa, ministro. Molinari está morrendo.

— Estou vendo — disse Freneksy, e afastou-se, de punhos cerrados.

— Está tecnicamente morto — disse Teagarden, ainda auscultando o coração de Molinari. — Ponha o resfriador em funcionamento logo, doutor.

Eric prendeu com habilidade o kit térmico ao pescoço de Molinari e iniciou o circuito interno de compressão. O frio começou a se irradiar dali; ele soltou o aparelho e voltou sua atenção para os aparelhos cirúrgicos.

O ministro Freneksy conferenciou com o médico do Império, em sua língua natal; depois ergueu a cabeça e disse, com aspereza:

— Eu gostaria que o dr. Gomel fosse assistente nessa operação.

O vice-secretário Prindle interveio:

— Isto não é permitido. Molinari deu ordens estritas de que somente os médicos de sua própria equipe, escolhidos pessoalmente por ele, devem cuidar de sua pessoa. — Ele fez um sinal para Tom Johnson e o seu corpo de agentes do Serviço Secreto avançarem, ficando mais próximo de Molinari.

— Por quê? — perguntou Freneksy.

— Eles têm conhecimento detalhado de seu histórico de saúde — disse Prindle, inexpressivamente.

Freneksy encolheu os ombros, afastou-se; parecia ainda mais estupefato agora, até mesmo desorientado.

— Para mim é inconcebível — disse ele em voz alta, de costas para a mesa — que uma coisa como esta possa acontecer, que o secretário Molinari tenha permitido sua condição física se deteriorar a este ponto.

Eric disse a Teagarden:

— Isto já aconteceu antes?

— Refere-se a Molinari morrer durante uma conferência com os Starmen? — Teagarden deu um sorriso. — Quatro vezes. Aqui mesmo nesta sala, até na mesma cadeira. Pode começar o perfurador agora.

Pressionando o instrumento cirúrgico homeostático de encontro ao lado direito inferior do torso de Molinari, Eric o ativou. O instrumento, do tamanho de um pequeno copo, entrou imediatamente em atividade, primeiro aplicando um forte anestésico no local e depois começando sua tarefa de abrir caminho até a artéria renal e o rim.

O único som no recinto agora era o zumbido da ação do instrumento; todos, inclusive o ministro Freneksy, viram-no desaparecer enquanto penetrava no corpo pesado, imóvel e arriado de Molinari.

— Teagarden — disse Eric — sugiro que se mantenha... — Ele ficou de pé e acendeu um cigarro. — Fique atento para ver se algum outro caso de hipertensão ocorre aqui na Casa Branca, algum outro caso de artéria renal parcialmente bloqueada ou...

— Já aconteceu. Uma criada no terceiro andar. Malformação hereditária, como sempre ocorre, é claro. A mulher entrou em crise nas últimas vinte e quatro horas por causa de uma overdose de anfetaminas; começou a perder a visão e decidimos ir em frente e operá-la. Era onde eu estava quando foram me chamar agora; estava justamente terminando a cirurgia dela.

— Então você sabe — disse Eric.

— Sabe o quê? — A voz de Teagarden estava baixa, fora do alcance dos demais em volta da mesa. — Falaremos sobre isso depois. Mas posso lhe assegurar que não sei de nada. *E o senhor também não.*

Aproximando-se deles, o ministro Freneksy disse:

— Em quanto tempo Molinari poderá retomar as discussões?

Eric e Teagarden se entreolharam. Demoradamente.

— É difícil dizer — disse Teagarden depois de uma longa pausa.

— Horas? Dias? *Semanas?* Da última vez foram dez dias. — O rosto de Freneksy se contorcia de impaciência. — Eu simplesmente não posso me demorar tanto tempo assim na Terra. A conferência terá de ser remarcada para outra época do ano, caso eu tenha de esperar mais de setenta e duas horas. — Por trás dele, sua equipe de assessores e seus consultores militares, industriais e de protocolo já estavam guardando papéis e anotações em suas pastas, preparando-se para sair.

Eric disse:

— Ele provavelmente não estará em condições ideais depois do período de dois dias concedidos em casos como este. A condição geral dele é bastante...

Virando-se para Prindle, o ministro Freneksy disse:

— E o senhor como vice-secretário, declina de toda autoridade para falar em nome dele? Que situação abominável! Fica bem óbvio o motivo pelo qual a Terra... — Ele se interrompeu. Depois continuou: — O secretário Molinari é meu amigo pessoal. Estou muito preocupado com o seu bem-estar. Mas por que Lilistar deve aguentar o fardo mais pesado desta guerra? Por que razão a Terra tem que ficar arrastando o pé indefinidamente?

Nem Prindle nem os dois médicos responderam.

Freneksy dirigiu-se em sua própria língua aos membros da delegação, todos se levantaram ao mesmo tempo, prontos para se retirar.

A conferência, por causa da doença quase fatal de Molinari, estava cancelada. Pelo menos por enquanto. Eric sentiu uma onda de alívio.

Por causa da doença Molinari conseguira escapar. Mas só por enquanto.

No entanto, havia outra coisa. *Aquilo bastava.* Um milhão e meio de pessoas terrestres, exigidas por Lilistar para trabalhar em suas fábricas, não seriam convocadas... Eric virou-se para Teagarden, trocou um breve olhar de entendimento e cumplicidade. Enquanto isto, o perfurador prosseguia em seu trabalho, sem interferência, zumbindo.

Uma doença psicossomática e hipocondríaca protegera as vidas de muitas pessoas e fazia Eric repensar, àquela altura, a importância da medicina, e quais seriam os efeitos de se conseguir uma "cura" para a condição de Molinari.

Pareceu-lhe que, enquanto escutava o perfurador executar seu trabalho, estava começando a entender a situação — e o que esperava dele o enfermo secretário da ONU que jazia sobre a mesa de conferência, sem nada ver, nada ouvir, num estado em que os problemas discutidos pelo ministro Freneksy não existiam.

Mais tarde, no seu quarto fortemente protegido, Gino Molinari estava recostado em almofadas, na cama, ainda enfraquecido, lendo o homeopape do *New York Times* que lhe tinham trazido.

— Não há problema em ler, há, doutor? — perguntou ele, com voz débil.

— Acho que tudo bem — disse Eric. A operação tinha sido totalmente bem-sucedida, a pressão sanguínea tinha voltado ao normal, ao nível de se esperar num paciente de sua idade e condição geral.

— Olhe só o que acaba chegando aos ouvidos dos malditos jornais. — Molinari passou a primeira seção para Eric.

CONFERÊNCIA POLÍTICA INTERROMPIDA DEVIDO A DOENÇA DO SECRETÁRIO. DELEGAÇÃO DE LILISTAR, LIDERADA POR FRENEKSY, EM ISOLAMENTO.

— Como será que eles descobrem essas coisas? — queixou-se Molinari, mal-humorado. — Meu Deus, isso me deixa muito mal. Fica óbvio que eu sucumbi num momento crucial. — Ele fez uma cara furiosa para Eric. — Se eu tivesse coragem, teria enfrentado Freneksy a respeito daquela exigência de força de trabalho. — Fechou os olhos, fatigado. — Eu sabia que essa exigência viria. Soube disso na semana passada, inclusive.

— Não fique se culpando — disse Eric. Até que ponto Molinari era capaz de entender o dinamismo de fuga fisiológica? Não muito, evidentemente. Molinari não apenas não entendia o propósito da sua doença, como o desaprovava. E ela continuava funcionando num nível inconsciente.

Mas até quando isto pode continuar?, pensou Eric. Com

uma dicotomia tão poderosa entre aspirações conscientes e desejo inconsciente de fuga... talvez, por fim, surgisse uma doença da qual o secretário não mais se recuperaria; seria não apenas fatal, *seria final*.

A porta do quarto se abriu, e lá estava Mary Reineke.

Segurando-a pelo braço, Eric a conduziu de volta ao corredor, fechando a porta ao passar.

— Não vou poder vê-lo? — perguntou ela, indignada.

— Em um minuto. — Ele a observou, ainda incapaz de determinar até que ponto ela compreendia a situação. — Quero lhe perguntar uma coisa. Molinari já se submeteu a algum tipo de terapia psiquiátrica, ou análise, que seja do seu conhecimento? — Não havia nenhuma menção a isso no dossiê, mas ele tinha um palpite.

— Por que deveria? — Mary brincou com o zíper da blusa. — Ele não é doido.

Isso era verdade, sem dúvida; ele assentiu.

— Mas fisicamente...

— Gino tem azar. É por isso que ele vive adoecendo. O senhor sabe que nenhum psiquiatra vai mudar a sorte dele. — Mary Reineke completou, com relutância: — Sim, ele consultou um analista certa vez, no ano passado. Foi lá algumas vezes apenas. Mas isso é altamente secreto. Se a imprensa souber...

— Me diga o nome do analista.

— Mas nem ferrando. — Os olhos negros dela se ergueram contra ele numa atitude de triunfo hostil. Ela o encarou sem piscar. — Não digo nem ao dr. Teagarden, e dele eu gosto.

— Depois que vi como a doença de Gino funciona, eu...

— O analista está morto — interrompeu Mary. — Gino mandou matá-lo.

Eric a encarou sem dizer nada.

— Adivinhe por quê. — Ela sorriu com aquela malícia aleatória de uma adolescente, a crueldade deliciada e sem propósito que o levou de volta a sua própria juventude. A todas as agonias que garotas como aquela já lhe tinham provocado um dia. — Foi por causa de algo que o analista disse. Sobre a doença de Gino. Não sei o que era, mas imagino que ele estava na pista certa... como o senhor acha que está. Tem certeza de que quer mesmo ser tão esperto assim?

— Você me lembra — disse ele — o ministro Freneksy.

Ela o empurrou para um lado e foi para a porta.

— Eu vou entrar aí — disse. — Adeus.

— Sabia que Gino morreu em cima daquela mesa de conferências, hoje?

— Sim, ele precisava. Só por alguns instantes, é claro, para não danificar as células do cérebro. E é claro que o senhor e Teagarden o resfriaram imediatamente; eu sei a respeito disso também. Por que diz que eu pareço com Freneksy, aquele escrolhão? — Ela voltou e parou diante de Eric, encarando-o com intensidade. — Eu não pareço com ele nem um pouco. O senhor está apenas tentando me deixar irritada, para que eu termine dizendo alguma coisa.

Eric disse:

— O que acha que eu quero que me diga?

— Sobre os impulsos suicidas de Gino. — Ela falou aquilo com displicência. — Ele tem isso. Todo mundo sabe. Foi por isso que eu fui trazida aqui pelos parentes dele, para que tivessem certeza de que toda noite ele teria alguém ao seu lado, uma pessoa aconchegada a ele na cama sempre, ou de olho nele enquanto ele anda de um lado para outro, sem conseguir dormir. Ele não pode ficar sozinho durante a noite. Precisa que eu esteja junto, para conversar. E eu posso dizer coisas sensatas a ele, o senhor sabe, botar a cabeça dele no lugar às quatro da manhã. É difícil, mas eu faço. — Ela sorriu. — Viu? Tem alguém que faça isso pelo senhor, doutor? Quando o relógio está marcando quatro da madrugada?

Ele balançou a cabeça negativamente.

— Que vergonha, hein? O senhor precisa disso. Pena que eu não possa ajudá-lo agora, mas um já basta. E de qualquer modo o senhor não é o meu tipo. Mas boa sorte, talvez um dia encontre alguém como eu. — Abrindo a porta, ela desapareceu dentro do quarto. Ele ficou sozinho no corredor, sentindo a futilidade de tudo aquilo. E sentindo-se, de repente, extremamente solitário.

O que terá acontecido com os arquivos do analista?, pensou ele maquinalmente, tentando se concentrar no trabalho. Sem dúvida Gino mandara destruí-los, para que não caísse nas mãos dos homens de Lilistar.

É isso mesmo, pensou. É por volta das quatro da manhã que a crise chega ao ponto máximo. Mas não há mais ninguém como você, pensou. Então, pronto.

— Dr. Sweetscent?

Ele ergueu os olhos. Um homem do Serviço Secreto se aproximava.

— Sim?

— Doutor, há uma mulher lá fora dizendo ser sua esposa. Ela quer entrar no edifício.

— Não pode ser — disse Eric, sentindo medo.

— Quer me acompanhar e ajudar a identificá-la, por favor?

Ele seguiu o agente imediatamente.

— Diga a ela para ir embora — disse. Não, pensou, isso não vai resolver; ninguém resolve assim os seus problemas, como uma criança agitando uma varinha de condão. — Não tenho dúvida de que é Kathy — falou. — Acabou por me seguir mesmo até aqui. Em nome de Deus... mas que falta de sorte. Já se sentiu assim? — perguntou ele ao homem do Serviço Secreto. — Já se sentiu incapaz de viver com uma pessoa e ser obrigado a viver com ela?

— Não — disse o agente, insensível, indicando-lhe o caminho.

10

Sua esposa estava de pé num canto do bloco que servia de recepção da Casa Branca, lendo um homeopape, o *New York Times*. Vestia um casaco escuro e usava bastante maquiagem. Sua pele, no entanto, estava pálida e os olhos pareciam enormes, cheios de angústia.

Quando ele adentrou o bloco, ela ergueu os olhos e disse:

— Estou lendo a seu respeito. Parece que você operou Molinari e salvou sua vida. Parabéns. — Ela sorriu para ele, mas era um sorriso lúgubre, trêmulo. — Me leve a algum lugar onde a gente possa tomar um café. Tenho muita coisa para te contar.

— Você não tem nada para me dizer — respondeu ele, incapaz de disfarçar na voz um tom de surpresa desagradável.

— Eu tive uma grande revelação depois que você foi embora — disse Kathy.

— Eu também. A minha foi que fizemos a coisa certa ao nos separarmos.

— É estranho, porque a minha revelação foi justamente o oposto — disse Kathy.

— Estou vendo. Obviamente. Você está aqui. Escute: pela lei, eu não sou obrigado a viver com você. Tudo que é exigido de mim é...

— Você devia ouvir o que eu tenho para te contar — disse

Kathy com firmeza. — Não seria moralmente correto para você simplesmente me dar as costas e ir embora, isto é fácil demais.

Ele suspirou. Uma filosofia muito útil para quem quer conseguir algo. Mas ele mordeu a isca mesmo assim.

— Está bem — disse. — Não posso fazer isso, tal como não posso negar que você é minha mulher. Então vamos tomar um café. — Ele estava fatalista. Talvez fosse uma forma atenuada do seu instinto de autodestruição. Em todo caso, ele cedera; tomando-lhe o braço, ele a conduziu através da passagem entre os blocos, passando pelos guardas da Casa Branca e indo até a cafeteria mais próxima. — Você não parece bem — disse ele. — Sua cor. E está muito tensa.

— Passei por maus momentos — admitiu ela — depois que você foi embora. Acho que sou mesmo dependente de você.

— Simbiose — disse ele. — Pouco saudável.

— Não, não é.

— Claro que é. Isto aqui é uma prova. Não, não vou mais viver com você nos velhos termos. — Ele se sentia, pelo menos por um momento, cheio de determinação; estava preparado para uma luta aberta, aqui e agora. Encarando-a, ele disse: — Kathy, você parece estar doente.

— É porque você ficou este tempo todo junto ao Dique; está se habituando a um ambiente de gente sem saúde. Estou perfeitamente bem, só um pouco cansada.

Mas ela parecia... menor. Como se alguma coisa nela tivesse se esvaído, como se ela tivesse secado. Era quase uma questão de idade. E mesmo assim não era exatamente isso. Será que a separação dos dois tinha produzido tanto dano assim? Ele duvidava. Sua esposa, depois da última vez que se viram, tinha ficado mais fraca, e ele não gostava disso; a despeito da animosidade entre os dois, isso o preocupava.

— Seria bom que você fizesse um multifásico — disse ele. — Um check-up completo.

— Meu Deus — disse Kathy. — Eu estou bem. Quero dizer, vou ficar bem. Se eu e você pudermos resolver o nosso mal-entendido e...

— O fim de um relacionamento — disse ele — não é um mal-entendido. É uma reorganização da vida. — Ele pegou dois copos, encheu-os de café na máquina e pagou ao servo-robô que estava no caixa.

Quando sentaram numa mesa, Kathy acendeu um cigarro e disse:

— O.k., suponhamos que eu admita: sem você, estou desmoronando. Você se importa?

— Eu me importo, mas isto não quer dizer que...

— Você me deixaria definhar e morrer.

— Já tenho aqui um homem doente que ocupa todo o meu tempo e toda a minha atenção, e não posso curar você também. — Especialmente, pensou ele, quando eu sinceramente não quero fazê-lo.

— Mas tudo que você precisa fazer é... — Ela suspirou, bebericou o café com ar taciturno; ele notou que a mão dela tremia, quase como um pseudo Parkinson. — Nada. Basta me aceitar de volta. Então eu ficarei bem.

— Não — disse ele. — Francamente, não acredito nisso. Você está mais doente do que isso; deve haver uma outra causa. — Não estou na profissão médica por acaso, pensou ele. Eu posso detectar um padrão de doença em progresso quando o vejo. Mas seu diagnóstico ali não podia ir além disso. — Acho que você sabe o que está lhe fazendo mal — disse ele, rudemente. — Você poderia me dizer, se se importasse. Isso me deixa com um pé atrás mais do que nunca; você não está me dizendo tudo que deveria, não está sendo honesta ou responsável, e esta é uma péssima base para...

— Está bem — disse ela, encarando-o. — Estou doente. Eu admito. Mas vamos apenas dizer que é problema meu, você não tem por que se preocupar.

— Eu diria — disse ele — que houve danos neurológicos.

Ela se sobressaltou, e o que restava de cor no seu rosto sumiu.

— Eu acho — disse ele subitamente — que vou fazer algo que, com toda sinceridade, penso ser prematuro e excessivamente drástico, mas vou testar e ver o resultado. Vou fazer você ser presa.

— Meu Deus, por quê? — Tomada pelo pânico, ela o encarou, sem fala; as mãos se ergueram num gesto de defesa, depois ela as deixou cair.

Ele se levantou, foi até uma empregada da cafeteria.

— Senhorita — disse —, poderia pedir para que um agente do Serviço Secreto viesse até a minha mesa? — Ele apontou a mesa de longe.

— Sim, senhor — disse a mulher, piscando os olhos, mas sem sinais de perturbação. Ela se virou para um mensageiro, que, sem mais discussão, correu na direção da cozinha.

Eric voltou à mesa, se sentou de novo em frente a Kathy. Recomeçou a tomar o café, tentando se manter calmo e ao mesmo tempo preparando-se para a cena que se seguiria.

— Meu argumento — disse ele — é que isto é para o seu próprio bem. Claro que eu ainda não sei se é. Mas acho que no final vai se revelar que foi. E eu acho que você sabe disso.

Pálida, encolhida de medo, Kathy implorou:

— Eu vou embora, Eric. Vou voltar para San Diego, o.k.?

— Não — disse ele. — Você se meteu nisto ao vir para cá; fez com que se tornasse um assunto meu. Por isso vai ter que sofrer as consequências. Como se diz por aí. — Ele se sentia completamente racional e no controle. Era uma situação ruim, mas ele sentia as possibilidades de algo iminente que era muito pior.

Kathy disse com voz rouca:

— O.k., Eric. Vou te contar o que é. Eu me viciei em JJ-180. É a droga que falei para você, a droga que nós, inclusive Marm

178

Hastings, tomamos. Agora você sabe. Não tenho nada mais a dizer; isto já diz tudo. E desde então tomei uma vez mais, apenas. E uma exposição à droga já é bastante para viciar. Como você sem dúvida já percebeu, já que é médico.

— Quem mais sabe disso?

— Jonas Ackerman.

— Você conseguiu a droga através da Tijuana Fur & Dye? Da nossa subsidiária?

— S-sim. — Ela evitava o olhar dele. Finalmente completou: — É por isso que Jonas sabe, ele soube por mim, mas não conte isso a ninguém. Por favor.

Eric disse:

— Não vou contar. — Sua mente estava começando a funcionar direito novamente, graças a Deus. Seria essa a droga a que Don Festenburg se referira de uma maneira tão oblíqua? O termo JJ-180 despertava vagas lembranças que ele tentou desobscurecer. — Você cometeu um grande erro, a julgar pelo que eu ouvi a respeito da Frohedadrina, como ela também é chamada. Sim, ela é fabricada pela Hazeltine.

Um agente do Serviço Secreto surgiu junto à mesa deles.

— Pois não, doutor.

— Eu queria apenas informar que esta mulher é minha esposa, conforme ela declarou. E eu gostaria que ela recebesse permissão para ficar aqui comigo.

— Está bem, doutor. Vamos fazer apenas uma revista de rotina nela. Mas tenho certeza de que está tudo o.k. — O agente cumprimentou e retirou-se.

— Obrigada — disse Kathy quando ele se afastou.

— Eu considero que o vício numa droga tão tóxica é uma doença grave — disse Eric. — Numa época como a de hoje, é mais grave do que o câncer ou uma parada cardíaca total. É evidente que não posso simplesmente mandar você embora. Provavelmente você vai ter que ir para um hospital, e já deve saber disso. Vou entrar em contato com a Hazeltine, descobrir o que eles sabem a respeito disso... Mas entenda que pode ser um caso sem volta.

— Sim — ela abaixou a cabeça, num gesto espasmódico.

— De qualquer maneira, você parece ter muita coragem. — Ele estendeu a mão, pegou a mão dela; estava seca e fria. Sem vida. Ele a largou. — Esta é uma coisa que eu sempre admirei em você: você não é medrosa. É claro que foi justamente isso que acabou jogando você no meio dessa confusão, por ter a coragem de experimentar uma droga desconhecida. Bem, aqui estamos, juntos outra vez. — Grudados um ao outro por causa desse seu vício possivelmente fatal, pensou ele sentindo um vago desespero. Que bela razão para recomeçar um casamento. Aquilo era demais para ele.

— Você é um bom sujeito — disse ela.

— Ainda tem um pouco da droga com você?

— N-não — disse ela, após uma hesitação.

— Está mentindo.

— Não vou entregar. Prefiro largar você aqui e tentar resolver sozinha. — O medo dela se transformou momentaneamente numa reação de desafio obstinado. — Olhe, se eu estou viciada na JJ-180, eu *não posso* te dar a droga que tenho aqui. Estar viciado é justamente isso! Não é que eu queira tomar, é que eu *tenho* de tomar. De qualquer modo, não tenho muito. — Ela estremeceu. — Me dá vontade de já ter morrido; nem precisa dizer. Meu Deus, não sei como fui me meter nisso.

— Qual é o efeito dela? Me disseram que tem algo a ver com o tempo.

— Bem, você perde os seus pontos fixos de referência. Vai para a frente e para trás facilmente. O que eu gostaria de fazer era me pôr a serviço de alguém ou de algo, achar uma utilidade para o período em que eu estiver aprisionada. Será que o secretário não podia me utilizar? Eric, talvez eu pudesse nos tirar desta guerra; eu poderia prevenir Molinari antes que ele assinasse o Pacto de Paz. — Os olhos dela brilhavam de esperança. — Não valeria a pena tentar?

— Pode ser. — Ele lembrava, porém, o que Festenburg dissera a respeito disso; talvez Molinari já tivesse algum uso para a JJ-180. Mas o Dique, claramente, não tinha tentado, ou não tinha conseguido, encontrar um caminho que conduzisse aos dias pré-pacto. Talvez a droga afetasse cada pessoa de uma maneira diferente. Muitas drogas, estimulantes ou alucinógenas, agiam assim.

— Posso ter acesso a ele por meio de você? — perguntou Kathy.

— Eu... suponho que sim. — Mas algo despertou dentro dele e o obrigou a ser cauteloso. — Pode levar tempo. No momento ele está se recuperando de uma cirurgia no rim, como você já parece estar a par.

Ela balançou a cabeça, assentindo, com uma expressão de dor.

— Meu Deus, Eric, eu me sinto terrível. Como se não fosse escapar. Você sabe... sensação de catástrofe iminente. Me dê alguns tranquilizantes. Pode me ajudar um pouco. — Ela estendeu a mão e ele viu mais uma vez o quanto ela tremia. Pior do que antes, pensou.

— Vou levar você para a enfermaria daqui — decidiu ele, ficando de pé. — Por enquanto. Enquanto penso melhor no que fazer. Preferiria não te dar nenhum remédio, no entanto; talvez potencialize o efeito da droga. Com uma substância nova você nunca...

Kathy o interrompeu:

— Sabe o que eu fiz, Eric, enquanto você levantava para mandar chamar o cara do Serviço Secreto? Eu derramei uma cápsula de JJ-180 no seu café. Não ria, estou falando sério. É verdade, e você já bebeu o café todo. Você agora está viciado. O efeito deve bater dentro de pouco tempo; é melhor você sair desta cafeteria e ir para o seu conapt, porque o efeito é gigantesco. — A voz dela era opaca, sem vida. — Fiz isso porque achei que você ia mandar me prender; foi o que você disse, e eu acreditei. De modo que a culpa é sua. Lamento... preferia não ter feito isso, mas de qualquer maneira você agora tem um motivo para me curar; você *tem que achar* uma solução. Não posso depender da sua boa vontade; já tivemos muitos problemas um com o outro. Não é mesmo?

Ele conseguiu dizer:

— Já ouvi isso a respeito de viciados em geral: que eles gostam de viciar outras pessoas.

— Você me perdoa? — disse Kathy.

— Não — disse ele. Sentia-se furioso, e tonto. Não apenas não perdoo, pensou ele, mas farei tudo que puder para que você não se cure; nada mais tem importância para mim a não ser me vingar de você. Nem mesmo a minha cura. Ele sentiu por ela um ódio puro, absoluto. Sim, era exatamente isso que ela faria; era esta a sua esposa. Era precisamente por isso que ele tentara se livrar dela.

— Estamos no mesmo barco — disse Kathy.

Da maneira mais firme que pôde, ele foi andando rumo à saída da cafeteria, passo a passo, cruzando as mesas, as pessoas. Indo embora dali.

Ele quase conseguiu. Quase.

Tudo voltou. Mas totalmente diferente. Novo. Modificado.

Diante dele, Don Festenburg se recostou na cadeira e disse:

— Você tem sorte. Mas é melhor eu explicar. Aqui. O calendário. — Ele empurrou um objeto de latão sobre a mesa, para que Eric o visse. — Você se moveu um pouco mais de um ano para a frente. — Eric ficou olhando. Sem ver. Inscrições cheias de floreios. — Estamos em 17 de junho de 2056. Você é uma daquelas poucas pessoas de sorte que a droga afeta desta maneira. A maioria vai para o passado e acaba se atolando na fabricação de universos alternativos, sabe como é, brincando de Deus até que a destruição dos nervos é grande demais e eles se reduzem a espasmos aleatórios.

Eric tentou pensar em alguma coisa útil para dizer. Não encontrou nenhuma.

— Poupe o esforço — disse Festenburg, vendo-o debater-se. — Eu falo. Você só vai estar aqui durante alguns minutos, então deixe-me dizer logo. Um ano atrás, quando lhe deram a JJ-180 na cafeteria, eu tive a sorte de estar lá, bem no meio da confusão. Sua mulher ficou histérica e você, é claro, desapareceu. Ela foi recolhida pelo Serviço Secreto e logo confessou ser viciada e contou o que havia feito.

— Ah. — A sala subiu e desceu quando ele moveu a cabeça, concordando.

— Então: sente-se melhor? De qualquer maneira, Kathy agora está curada, mas não vamos entrar nessa questão; não tem importância.

— O que diz de...

— Sim, seu problema. Seu vício. Não havia cura então, um ano atrás. No entanto, você vai ficar feliz em saber que agora existe. Foi descoberta cerca de dois meses atrás, e eu tenho estado à sua espera. Sabemos tanto sobre a JJ-180 agora que eu tive o privilégio de computar quando você apareceria, com precisão de minutos. — Enfiando a mão dentro do paletó amassado, Festenburg tirou dali um pequeno frasco de vidro com tabletes. — Este é o antídoto que a subsidiária da TF&D fabrica agora. Gostaria de provar? Se tomar agora, vinte miligramas, vai ficar livre do seu vício, mesmo depois do seu retorno ao seu tempo de origem. — Ele sorriu, seu rosto amarelado se enchendo de rugas pouco naturais. — Mas... há alguns problemas.

Eric disse:

— Em que pé está a guerra?

Desdenhosamente, Festenburg disse:

— Por que você se importa? Meu Deus, Sweetscent: sua

vida depende deste frasco. Você não sabe o que é ser viciado naquela coisa.

— Molinari ainda está vivo?

Festenburg abanou a cabeça.

— O sujeito só tem alguns minutos, e tudo que ele quer saber é o estado de saúde do Dique. Escute. — Ele se inclinou para Eric, a boca contraída para baixo, o rosto agitado. — *Eu quero fazer um trato, doutor.* O que estou pedindo é espantosamente pouco, em troca destes tabletes de antídoto. *Por favor* negocie comigo; na próxima vez em que tomar a droga, caso não se cure, irá a dez anos no futuro e isso será longe demais, tarde demais.

Eric disse:

— Tarde demais para você, não para mim. A cura ainda existirá.

— Não quer nem perguntar o que eu quero em troca?

— Não.

— Por que não?

Eric encolheu os ombros.

— Não me sinto confortável; estou sendo submetido a pressão e não gosto disso. Posso arriscar minhas chances com a droga sem precisar de você. — Bastava saber que existia uma cura. Este conhecimento obliterava a ansiedade e o deixava livre para agir do modo que preferisse. — Obviamente, minha melhor aposta é usar a droga com frequência, tanto quanto for fisiologicamente possível, duas ou três vezes, indo cada vez mais longe no futuro, e então, quando seus efeitos destrutivos forem demasiados...

— Mesmo uma única vez — disse Festenburg por entre os dentes cerrados — causa um dano cerebral irreversível. Seu idiota, *você já usou a droga em excesso.* Você viu o estado da sua esposa. Quer ficar daquele jeito?

Depois de um momento, avaliando tudo com profundidade, Eric disse:

— Em troca do que poderei descobrir, acho que vale a pena. Depois que eu usar a droga duas vezes, ficarei sabendo o resultado da guerra, e se esse resultado for desfavorável estarei, quando voltar, em condições de aconselhar Molinari sobre a melhor maneira de evitar o desfecho. O que é a minha saúde, comparada com isto? — Ficou em silêncio. Aquilo tudo era perfeitamente claro para ele. Não havia o que discutir; ele ficou sentado, esperando o efeito da droga se desvanecer. Esperando voltar para seu próprio tempo.

Abrindo o frasco, Festenburg derramou os tabletes brancos no chão e pisou com força neles, reduzindo-os a pó.

— Já lhe ocorreu — disse Festenburg — que nos próximos dez anos a Terra pode estar tão destruída pela guerra que a subsidiária da TF&D pode não estar mais em condições de fornecer este antídoto?

Não tinha lhe ocorrido isso; embora abalado, ele conseguiu não demonstrar.

— Veremos — murmurou.

— Para ser franco, eu não tenho conhecimento do futuro. Mas tenho conhecimento do passado, *do seu futuro*: todo este ano que se passou. — Ele exibiu um homeopape, que virou na direção de Eric e abriu em cima da mesa. — Seis meses depois da sua experiência na cafeteria da Casa Branca. Vai te interessar.

Eric examinou a matéria principal e sua manchete.

SWEETSCENT, IMPLICADO COMO SUSPEITO PRINCIPAL EM CONSPIRAÇÃO MÉDICA CONTRA O SECRETÁRIO DA ONU EM EXERCÍCIO DONALD FESTENBURG, É DETIDO PELO SERVIÇO SECRETO

Festenburg arrastou abruptamente o jornal, amassando-o com as mãos e atirando-o para longe.

— Não vou dizer o que aconteceu com Molinari — disse. —

Descubra por conta própria, já que não tem interesse em fazer um acordo racional comigo.

Depois de uma pausa, Eric disse:

— Você teve um ano inteiro para mandar imprimir uma edição falsificada do *Times*. Lembro que isto já foi feito antes na história da política. Ióssif Stálin fez isso com Lênin, durante o último ano de vida de Lênin. Mandou imprimir um exemplar inteiro do *Pravda*, com notícias falsas, e o entregou a Lênin, que...

— Meu uniforme — disse Festenburg quase descontrolado, o rosto vermelho e trêmulo como se ele estivesse a ponto de explodir. — Olhe as dragonas nos meus ombros!

— E por que isso também não poderia ser falsificado? Não estou afirmando isso, nem que o seu jornal é falso. — Afinal, ele não estava em posição de decidir sobre uma coisa nem a outra. — Só estou dizendo que *pode* ser, e isso é razão bastante para que eu suspenda meu julgamento.

Com enorme esforço, Festenburg conseguiu se controlar um pouco.

— Está bem. Você está sendo cauteloso. Toda esta experiência é desorientadora para você; posso entender isso. Mas, doutor, seja realista por um momento. O senhor viu o jornal, o senhor já sabe que, de uma maneira que não vou detalhar, eu substituí Molinari como secretário da ONU. Mais o fato de que seis meses depois do seu momento no tempo, o senhor foi apanhado em flagrante conspirando contra mim, e...

— Secretário em exercício — consertou Eric.

— O quê? — Festenburg o encarou.

— O termo implica uma situação temporária. Provisória. E eu não fui, ou não serei, apanhado "em flagrante". Tudo que o jornal diz é que eu sou suspeito. Não houve processo, não houve condenação. Eu posso ser inocente. Eu posso estar sendo vítima de um complô, e um complô de sua autoria. Lembre novamente de Stálin, em seu último ano...

— Não venha me dar aulas da minha própria especialidade! Sim, eu conheço a situação que você relatou, eu sei o quanto Stálin trapaceou Lênin antes da morte dele. E sei também a respeito do complô médico, tramado paranoicamente por Stálin durante sua doença final. Está bem... — A voz de Festenburg se estabilizou. — Eu admito. O homeopape que acabei de mostrar é falso.

Eric sorriu.

— E eu não sou secretário em exercício da ONU — continuou Festenburg. — Mas, quanto ao que aconteceu de fato... *isto eu deixo para você adivinhar sozinho.* E você não vai conseguir. Você vai voltar para o seu próprio tempo daqui a pouco sem saber nada, nem uma coisa sequer, sobre o mundo do futuro, enquanto que, se tivesse feito um acordo comigo, poderia saber tudo. — Ele encarou Eric com fúria.

— Imagino — disse Eric — que eu sou um tolo.

— Mais do que isso: um perverso polimorfo. Você podia estar voltando para o passado levando consigo armas formidáveis, no sentido figurado, é claro, para salvar a si mesmo, a sua esposa, Molinari... E agora você vai passar um ano à deriva... isto presumindo que vai sobreviver ao vício da droga. Veremos.

Pela primeira vez Eric experimentou um momento de dúvida. Será que estava cometendo um erro? Afinal de contas, ele não tinha nem sequer escutado o que teria de fazer para selar o acordo. Mas agora o antídoto estava destruído; era tarde demais. Tudo ali era apenas conversa.

Erguendo-se, Eric olhou pela janela, para a cidade de Cheyenne.

A cidade estava em ruínas.

Enquanto olhava aquilo, ele sentiu que a realidade daquela sala, a substancialidade de tudo que ele via, estava em refluxo, estava fugindo dele, e ele tentou agarrá-la, tentou retê-la.

— Muito boa sorte, doutor — disse Festenburg, com voz oca,

e então ele, também, tornou-se uma mancha, um farrapo de neblina que se afastava, cinzento, indistinto do que o cercava, fundindo-se à imagem da mesa que ia também se desintegrando, as paredes da sala, todos os objetos que momentos antes pareciam sólidos.

Ele cambaleou e lutou para se firmar. Perdendo o equilíbrio, mergulhou numa nauseante sensação de ausência de peso... e então, com uma dor lancinante retinindo na cabeça, ele ergueu os olhos e viu à sua volta as mesas e as pessoas da cafeteria da Casa Branca.

Um grupo havia se juntado em volta dele. Pessoas preocupadas, mas hesitantes. Sem querer tocá-lo; permaneciam como espectadores.

— Obrigado pela ajuda — disse ele com uma voz que arranhava a garganta, e ficou de pé com dificuldade.

Os espectadores voltaram com ar de culpa para suas mesas, deixando-o sozinho — a não ser por Kathy.

— Você sumiu por uns três minutos — disse ela.

Ele não falou nada; não queria falar com ela, ter qualquer coisa a ver com ela. Sentia náuseas, sentia as pernas tremendo e como se estivesse com a cabeça fendida, estilhaçada, e pensou, deve ser assim que se sente quem se envenena com monóxido de carbono. Como estava descrito nos velhos textos médicos. Uma sensação de ter se encharcado de morte até não poder mais.

— Posso te ajudar? — perguntou Kathy. — Eu me lembro como me senti da primeira vez.

Eric disse:

— Vou te levar para a enfermaria agora. — Agarrou-a pelo braço; a bolsa que ela trazia se chocou contra o corpo dele. — Você deve trazer seu suprimento na bolsa — disse ele, e arrebatou-a.

Momentos depois ele segurava na mão duas cápsulas longas. Guardando-as no bolso, ele devolveu a bolsa a ela.

— Obrigada — disse ela, cheia de ironia.

— Eu que agradeço, querida. Cada um de nós sente um amor enorme pelo outro. Nesta nova fase de nossa relação conjugal. — Ele a conduziu para a saída da cafeteria, e ela o acompanhou sem resistência.

Ainda bem que não fiz nenhum acordo com Festenburg, pensou ele. Mas Festenburg voltaria a assediá-lo; aquilo ainda não era o fim. No entanto, ele possuía uma vantagem sobre Festenburg: uma sobre a qual o redator de discursos de rosto amarelado não tinha conhecimento.

Do encontro dos dois, dali a um ano no futuro, ele sabia que Festenburg tinha ambições políticas. Que ele, de alguma maneira, tentaria um golpe, e tentaria também comprar apoio. O uniforme de secretário-geral tinha se revelado falso, mas as ambições dele, não.

E era inteiramente possível que Festenburg não tivesse ainda iniciado essa fase de sua carreira.

Naquele período do tempo, Festenburg não poderia pegar Eric Sweetscent de surpresa porque, dali a um ano no futuro, sem que o soubesse agora, ele revelara seus trunfos. E agindo assim não tinha percebido as implicações do que fizera.

Era um erro político considerável e que não podia ser corrigido. Especialmente em vista do fato de que outros estrategistas políticos, alguns com imensa capacidade, estavam no jogo.

Um deles era Gino Molinari.

Depois de deixar a esposa na enfermaria da Casa Branca, ele fez uma ligação de vidfone para Jonas Ackerman, na TF&D de Tijuana.

— Então você descobriu sobre Kathy — disse Jonas. Não parecia contente.

— Não vou te perguntar por que você fez isto — disse Eric. — Estou ligando para...

— Fiz o quê?! — O rosto de Jonas se agitou. — Ela te disse que eu a viciei na droga, é isso? Não é verdade, Eric. Por que eu faria isso? Pergunte a si mesmo.

— Não vamos discutir isso agora. — Não havia tempo. — Primeiro quero descobrir se Virgil sabe alguma coisa a respeito da JJ-180.

— Sim, mas não mais do que eu sei. Não há muito o que...

— Me deixe falar com Virgil.

Com relutância, Jonas transferiu a ligação para o escritório de Virgil. Um instante depois, Eric estava encarando o velho, que riu descontraído quando viu quem estava ligando.

— Eric! Li no jornal que você já salvou a vida dele. Sabia que ia fazer sucesso. Bem, se conseguir repetir isso todo dia... — Virgil deu uma risada cheia de deleite.

— Kathy está viciada em JJ-180. Preciso de ajuda. Tenho que tirá-la disso.

O contentamento sumiu do rosto de Virgil.

— Isso é terrível! Mas o que posso fazer, Eric? Gostaria de ajudar, é claro. Todo mundo aqui adora Kathy. Você é médico; deve saber o que fazer por ela. — Ele tentou continuar balbuciando alguma coisa, mas Eric o interrompeu.

— Me diga com quem eu posso entrar em contato na subsidiária. Onde a JJ-180 é fabricada.

— Ah, sim. Companhia Hazeltine, em Detroit. Deixe-me ver... com quem você poderia conversar? Talvez com Bert Hazeltine em pessoa. Só um minuto. Jonas está entrando aqui na sala, está dizendo alguma coisa.

Jonas apareceu na tela do vidfone.

— Eu estava tentando te dizer isto, Eric. Quando descobri a situação de Kathy, liguei para a Companhia Hazeltine imediatamente. Eles já mandaram uma pessoa; ele está a caminho de Cheyenne. Achei que Kathy chegaria aí, depois que ela sumiu. Mantenha a mim e Virgil informados dos progressos que fi-

190

zerem. Boa sorte. — Ele desapareceu da tela, evidentemente aliviado por ter dado alguma contribuição.

Agradecendo a Virgil, Eric desligou. Levantando da cadeira, ele foi direto para o bloco de recepção da Casa Branca para saber se um representante da Companhia Hazeltine já tinha aparecido por lá.

— Ah, sim, dr. Sweetscent — disse a garota, verificando o livro. — Duas pessoas chegaram momentos atrás; algum funcionário já está procurando o senhor nos corredores e nas cafeterias. — Ela leu os nomes no livro. — São o sr. Bert Hazeltine e uma mulher, a srta. Bachis... Estou tentando decifrar a letra, acho que é isso mesmo. Foram encaminhados para o andar de cima, ao seu conapt.

Quando chegou ao conapt, ele encontrou a porta entreaberta; na pequena sala estavam sentadas duas pessoas, um homem de meia-idade, bem vestido em seu longo sobretudo, e uma mulher loura, na casa dos trinta anos; usava óculos e suas feições eram pesadas, com um ar de competência profissional.

— Sr. Hazeltine? — disse Eric, estendendo a mão.

Os dois se levantaram quando ele entrou.

— Olá, dr. Sweetscent — disse Bert Hazeltine, apertando sua mão. — Esta é Hilda Bachis; ela trabalha no Departamento de Controle de Narcóticos da ONU. Tivemos que informá-los a respeito da situação, doutor; é a lei. No entanto...

A srta. Bachis interveio, com voz nítida:

— Nosso interesse não é prender ou punir sua esposa, doutor; queremos ajudá-la, tanto quanto o senhor. Já providenciamos para falar com ela, mas achamos que seria melhor conversar primeiro com o senhor, antes de descer para a enfermaria.

Numa voz tranquila, Hazeltine disse:

— Que quantidade da droga a sua esposa tem consigo?

— Nenhuma — disse Eric.

— Deixe-me explicar ao senhor, então — disse Hazeltine —, a diferença entre hábito e vício. No vício...

— Eu sou médico — lembrou Eric. — Não precisa me explicar os detalhes. — Ele se sentou, ainda sentindo os efeitos de sua experiência com a droga; a cabeça ainda lhe doía, bem como o tórax quando respirava.

— Então o senhor tem consciência de que a droga penetrou no metabolismo do fígado e agora é requerida para que esse metabolismo possa se processar. Se for privada da droga, ela morrerá em... — Hazeltine fez um cálculo mental. — Que quantidade ela tomou?

— Duas ou três cápsulas.

— Sem a droga, ela provavelmente morrerá em vinte e quatro horas.

— E se tomar a droga?

— Viverá em torno de quatro meses. A essa altura, doutor, já devemos ter um antídoto; não pense que não estamos nos esforçando. Já tentamos até um transplante de artificiórgão, removendo o fígado e o substituindo...

— Então ela vai precisar de um pouco mais da droga — disse Eric, e pensou em si mesmo. Sua própria situação. — Suponhamos que ela tivesse tomado apenas uma vez. Isso seria...

— Doutor — disse Hazeltine —, não compreende? A JJ-180 não foi projetada como um remédio; ela é *uma arma de guerra*. Foi *planejada* para causar um vício absoluto após a primeira dose; foi *planejada* para produzir danos extensos nos nervos e no cérebro. Ela não tem gosto nem cheiro; ninguém pode saber se ela está sendo administrada, digamos, num prato ou numa bebida. Desde o início enfrentamos o problema da possibilidade de nosso próprio povo se viciar acidentalmente; estávamos esperando até ter uma cura, e depois começaríamos a usar a JJ-180 contra o inimigo. Mas... — Ele encarou Eric. — Sua esposa não se viciou acidentalmente, doutor. Isso foi feito com uma intenção deliberada. Sabemos onde ela a conseguiu. — Ele olhou para a srta. Bachis.

— Sua esposa não poderia tê-la obtido junto à Tijuana Fur & Dye — disse a srta. Bachis — porque nenhuma quantidade da droga foi transferida da Hazeltine para sua companhia.

— Nossos aliados — disse Bert Hazeltine. — Era um protocolo do Pacto da Paz; tínhamos que entregar a eles uma amostra de cada nova arma de guerra produzida aqui na Terra. A ONU me determinou enviar uma certa quantidade de JJ-180 para Lilistar. — O rosto dele tornou-se flácido, dominado pelo que, para ele, era um ressentimento acumulado, cansado.

A srta. Bachis disse:

— Essa quantidade de JJ-180, por razões de segurança, foi transportada para Lilistar em cinco cargas separadas, em cinco diferentes transportes. Quatro deles chegaram a Lilistar. O quinto, não; os reegs o destruíram com uma automina. E desde então temos escutado boatos persistentes, através de nossos serviços de inteligência operando nos domínios do Império, de que agentes de Lilistar recolheram a carga e a trouxeram de volta para a Terra, para usá-la contra o nosso povo.

Eric assentiu.

— Está certo. Ela não conseguiu a droga através da Tijuana Fur & Dye. — Mas que diferença fazia onde Kathy a conseguira?

— Isto quer dizer que sua esposa — disse a srta. Bachis — foi contatada por agentes de inteligência de Lilistar, e em consequência disso não pode ser mantida aqui em Cheyenne. Já conversamos com o Serviço Secreto e ela deve ser transferida de volta para Tijuana ou San Diego. Não temos alternativa; ela não admitiu isso, é claro, mas ela está recebendo a droga em troca de seus serviços como informante, recrutada por Lilistar. Deve ser por isso que ela o seguiu até aqui.

— Mas — disse Eric — se vocês cortarem o seu suprimento da droga...

— Não é a nossa intenção — disse Hazeltine. — Na verdade, queremos o oposto disso. O método mais seguro de interromper o vínculo entre ela e os agentes dos Starmen é fornecermos nós mesmos a droga, usando os nossos estoques. É a política habitual em casos como este, e sua esposa não é o primeiro, doutor. Já passamos por isto antes e, acredite, sabemos o que fazer. Quer dizer, dentro do número limitado de possibilidades que temos. Primeiro, ela precisa da droga simplesmente para continuar viva; basta isto para que seja essencial fornecê-la. Mas há um outro fato que o senhor precisa saber. A carga que foi enviada para Lilistar, mas foi destruída por uma mina reeg... sabemos agora que os reegs conseguiram recuperar partes daquela nave. Eles conseguiram uma quantidade pequena, mas ainda assim significativa de JJ-180. — Fez uma pausa. — E eles também estão pesquisando uma cura.

A sala ficou em silêncio.

— Ainda não temos uma cura em nenhuma região da Terra — continuou Hazeltine, depois de uma pausa. — Lilistar, é claro, não está sequer tentando, a despeito do que possam ter dito a sua esposa. Estão apenas fabricando seus próprios suprimentos da droga, sem dúvida para usá-la tanto contra nós quanto contra o inimigo. São os fatos da vida. Mas uma cura pode já existir entre os reegs; seria desleal e moralmente errado não lhe dizer isso. Não estou sugerindo que o senhor deserte e passe para o lado do inimigo; não estou sugerindo nada, estou apenas sendo honesto com o senhor. Em quatro meses, podemos ter uma cura, e podemos não tê-la; não tenho como prever o futuro.

— A droga — disse Eric — permite a alguns dos seus usuários viajar para o futuro.

Hazeltine e a srta. Bachis trocaram olhares.

— É verdade — assentiu Hazeltine. — Esta é uma informação altamente secreta, como o senhor sem dúvida sabe. Suponho que tenha descoberto através de sua esposa. É nessa direção que ela se move quando sob a influência da droga? É algo relativamente raro; um recuo para o passado parece ser a regra geral.

Cheio de cuidado, Eric disse:

— Kathy e eu conversamos a respeito disso.

— Bem — disse Hazeltine —, é uma possibilidade, pelo menos do ponto de vista lógico. Ir para o futuro, ter acesso à cura, talvez não a uma grande quantidade dela, mas pelo menos à fórmula; memorizá-la, voltar ao presente, repassar a fórmula para os nossos químicos na Companhia H. Isso seria o suficiente. Parece até fácil *demais*, não é mesmo? Os efeitos da droga contêm o próprio método de procurar o seu antídoto, a fonte de uma molécula nova e desconhecida para penetrar no metabolismo do fígado no lugar da JJ-180... A primeira objeção que me ocorre é que tal antídoto pode não ser descoberto nunca, e neste caso ir para o futuro é inútil. Afinal, até hoje não existe nenhuma cura para o vício nos derivados do ópio; a heroína ainda é ilegal e perigosa, tanto quanto era um século atrás. Mas também me ocorre uma outra objeção, e mais profunda. Francamente, e eu supervisionei todas as fases de testes da JJ-180, eu acho que o deslocamento no tempo realizado pelo usuário é falso. Não acredito que seja o verdadeiro futuro ou o verdadeiro passado.

— O que é, então? — perguntou Eric.

— O que nós, da Companhia Hazeltine, temos mantido desde o início. Nós afirmamos que a JJ-180 é uma droga alucinógena, e apenas isso. Só porque as alucinações parecem reais, isso não é critério suficiente para decidir; *a maioria* das alucinações parece real, seja qual for a sua causa, seja uma droga, uma psicose, danos causados ao cérebro ou estimulação elétrica diretamente em áreas específicas do cérebro. O senhor deve ter conhecimento disto, doutor; uma pessoa experimentando uma alucinação não está meramente pensando que vê, digamos, uma árvore cheia de laranjas: ela a vê de verdade. Para ela, é uma experiência autêntica, tanto quanto as nossas presenças aqui na sua sala. Ninguém que tenha tomado JJ-180 e ido para o passado conseguiu retornar com qualquer artefato; ele não desaparece, nem...

A srta. Bachis o interrompeu.

— Eu discordo, sr. Hazeltine. Já conversei com um grande número de viciados em JJ-180 e eles forneceram detalhes sobre o passado que, tenho certeza, eles não tinham como saber, exceto indo lá. Não posso prová-lo, mas acredito. Desculpe por interrompê-lo.

— Memórias enterradas — Hazeltine disse, com irritação. — Meu Deus, pode ser até um caso de vidas passadas. Talvez exista reencarnação.

Eric disse:

— Se a JJ-180 é capaz de realmente induzir uma viagem no tempo, talvez ela não seja uma boa arma para usar contra os reegs. Isso podia provocar mais efeitos do que pretendemos. Então o senhor precisa acreditar que é apenas um alucinógeno, sr. Hazeltine. Se continua com planos de vendê-la para o governo.

— Um argumento ad hominem — disse Hazeltine. — Atacando as minhas motivações, não o meu argumento. Estou surpreso, doutor. — Ele parecia abatido. — Mas talvez tenha razão. Como posso saber? Nunca tomei a droga, e não a administramos a ninguém depois que descobrimos quanta dependência ela produz. Estamos limitados a experiências com animais, com as nossas primeiras e infelizes cobaias humanas e mais recentemente com pessoas como a sua esposa, que os Starmen viciaram. E... — Ele hesitou, depois encolheu os ombros e prosseguiu: — E obviamente nós ministramos a droga aos reegs capturados, em nossos campos de prisioneiros. Senão, não teríamos como saber os efeitos que a droga pode produzir neles.

— E como reagiram? — perguntou Eric.

— Mais ou menos como nosso próprio povo. Vício completo, degeneração neurológica, alucinações poderosas que os deixam insensíveis ao ambiente que os cerca. — Ele completou, meio que para si mesmo: — As coisas que a gente tem que fazer em tempo de guerra. E ainda falam dos nazistas.

A srta. Bachis disse:

— Temos que ganhar a guerra, sr. Hazeltine.

— Sim — disse Hazeltine, numa voz sem vida. — Ah, a senhorita está certa, srta. Bachis. E como está! — Ele ficou com o olhar vidrado, fitando o chão.

— Dê ao dr. Sweetscent o suprimento da droga — disse ela.

Assentindo, Hazeltine enfiou a mão no paletó.

— Aqui está — disse, estendendo uma caixinha de metal. — JJ-180. Legalmente, nós não podemos fornecê-la para sua esposa; não podemos fazer isto com alguém que sabemos ser um viciado. Então o senhor a recebe, e isto é uma mera formalidade, claro, e o que vai fazer com ela é uma questão totalmente sua. De qualquer modo, nessa caixinha há o bastante para mantê-la viva durante o tempo que ela conseguir viver. — Ele não cruzou o olhar com o de Eric; continuou fitando o chão.

Eric recebeu a caixinha e disse:

— Não parece muito satisfeito com esta invenção da sua companhia.

— Satisfeito? — ecoou Hazeltine. — Ah, claro, não está vendo? Não é visível? Sabe, é esquisito, a pior coisa tem sido observar os prisioneiros de guerra depois que eles a tomam. Eles simplesmente se encolhem e definham ali mesmo. Não há escapatória para eles; vivem no interior da JJ-180 a partir do momento em que a experimentam. Ficam *satisfeitos* de estar assim; as alucinações são, como direi?, um entretenimento para eles... Não, não entretenimento. São algo que os arrebata. Não sei, é como se eles estivessem diante de uma realidade terminal. Mas uma que, do ponto de vista clínico, fisiológico, é um inferno traiçoeiro.

— A vida é curta — observou Eric.

— E brutal e maldosa — completou Hazeltine, fazendo uma vaga citação, como se falando automaticamente. — Não posso ser fatalista, doutor. Talvez o senhor tenha sorte ou seja inteligente, algo assim.

— Não — disse Eric. — Nem um pouco. — Ser depressivo certamente não era algo desejável; o fatalismo não era um talento, mas sim uma doença esticada a longo prazo. — Quanto tempo, depois da administração da droga, começam a aparecer os sintomas de abstinência? Em outras palavras, devemos...

— Pode esperar de doze a vinte e quatro horas entre uma dose e outra — disse a srta. Bachis. — Então, a consequência fisiológica, o colapso do metabolismo normal do fígado, começa a se desencadear. É algo... desagradável, por assim dizer.

Hazeltine disse com voz rouca:

— Desagradável... Deus do céu, seja realista. É insuportável. É a agonia da morte, literalmente. E a pessoa sabe disso. *Sente* sem poder dar um nome ao que sente. Afinal, quantos de nós já passaram antes pela agonia da morte?

— Gino Molinari já passou — disse Eric. — Mas ele é um indivíduo único. — Guardando a latinha de JJ-180 no bolso do paletó, ele pensou, quer dizer então que tenho até vinte e quatro horas antes de tomar a minha segunda dose. Mas também pode vir mais cedo, hoje à noite talvez.

E os reegs talvez tenham uma cura, pensou. Eu iria até eles para tentar salvar minha vida? A vida de Kathy? Eu me pergunto. Ele não sabia com certeza.

Talvez, ele pensou, eu venha a saber depois que sofrer o primeiro ataque dos sintomas de abstinência. E, se não por isto, talvez depois que eu detectar os primeiros sinais de deterioração neurológica no meu corpo.

Ele ainda ficava zonzo ao imaginar que sua esposa, assim, do nada, o viciara naquilo. Quanto ódio isso demonstrava.

Que enorme desprezo pelo valor da vida. Mas ele não se sentia do mesmo modo? Lembrou sua discussão inicial com Gino Molinari; os sentimentos que emergiram e o modo como ele os encarou. No fim das contas, ele se sentia exatamente como Kathy. Este era um grande efeito da guerra: a sobrevivência de um indivíduo qualquer parecia uma coisa trivial. Então talvez ele pudesse botar a culpa de tudo na guerra. Tornaria as coisas mais fáceis.

Mas ele sabia que não era bem assim.

11

A caminho da enfermaria, para entregar a Kathy seu suprimento da droga, ele se deparou, inacreditavelmente, com o vulto encurvado e doente de Gino Molinari. Na sua cadeira de rodas, o secretário da ONU estava sentado com sua manta pesada sobre os joelhos, os olhos movendo-se como se tivessem vida própria, cravando Eric, imóvel, no lugar onde estava.

— Há um grampo no seu conapt — disse Molinari. — Sua conversa com Hazeltine e Bachis foi captada, gravada, transcrita e repassada para mim.

— Tão depressa assim? — conseguiu dizer Eric. Graças a Deus ele não comentara o fato de também estar viciado.

— Tire-a daqui — gemeu Molinari. — Ela é uma espiã dos Starmen; é capaz de fazer qualquer coisa. Sei disso. Já aconteceu antes. — Ele estava tremendo. — Para falar a verdade, ela já saiu daqui; meus homens do Serviço Secreto a pegaram e levaram para fora, para um helicóptero. Não sei por que estou tão perturbado assim... intelectualmente eu sei que a situação já está sob controle.

— Se tem uma transcrição, então sabe que a srta. Bachis tomou providências para que Kathy...

— Eu sei! Está bem. — Molinari arquejou, em busca de ar, o rosto doentio e convulso. A pele pendia em dobras escuras e enrugadas, de carne frouxa. — Está vendo como Lilistar trabalha? Usando nossa própria droga contra nós. Isso é a cara daqueles bastardos, é uma coisa que os diverte. Devíamos jogar essa coisa nos reservatórios de água deles. Eu deixo o senhor entrar aqui, e logo o senhor traz sua esposa para dentro; para obter aquela porcaria, aquela droga miserável, ela estaria disposta a fazer qualquer coisa, até mesmo me assassinar, se eles lhe pedissem. Eu sei tudo que é possível saber a respeito da Frohedadrina; fui eu inclusive quem a batizou. Do alemão *Frohe*, que quer dizer alegria, e do latim *heda*, a raiz da ideia de prazer. *Drina*, é claro... — Ele se interrompeu, os lábios inchados tremendo. — Estou doente demais para me agitar assim. Eu devia estar me recuperando daquela operação. *O senhor está tentando me curar ou me matar, doutor? Será que sabe?*

Eric disse:

— Eu não sei. — Sentia-se confuso, anestesiado; aquilo era demais para ele.

— Você não parece nada bem. Isto está sendo muito duro para o senhor, mesmo considerando que, de acordo com seu dossiê de segurança e suas próprias afirmações, o senhor detesta sua esposa, e ela o detesta. Deve estar pensando que, se tivesse ficado ao seu lado, ela não teria se viciado. Escute: todo mundo tem que viver sua própria vida; ela tem que assumir a responsabilidade. O senhor não a obrigou a tomar nada. Ela *decidiu* que ia fazer isso. Isto te ajuda? Sente-se melhor? — Ele examinou o rosto de Eric em busca de reações.

— Eu... vou ficar bem — disse Eric com brevidade.

— Nem fodendo. Você está com uma cara tão ruim quanto a dela. Fui até lá para dar uma olhada, não resisti. A coitada, a maldita dama; já dá para ver a destruição causada pela substância. Dar a ela um fígado novo e sangue novo não vai adiantar; já se tentou antes, como eles te disseram.

— Chegou a conversar com Kathy?

— Eu? Conversar com uma quinta-coluna de Lilistar? — Molinari lhe lançou um olhar furioso. — Sim, conversei com ela um pouquinho. Quando foi levada para fora em cadeira de rodas. Eu tinha curiosidade de ver com que tipo de mulher o senhor se envolveria; o senhor tem um viés masoquista com um quarteirão de largura e ela é a prova viva disso. É uma harpia, Sweetscent, um monstro. Como o senhor tinha me dito. Sabe o que ela falou? — Ele arreganhou um sorriso. — Falou que o senhor também estava viciado. Qualquer coisa vale, se for para causar problemas, não é mesmo?

— Claro — disse Eric, empertigado.

— Por que está me olhando assim? — Molinari o encarou, com seus olhos redondos e escuros demonstrando que estava readquirindo o autocontrole. — Fica aborrecido ouvindo isto, não é verdade? Sabendo que ela faria todo o possível para destruir sua carreira aqui. Eric, se eu pensasse que você andou experimentando aquela droga eu não o expulsaria daqui; *eu mandaria matá-lo*. Em tempos de guerra eu mato gente; é meu trabalho. Como o senhor sabe e eu também sei, porque conversamos sobre isso, pode chegar um momento, não muito distante, em que será necessário que o senhor... — Ele hesitou.

— O que falamos. Até mesmo me matar. Certo, doutor?

Eric disse:

— Eu preciso entregar o suprimento de droga que cabe a ela. Posso me retirar, secretário? Antes de eles irem embora.

— Não — disse Molinari. — Não pode ir, porque eu preciso lhe dizer algumas coisas. O ministro Freneksy ainda está aqui; o senhor sabe disso. Com toda a sua comitiva, na Ala Leste, em isolamento. — Ele estendeu a mão. — Eu quero uma cápsula de JJ-180, doutor. Me dê uma e vamos esquecer que tivemos esta conversa.

Eric pensou: eu sei o que você vai fazer. Ou tentar fazer. Mas você não tem chance alguma; isto aqui não é a Renascença.

— Vou dar pessoalmente a ele — disse Molinari. — Para ter certeza de que ela vai ser mesmo engolida por ele e não por algum puxa-saco no meio do caminho.

— Não — disse Eric. — Eu me recuso em absoluto.

— Por quê? — Molinari inclinou a cabeça.

— Isso é suicídio. Para todo mundo da Terra.

— Sabe como os russos se livraram de Béria? Béria entrou no Krémlin carregando uma pistola, o que era contra a lei; estava com a arma na pasta de documentos, e eles roubaram a pasta e atiraram nele com sua própria pistola. Acha que na alta cúpula tudo tem que ser complexo? Há soluções simples que o homem mediano sempre desdenha; este é o grande defeito do homem mediano... — Molinari se interrompeu, pôs a mão subitamente sobre o peito. — Meu coração! Acho que parou. Voltou agora, mas por um segundo, nada! — Tinha ficado lívido; sua voz agora reduziu-se a um sussurro.

— Posso levá-lo para o seu quarto. — Eric foi para trás da cadeira de rodas de Molinari e começou a empurrá-la; o Dique não protestou, mas arriou o corpo para a frente, massageando o peito flácido, explorando e tocando a si mesmo, com a hesitação de quem experimenta um medo avassalador, mortal. Tudo o mais fora esquecido. Ele não percebia nada mais a não ser seu corpo doente, debilitado. Ele se tornara seu universo.

Com a ajuda de duas enfermeiras, Eric conseguiu transportar de volta Molinari para a cama.

— Escute, Sweetscent — sussurrou Molinari, ao se recostar nos travesseiros. — Eu não preciso conseguir a droga com você. Posso botar pressão em Hazeltine e ele manda direto para mim. Virgil Ackerman é meu amigo; Virgil fará com que Hazeltine obedeça. E não venha me ensinar o meu trabalho, faça o seu que eu faço o meu. — Ele fechou os olhos e deu um grunhido. — Meu Deus, uma artéria junto do meu coração acabou de se romper. Posso sentir o sangue vazando. Traga Teagarden aqui. — Grunhiu de novo e virou o rosto para a parede. — Que dia. Mas eu vou pegar aquele Freneksy. — Imediatamente abriu os olhos e disse: — Eu sei que foi uma ideia estúpida. Mas é esse tipo de ideias que eu venho tendo ultimamente, ideias idiotas como essa. O que mais posso pensar além disso? Consegue pensar em algo mais? — Ele esperou. — Não. Porque não há nada mais além disso, eis por quê. — De novo ele fechou os olhos. — Eu me sinto terrível. Acho que estou morrendo mesmo desta vez e vocês não conseguirão me salvar.

— Vou buscar o dr. Teagarden — disse Eric, e foi na direção da porta.

Molinari disse:

— Sei que é viciado, doutor. — Ele ergueu o corpo um pouquinho. — Posso perceber, quase invariavelmente, quando uma pessoa está mentindo, e sua esposa não estava. E assim que o vi entendi. O senhor não sabe como está mudado.

Depois de uma pausa Eric disse:

— E o que vai fazer?

— Veremos, doutor — disse Molinari, e virou de novo o rosto para a parede.

Assim que conseguiu entregar o suprimento de droga para Kathy, ele pegou uma nave direto para Detroit.

Quarenta e cinco minutos depois, ele desembarcou e pegou um táxi para a Companhia Hazeltine. Gino Molinari, não a droga, o forçara a agir mais rápido. Não poderia ficar aguardando os acontecimentos até a noite.

— Aqui estamos, senhor — disse respeitosamente o circuito autônomo do táxi, deslizando a porta para que ele pudesse sair. — Aquele edifício cinzento, de um andar, com a sebe de cálices cor-de-rosa tendo na base uma espiral de brácteas verdes. É a Companhia Hazeltine. — Olhando de longe, Eric viu o edifício, o gramado e a sebe externa de urzes. Não era um prédio imponente para uma instalação industrial. Então era este o local em que a JJ-180 tinha vindo ao mundo.

— Espere — ordenou ele ao táxi. — Tem um copo d'água?

— Certamente. — De um compartimento virado para Eric surgiu um copo de papel que deslizou para a frente, balançou um pouquinho e ficou imóvel.

Ainda sentado no táxi, Eric engoliu a cápsula de JJ-180 que trouxera consigo. Furtada dos suprimentos de Kathy.

Passaram-se vários minutos.

— Por que não saiu, senhor? — perguntou o táxi. — Fiz alguma coisa errada?

Eric esperou. Quando sentiu que a droga estava começando a bater, pagou o táxi, desceu e andou devagar pelo caminho formado por círculos de madeira de sequoia cravados no solo, rumo à Companhia Hazeltine.

O edifício piscou numa luz ofuscante, como se tivesse sido atingido pela chicotada de um relâmpago. No alto, o céu azul se retorceu lateralmente. Eric viu, erguendo o rosto, o azul-claro do dia ainda subsistir um pouco, como numa tentativa de permanecer, mas logo colapsar por completo. Fechou os olhos, porque a tontura era muito forte, os pontos de referência que eram os objetos exteriores ficaram muito tênues, e ele deu um passo, depois outro, braços estendidos à frente, curvou-se, por alguma razão impelido a continuar avançando, mesmo que devagar.

Aquilo doía. Era diferente da experiência inicial: era um imenso reajuste da estrutura da realidade imposta sobre ele. Seus passos não produziam som, ele percebeu; estava agora caminhando sobre o gramado, mas ainda com os olhos bem fechados. Uma alucinação, pensou ele, de um outro mundo. Hazeltine terá razão? Por um paradoxo, eu talvez possa responder-lhe isso dentro da própria alucinação... se é que é isso mesmo. Ele não pensava que fosse; Hazeltine estava errado.

Quando um ramo de urze atingiu seu rosto, ele abriu os olhos. Um dos pés estava afundado na terra escura e fofa de um canteiro de flores; ele estava pisando em begônias semiesmagadas. Para lá da sebe de urzes erguia-se a lateral cinzenta da Companhia Hazeltine, exatamente como antes, e por cima dela o céu era de um azul desbotado com nuvens irregulares se arrastando para o norte, o mesmo céu, até onde ele era capaz de distinguir. O que tinha mudado? Ele voltou para o caminho de círculos de madeira. Devo entrar ali?, perguntou a si mesmo. Olhou para a rua, lá atrás. O táxi tinha sumido. Detroit, os edifícios e viadutos da cidade, pareciam um tanto detalhados demais. Mas ele não conhecia aquela área.

Quando chegou à entrada principal, a porta se abriu automaticamente e ele olhou para dentro de um escritório elegante, com poltronas confortáveis revestidas de couro, revistas, um tapete espesso cujo desenho mudava sem parar... Viu, por um largo portal aberto, uma área de trabalho, com máquinas de calcular e um computador de aparência comum; e ao mesmo tempo percebia o rumor contínuo de atividade que vinha de toda parte, dos laboratórios propriamente ditos.

Quando fez menção de sentar, um reeg de quatro braços entrou na sala, com seu inexpressivo rosto quitinoso, suas asas embrionárias premidas com força de encontro às suas costas inclinadas, de um negro brilhante. Ao passar, deu um assobio de cumprimento na direção de Eric — ele nunca tinha ouvido falar que eles fizessem isso — e cruzou o portal. Outro reeg, agitando vigorosamente sua complicada trama de braços com dois cotovelos, surgiu de outro lado, encaminhou-se para Eric Sweetscent, parou e mostrou a ele uma pequena caixa quadrada.

Deslizando na lateral da caixa, algumas palavras em inglês se formaram e sumiram; ele despertou para o fato de que tinha de prestar atenção nelas. O reeg estava se comunicando com ele.

BEM-VINDO À COMPANHIA HAZELTINE

Ele leu as palavras, mas não sabia o que fazer com elas. Aquela era uma recepcionista; ele podia distinguir que se tratava de uma reeg fêmea. Como responder? A reeg esperou, zumbindo; sua estrutura era tão complexa que ela parecia incapaz de ficar inteiramente imóvel; seus olhos de múltiplas lentes cresciam e diminuíam na medida em que eram reabsorvidos para dentro do crânio ou se projetavam para fora, como rolhas achatadas. Se ele não soubesse melhor, seria capaz de pensar que a criatura era cega. Então ele percebeu que aqueles eram os olhos falsos da criatura; os olhos verdadeiros, olhos compostos, ficavam nos cotovelos dos braços superiores.

Ele disse:

— Posso falar com um dos seus químicos?

E pensou: então quer dizer que perdemos a guerra. Para essas coisas. E agora a Terra está ocupada. E nossas indústrias são controladas por eles. Mas, pensou ele, os seres humanos ainda existem, porque esta reeg não ficou espantada ao me ver; ela aceitou minha presença como algo natural. Então também não podemos ser meros escravos.

A RESPEITO DO QUÊ?

Hesitando, ele respondeu:

— Uma droga. Produzida aqui no passado. Era chamada tanto de Frohedadrina quanto de JJ-180; ambos os nomes se referem ao mesmo produto.

UM MOMENTO, POR FAVOR

A reeg passou rapidamente pelo portal que levava à área de trabalho e desapareceu por completo. Eric ficou à espera, pensando que, se aquilo era de fato uma alucinação, certamente não era uma alucinação voluntária.

Um reeg masculino, de tamanho maior, apareceu em seguida; suas articulações pareciam endurecidas e Eric percebeu que ele era mais velho. As criaturas tinham uma expectativa de vida curta, medida em meses, não em anos, e aquele ali parecia estar chegando ao seu limite.

Usando a máquina tradutora, o reeg idoso disse:

QUAL É SUA INDAGAÇÃO A RESPEITO DA JJ-180? POR FAVOR SEJA BREVE.

Eric se curvou e apanhou uma revista que estava sobre uma mesinha próxima. Não estava em inglês; a capa mostrava uma imagem de dois reegs, e o texto consistia do ininteligível alfabeto pictórico dos reegs. Sobressaltado, ele ficou olhando aquilo. A revista era a *Life*. Por algum motivo, aquilo o deixou mais chocado do que a visão dos inimigos em pessoa.

POR FAVOR

O reeg idoso agitou-se com impaciência.

Eric disse:

— Eu gostaria de comprar um antídoto para essa droga viciante, a JJ-180. Para interromper o meu vício.

NÃO PRECISAVA DE MIM PARA ISTO. A RECEPCIONISTA PODIA TER ATENDIDO VOCÊ

Virando-se, o reeg idoso afastou-se depressa, com passo irregular, ansioso para voltar ao trabalho. Eric ficou sozinho.

A recepcionista logo voltou com um pequeno saco de papel pardo. Estendeu-o para ele, não com um dos braços articulados, mas usando a mandíbula. Eric aceitou o saquinho, abriu e olhou dentro dele. Um frasco cheio de cápsulas. Bem, ali estava. Não havia nada mais a fazer.

SERÃO QUATRO E TRINTA E CINCO, SENHOR

A recepcionista o observou enquanto ele tirava a carteira; ele pegou uma nota de cinco dólares e a entregou a ela.

LAMENTO, SENHOR, ESTAS NOTAS DO TEMPO DA GUERRA NÃO ESTÃO MAIS EM USO

— Não pode aceitar? — perguntou Eric.

TEMOS UMA REGRA QUE NOS PROÍBE

— Sei — disse ele, com uma sensação anestesiada, e ficou pensando no que fazer em seguida. Podia engolir o conteúdo do frasco antes que ela pudesse impedi-lo. Mas nesse caso ele provavelmente seria detido, e dava para imaginar o resto: assim que vissem sua identificação, saberiam que ele vinha do passado. E saberiam que ele era capaz de voltar para lá, levando informações que podiam afetar o resultado da guerra, o qual, obviamente, tinha sido favorável a eles. E isto eles não podiam permitir. Teriam que executá-lo. Mesmo que as duas raças, agora, vivessem em harmonia.

— Meu relógio — disse ele, desprendendo o relógio do braço e entregando-o à reeg. — Dezessete rubis, bateria de setenta anos. — Num impulso de inspiração, ele completou: — Uma antiguidade, perfeitamente preservada. Dos tempos de antes da guerra.

SÓ UM MOMENTO, SENHOR

Recebendo o relógio, a recepcionista encaminhou-se, em suas longas pernas oscilantes, para a área de trabalho, onde conferenciou com alguém que Eric não conseguiu avistar. Ele esperou e não fez nenhuma tentativa de usar as cápsulas;

sentia-se preso numa membrana de esmagadora densidade, incapaz de agir e de se furtar à ação, encalhado numa zona intermediária entre as duas.

Da área de trabalho surgiu alguém. Ele ergueu os olhos.

Era um humano. Um homem, jovem, com cabelos cortados bem curtinhos, usando um jaleco de trabalho amassado e cheio de manchas.

— Qual é o problema, parceiro? — perguntou o homem. Atrás dele a recepcionista reeg o acompanhava, com suas extremidades estalando no piso.

Eric disse:

— Lamento incomodá-lo. Será que podíamos conversar em particular?

O homem deu de ombros.

— Claro. — Ele conduziu Eric para o que parecia ser um quarto de depósito. Fechando a porta, virou-se para ele placidamente e disse: — Esse relógio vale uns trezentos dólares. Ela não sabe o que fazer com ele. Ela tem uma mente do tipo 600, você sabe, a classe-D. — Ele acendeu um cigarro e ofereceu o maço, que era de Camels, a Eric.

— Estou viajando no tempo — disse Eric, aceitando o cigarro.

— Claro que está — disse o homem, rindo. Ele ofereceu um fósforo a Eric.

— Não conhece a ação da JJ-180? Ela era feita exatamente aqui.

Depois de um pausa pensativa, o homem disse:

— Mas não há vários anos. Por causa de suas qualidades viciantes e de seu grau tóxico. De fato, essa droga não existe mais desde a guerra.

— Eles ganharam a guerra?

— "Eles"? Quem são "eles"?

— Os reegs — disse Eric.

— Os reegs — disse o homem — somos nós. Não eles. *Eles*

são os de Lilistar. Se você é um viajante no tempo, devia saber disso melhor do que eu.

— O Pacto de Paz...

— Não havia Pacto de Paz algum. Escute, parceiro, eu estudei história na faculdade; quase me tornei professor. Sei de tudo sobre a última guerra, era minha especialidade. Gino Molinari, que era secretário da ONU naquele tempo, antes das hostilidades começarem, assinou os Protocolos da Era de Entendimento Comum com os reegs e depois os reegs e os Starmen começaram a guerrear, e Molinari nos arrastou para a guerra, do lado dos reegs, por causa dos protocolos; e nós ganhamos. — Ele sorriu. — E essa droga na qual você diz ser viciado, era uma arma que a Companhia Hazeltine criou em 2055, durante a guerra, para usar contra Lilistar, e ela não funcionou porque os freneksytas eram bem mais adiantados do que nós até mesmo em farmacologia, e rapidamente produziram um antídoto contra ela, esse antídoto que você está tentando comprar. Meu Deus, eles tinham que ser hábeis mesmo para inventá-lo; nós derramamos o rebite nos reservatórios de água deles. Foi uma ideia do próprio Dique. — Ele explicou: — Esse era o apelido de Molinari.

— Está bem — disse Eric. — Vamos deixar assim. Eu quero comprar o antídoto. Quero trocar por esse relógio. Isso é suficiente? — Ele ainda estava segurando o saquinho de papel pardo; enfiando a mão dentro dele, retirou o frasco. — Me dê um pouco d'água para que eu tome e depois me deixe sair daqui. Não sei quanto tempo vai se passar até que eu esteja de volta ao meu próprio tempo. Alguma objeção? — Ele tinha dificuldade em manter a voz sob controle; ela queria se levantar e escapar o tempo todo. E estava tremendo, mas não sabia por quê. Raiva, talvez medo, e provavelmente desorientação. Àquela altura ele nem sequer sabia se estava desorientado.

— Calma aí. — Com o cigarro pendendo dos lábios, o homem afastou-se, evidentemente para ir buscar a água. — Pode engolir tomando uma coca?

— Sim — disse Eric.

O homem voltou com uma garrafa de coca-cola pela metade e ficou olhando enquanto Eric, com dificuldade, engolia as cápsulas uma depois da outra.

A recepcionista reeg apareceu na porta.

ELE ESTÁ BEM?

— Sim — disse o homem, enquanto Eric engolia a derradeira cápsula.

VOCÊ FICA ENCARREGADO DO RELÓGIO

Aceitando o relógio que ela lhe oferecia, o homem disse:

— Claro que ele é de propriedade da empresa; nem precisa dizer. — Ele foi saindo do depósito.

— Existiu algum dia um secretário da ONU, perto do final da guerra, chamado Donald Festenburg? — perguntou Eric.

— Não — disse o homem.

ELE DEVERIA RECEBER ALGUM PAGAMENTO EM DINHEIRO PELO RELÓGIO, ALÉM DOS MEDICAMENTOS

A caixa luminosa, exibindo a mensagem, foi estendida pela reeg para o homem; ele se deteve, franzindo a testa, depois encolheu os ombros.

— Cem dólares em dinheiro vivo — disse ele a Eric. — É pegar ou largar; para mim tanto faz.

— Vou aceitar — disse Eric, e o seguiu até a área de trabalho. Enquanto o homem contava o dinheiro, em notas estranhas, desconhecidas, que Eric jamais vira, ele pensou em outra pergunta.

— Como foi que Gino Molinari encerrou a gestão dele no cargo?

O homem ergueu os olhos.

— Assassinado — disse.

— A tiros?

— Sim, com balas de chumbo daquele tipo antigo. Um fanático o atacou. Por causa de sua política de imigração cheia de complacência, o fato de deixar os reegs se instalarem aqui na Terra. Havia uma facção racista, com medo de que eles poluíssem o nosso sangue. Como se humanos e reegs pudessem procriar! — Ele deu uma risada.

Este pode ser então, pensou Eric, o mundo de onde Gino Molinari obteve aquele cadáver crivado de balas que Festenburg me mostrou. O Gino Molinari arrebentado, todo perfurado e manchado de sangue, dentro daquele caixão cheio de hélio.

Por trás dele soou uma voz seca, pragmática:

— Não vai tentar levar o antídoto da JJ-180 para sua esposa, dr. Sweetscent?

Era um organismo totalmente sem olhos; ao ver aquilo ele pensou numas frutas que havia encontrado quando era criança, peras demasiado maduras caídas na relva, cobertas por uma camada fervilhante de criaturinhas amarelas, atraídas pelo odor adocicado da putrefação. Aquele ser era vagamente esférico. Tinha atado seu corpo a arreios, no entanto, que se afundavam tortuosamente por ele todo; sem dúvida precisava daquilo para se locomover no ambiente terrestre. Mas ele ficou imaginando se esse esforço valeria a pena.

— Ele é mesmo um viajante no tempo? — perguntou o homem enquanto contava o dinheiro no caixa, fazendo um gesto com a cabeça na direção de Eric.

O organismo esférico, enfiado nos seus arreios de plástico, disse por meio de seu sistema mecânico de áudio:

— Sim, sr. Taubman, ele é. — A coisa flutuou na direção

de Eric, então se deteve, quase meio metro acima do solo, enquanto produzia um ruído de sucção, como se estivesse sugando fluidos através de tubos artificiais.

— Esse cara aí — disse Taubman a Eric, indicando o organismo esférico — é de Betelgeuse. O nome dele é Willy K. É um dos nossos melhores químicos. — Ele fechou a máquina registradora. — Ele é telepata; lá todo mundo é. A diversão deles é espionar as nossas mentes e as dos reegs, mas são inofensivos. A gente gosta deles. — Ele caminhou até Willy K., curvou-se para ele e disse: — Escute, se ele é mesmo um viajante no tempo... Bem, não podemos simplesmente deixar que ele vá embora, certo? Ele não pode ser perigoso, ou algo assim? Não devíamos pelo menos chamar a polícia? Eu achei que ele era maluco, ou então que estava me pregando uma peça.

Willy K. flutuou mais para perto de Eric, depois afastou-se.

— Não temos como mantê-lo aqui, sr. Taubman. Quando o efeito da droga passar, ele voltará para o seu próprio tempo. No entanto, eu gostaria de interrogá-lo um pouco, enquanto ele está aqui. — E para Eric: — Se o senhor não fizer objeções.

— Eu não sei — disse Eric, esfregando a testa. Tinha sido algo inesperado demais, ouvir Willy K. perguntando sobre Kathy; aquilo o tinha desorientado por completo, e tudo que ele queria agora era sair dali. Não tinha mais curiosidade nem interesse sobre a situação.

— Eu simpatizo com a sua situação — disse Willy K. — Em todo caso, interrogá-lo formalmente é uma encenação; posso conseguir tudo diretamente do senhor. O que eu esperava era responder, se pudesse, algumas das suas perguntas, pelo modo como formularia as minhas. Sua esposa, por exemplo. O senhor tem emoções intensas e conflitantes a respeito dela, medo em sua maior parte, e ódio, e também uma grande dose de amor puro.

Taubman disse:

— Deus do céu, como os betels gostam de pagar de psicólogos. Deve ser algo natural para quem é telepata. Não creio que eles possam evitar. — Ele ficou circulando em torno dos dois, visivelmente interessado no questionamento de Willy K.

— Posso levar o antídoto quando voltar, para Kathy?

— Não, mas pode memorizar a fórmula — disse Willy K. — Para que a Companhia Hazeltine, lá na sua época, possa recriá-lo. Mas não acho que o senhor queira. Não vou pressioná-lo... e não posso obrigá-lo a fazer isso.

— Está dizendo que a esposa dele está viciada na JJ-180 — disse Taubman — e que ele não vai tentar ajudá-la?

— Você não é casado — disse Willy K. — No casamento pode-se produzir o maior ódio que pode existir entre dois seres humanos, talvez por causa da proximidade constante, talvez porque em algum outro momento houve amor. A intimidade permanece, mesmo com o elemento amor tendo desaparecido. Então, começa a nascer uma luta pelo poder, uma batalha pela dominação do outro. — Para Taubman, ele explicou: — Foi a esposa dele, Kathy, quem o viciou, de modo que é fácil entender os seus sentimentos.

— Espero nunca me meter numa situação dessas — disse Taubman. — Odiar alguém que já amei.

A recepcionista reeg tinha se aproximado, com os passos estalando no piso, para acompanhar a conversa que era reproduzida na sua caixa de tradução. Nesse ponto ela introduziu um comentário.

ÓDIO E AMOR ESTÃO INTIMAMENTE LIGADOS. MUITO MAIS DO QUE A MAIORIA DOS TERRESTRES IMAGINA.

— Tem mais um cigarro? — perguntou Eric a Taubman.

— Claro — Taubman entregou-lhe o maço.

— O que eu acho mais interessante nisto tudo — disse Willy K. — é que o dr. Sweetscent vem de um universo onde existe um pacto entre a Terra e Lilistar. E que no ano de onde ele vem, 2055, estava sendo travada uma guerra que eles estavam perdendo, lenta e inexoravelmente. É claro que este não é o nosso passado, e sim um outro, completamente diverso. E na mente dele eu percebo uma coisa extremamente interessante: que o líder militar da Terra, Gino Molinari, já descobriu este feixe de universos paralelos e está fazendo uso dele para obter vantagens políticas.

Willy K. ficou em silêncio por um momento e depois prosseguiu:

— Não, dr. Sweetscent, depois que visualizei sua lembrança do cadáver de Molinari, estou bem seguro de que ele não foi levado do nosso mundo. Sim, Molinari morreu assassinado, mas eu lembro das fotos do corpo dele, e há uma diferença pequena mas crucial. Em nosso mundo, o secretário foi alvejado repetidas vezes na área facial; suas feições foram destruídas. O corpo que o senhor viu não estava ferido assim, e eu presumo que ele veio de outro mundo onde o assassinato foi semelhante ao do nosso, mas não idêntico.

— Deve ser por isso que tão poucos viajantes no tempo aparecem aqui — disse Taubman. — Eles estão se espalhando por todos os futuros possíveis.

— Quanto ao Molinari jovem e viril — disse Willy K., pensativo —, suponho também que seja uma configuração alternativa. O senhor certamente percebe, doutor, que, ao que tudo indica, o seu secretário também tomou a JJ-180; existe portanto um cruel elemento de hipocrisia quando ele o ameaça de morte se o senhor se tornar viciado nela. Mas eu arrisco a suposição, por várias pistas que recolhi na sua mente, que ele também está de posse do antídoto fabricado por Lilistar, o que o senhor mesmo acabou de tomar. Assim, ele nada receia e pode se mover à vontade entre os diferentes mundos.

O Dique, percebeu Eric, podia ter me dado o antídoto, a mim e a Kathy, a qualquer momento que quisesse.

Era difícil aceitar esse fato sobre Gino Molinari; ele parecia ser mais humano do que isso. Estava apenas jogando conosco, percebeu Eric. Como disse Willy K., com um elemento de cruel hipocrisia.

— Mas espere — disse Willy K. — Não sabemos quais eram as intenções dele. Ele tinha acabado de saber do seu vício e estava, como sempre, sofrendo espasmos dolorosos devido a suas doenças crônicas. Ele poderia dar-lhe o remédio a qualquer momento. Antes que deixasse de ter importância.

VOCÊS PODERIAM EXPLICAR ESTA DISCUSSÃO?

A recepcionista reeg e Taubman tinham perdido o fio da meada daquela conversa.

— O senhor se importaria de iniciar o trabalhoso processo de decorar a fórmula? — disse Willy K. a Eric. — Vai exigir todo o resto do tempo de que dispõe.

— Está bem — disse Eric, e escutou com atenção.

ESPEREM

Willy K. se interrompeu e fez uma rotação em seu mecanismo de suporte, com ar interrogativo.

O DOUTOR APRENDEU ALGO MAIS IMPORTANTE DO QUE QUALQUER FÓRMULA QUÍMICA

— O que foi? — perguntou Eric a ela.

NO SEU UNIVERSO NÓS SOMOS SEUS INIMIGOS, MAS AQUI O SENHOR VIU NÓS E OS TERRESTRES CONVIVENDO EM PAZ. O SENHOR SABE QUE A GUERRA CONTRA NÓS É DESNECESSÁRIA. E, O QUE É MAIS IMPORTANTE, O SEU LÍDER SABE TAMBÉM.

E era verdade. Não admira que Molinari não tivesse o menor entusiasmo por aquela guerra; não era uma mera suspeita, de sua parte, de que aquilo fosse a guerra errada com o inimigo errado e o aliado errado; era um fato, que ele experimentara por si mesmo, talvez repetidas vezes. E tudo se devia à JJ-180.

Mas isso não era tudo. Havia algo mais, algo tão execrável que ele se admirou de as barreiras inibitórias de sua mente terem permitido aquela ideia surgir do inconsciente. A JJ-180 tinha chegado a Lilistar, e em boa quantidade. Os Starmen certamente a estariam experimentando. De modo que eles, também, conheciam a possibilidade alternativa: sabiam que a melhor chance da Terra era a cooperação com os reegs. Tinham testemunhado isso com seus próprios olhos.

Em ambas as ramificações da realidade, Lilistar perdera a guerra. Com ou sem a Terra do seu lado. Ou...

Haveria uma terceira alternativa, em que Lilistar e os reegs se juntariam contra a Terra?

— Um pacto entre Lilistar e os reegs é improvável — disse Willy K. — Eles têm sido antagonistas por muito tempo. Acho que é apenas o seu planeta, este onde agora estamos, que mantém o equilíbrio de forças. Lilistar será derrotado pelos reegs, mais cedo ou mais tarde.

— Mas isso significa — disse Eric — que os Starmen não têm nada a perder; se eles sabem que não podem ganhar a guerra... — Ele podia imaginar a reação de Freneksy a essa informação. O niilismo, a violência destruidora dos Starmen, seriam inconcebíveis.

— É verdade — concordou Willy K. — De modo que o seu secretário tem que ser cuidadoso. Agora talvez o senhor esteja entendendo por que as crises de saúde dele têm que ser tão graves, e por que ele tem que ultrapassar os próprios limites, em mortes repetidas, para servir seu povo. E por que ele hesitou em lhe fornecer o antídoto da JJ-180: se os agentes de inteligência de Lilistar, e sua esposa pode ser uma, descobrissem que ele possui esse antídoto... — Willy K. ficou em silêncio. — É difícil, como o senhor mesmo deve observar, prever o comportamento dos psicóticos. Mas isto pelo menos é bastante claro: eles não ignoram a situação.

— Vão descobrir uma maneira de arrancá-lo dele — disse Eric.

— O senhor não entendeu. A atitude deles seria punitiva; saberiam que Molinari tem poder demais e que, tendo eliminado os riscos do uso da JJ-180, sem a possibilidade de adquirir dependência e sem deterioração neurológica, *ele não pode ser controlado pelos Starmen*. É por isso que, numa base profunda, psicossomática, Molinari é capaz de desafiar o ministro Freneksy. Ele não está inteiramente indefeso.

— Tudo isto está me entrando por um ouvido e saindo pelo outro — disse Taubman. — Com licença. — E afastou-se.

A recepcionista reeg permaneceu ali.

INSISTA COM SEU SECRETÁRIO PARA QUE ENTRE EM CONTATO COM AS AUTORIDADES REEG. NÓS AJUDAREMOS A TERRA A SE PROTEGER DA VINGANÇA DE LILISTAR, TENHO CERTEZA.

Era quase suplicante essa mensagem que a criatura de muitos braços lhe enviara através da sua máquina tradutora. Os reegs podiam estar dispostos a ajudar, mas os Starmen já se encontravam na Terra, ocupando posições estratégicas. Ao primeiro sinal de que a Terra estava negociando com os reegs, os Starmen executariam ações programadas e assumiriam o controle do planeta, da noite para o dia.

Um minúsculo Estado terrestre ainda poderia funcionar por algum tempo em Cheyenne e seus arredores, cercado e bombardeado diariamente pelos Starmen. Mas também ele acabaria capitulando. Seu escudo de compostos rexeroides obtidos em Júpiter não seria capaz de protegê-lo indefinidamente, e Molinari sabia disso. A Terra se tornaria um Estado invadido e conquistado, servindo apenas para fornecer matérias-primas e trabalho escravo para Lilistar. E a guerra continuaria.

E a ironia era que a Terra, como planeta escravizado, poderia contribuir mais para o esforço de guerra do que o fazia agora, como uma entidade quase independente. E ninguém sabia disso melhor do que o Dique. Daí derivava toda a sua política externa; isso explicava suas ações.

— A propósito — disse Willy K., e havia um traço de divertimento em sua voz — seu antigo patrão, Virgil Ackerman, ainda está vivo. Ele ainda dirige a Tijuana Fur & Dye. Tem duzentos e trinta anos e mantém vinte cirurgiões de artifiorgãos perto de si. Creio que li em algum lugar que ele já usou quatro conjuntos completos de rins, cinco fígados, baços, e um número indeterminado de corações...

— Estou me sentindo mal — disse Eric, com o corpo oscilando para a frente e para trás.

— O efeito da droga está passando. — Willy K. flutuou na direção de uma cadeira. — Srta. Ceeg, ajude-o, por favor.

— Estou bem — disse Eric, com voz pastosa. A cabeça doía e a náusea o deixava cambaleante. Todas as linhas, todas as superfícies à sua volta, tinham se tornado astigmáticas; por baixo dele a cadeira parecia irreal, e de repente ele tombou, rolando para um lado.

— A transição é difícil — disse Willy K. — Ao que parece, não temos como ajudá-lo, srta. Ceeg. Boa sorte ao seu secretário, doutor. Aprecio muito o trabalho que ele vem realizando em favor do seu povo. Talvez eu escreva uma carta para o *New York Times*, dando meu testemunho.

Um prisma de cores primárias o inundou como um vento luminoso; era como se o vento da vida estivesse soprando através dele, arrebatando-o para onde quisesse, sem ligar para seus desejos insignificantes. E então os ventos tornaram-se escuros; não eram mais os ventos da vida, mas a fumaça opaca da morte.

Ele viu, projetado ao seu redor como num pseudoambiente, uma simulação do seu sistema nervoso avariado; a infinidade de condutos, visivelmente corrompidos, que haviam se tornado negros como tinta, à medida que os danos causados pela droga se espalhavam pelo seu corpo e impunham sua terrível condição. Uma ave sem voz, pássaro carniceiro da tempestade, pousou sobre o seu peito, crocitando no silêncio deixado pelos ventos em refluxo. O pássaro continuou ali e ele sentiu suas garras sujas de esterco se cravando e penetrando em seus pulmões, seu tórax, sua cavidade abdominal. Nada dentro dele restou intacto; tudo tinha sido desfigurado, e nem mesmo o antídoto fora capaz de interromper esse processo. Enquanto ele vivesse, nunca recuperaria a pureza do corpo original.

Foi este o preço que ele teve que pagar às forças controladoras.

Arrastando-se e conseguindo ficar numa posição agachada, ele olhou em torno de si e se viu numa sala de espera vazia. Ninguém o vira, e ele estava livre para se levantar e sair dali. Ele ficou de pé, equilibrando-se, apoiado numa poltrona de cromo e couro.

As revistas, numa mesinha próxima, eram em inglês. E nas capas, terrestres sorridentes. Nenhum reeg.

— Deseja alguma coisa? — Uma voz masculina, ceceando um pouco. Um funcionário da Hazeltine usando um roupão florido, de acordo com a moda.

— Não — disse Eric. Estava de volta ao seu tempo; reconhecia tudo à sua volta. — Obrigado, mesmo assim.

Um momento depois ele tinha conseguido, dolorosamente, chegar ao lado de fora, e caminhou rumo à calçada, acompanhando o caminho de círculos de sequoia.

O que ele queria agora era um táxi, um lugar onde pudesse sentar e descansar, enquanto encarava a viagem de volta para Cheyenne. Conseguira o seu objetivo: estava presumivelmente livre da dependência da droga e, se se esforçasse, poderia livrar também a esposa. Além disso, tivera a visão de um mundo que não era obscurecido pela sombra de Lilistar.

— Quer que o leve para algum local, senhor? — Um táxi autônomo encostou ao seu lado.

— Sim — disse ele, e foi na sua direção.

Vamos imaginar que um planeta inteiro tomasse essa droga, pensou ele, ao embarcar. Uma fuga em massa para longe do mundo soturno e cada vez mais asfixiante da nossa realidade. Vamos imaginar que a Tijuana Fur & Dye baixasse a ordem de fabricar aquilo em quantidades gigantescas e a distribuísse, com a ajuda do governo, a toda a população. Seria esta uma solução moral? Teremos direito a isso?

De qualquer modo, não seria possível. Os Starmen invadiriam a Terra antes disso.

— Para onde, senhor? — perguntou o circuito do táxi.

Ele resolveu usá-lo para a viagem inteira; levaria apenas alguns minutos a mais.

— Para Cheyenne.

— Não posso, senhor. — O táxi soava nervoso. — Solicite outro...

— Por que não? — Ele despertou instantaneamente.

— Porque, como é de conhecimento geral, toda a área de Cheyenne pertence a eles. Ao inimigo. — E completou: — E o tráfego em áreas inimigas é ilegal, como o senhor deve saber.

— Que inimigo?

— O traidor Gino Molinari — respondeu o táxi. — Que tentou trair o nosso esforço de guerra; o senhor sabe. O antigo secretário da ONU que conspirou com os agentes reegs para...

— Que dia é hoje? — inquiriu Eric.

— Hoje é 15 de junho de 2056.

Ele não conseguira, talvez por conta da ação do antídoto, voltar ao tempo exato de onde saíra. Chegara um ano depois e não havia nada que pudesse fazer a respeito. E ele não tinha guardado nenhuma reserva da droga; todo o restante tinha sido entregue a Kathy, na Base Aérea, portanto ele estava preso ali, no que era obviamente um território dominado por Lilistar. Como o resto da Terra.

E, no entanto, Gino Molinari estava vivo! Ele ainda resistia. Cheyenne não caíra em um dia ou uma semana; talvez os reegs tivessem conseguido trazer reforços para ajudar o Serviço Secreto.

Ele podia descobrir essas informações com o próprio táxi. Durante o trajeto.

E Don Festenburg podia ter me dito isto, percebeu ele, porque é precisamente neste tempo que o encontrei no escritório com o jornal falsificado e o falso uniforme de secretário da ONU.

— Siga para a direção oeste — disse ele ao táxi. Preciso ir de volta para Cheyenne, pensou. De qualquer maneira, não importa o trajeto.

— Sim, senhor — disse o táxi. — E a propósito, senhor, o senhor esqueceu de exibir sua permissão de viagem. Posso vê-la agora? Só uma formalidade, é claro.

— Que permissão? — Mas ele entendeu: era uma determinação do governo de ocupação de Lilistar, e sem tal documento os terrestres não poderiam ir e vir. Aquele era um planeta conquistado, e para todos os efeitos ainda em guerra.

— Por favor, senhor. — O táxi começou a baixar de altitude, rumo novamente ao chão. — Caso não o faça, serei obrigado a levá-lo para o quartel mais próximo da polícia militar de Lilistar, que fica a um quilômetro e meio, rumo leste. Uma viagem curta.

— Aposto que é mesmo — concordou Eric. — Uma viagem

curta em qualquer direção, não só daqui. Aposto como eles estão por toda parte.

O táxi foi descendo, cada vez mais baixo.

— Tem toda razão, senhor. Isso é muito conveniente. — Desligou o motor e desceu planando.

12

— Vou lhe dizer uma coisa — disse Eric, assim que as rodas do táxi tocaram o chão; ele veio deslizando e perdendo velocidade até parar junto do meio-fio e ele viu, bem à sua frente, uma estrutura horrível, com guardas armados na porta de entrada. Os guardas usavam o uniforme cinzento de Lilistar. — Faço um acordo com você.

— Que acordo? — disse o táxi, com voz cheia de suspeita.

— Minha permissão de viagem ficou por engano na Companhia Hazeltine. Lembra? O local onde você me apanhou. Juntamente com minha carteira e todo o meu dinheiro. Se você me entregar à polícia militar de Lilistar meu dinheiro não vai me valer de nada. Você sabe como eles são.

— Sim, senhor. O senhor será executado. É a nova lei, que passou por decreto no dia 10 de maio. Viagem não autorizada por...

— Então, por que não posso dar meu dinheiro a você? Como uma gorjeta. Você me leva de volta até a Companhia Hazeltine. Eu busco minha carteira e te mostro minha permissão de viagem, para que você não precise me trazer aqui de novo. E você pode ficar com o dinheiro. Como vê, eu me beneficiaria deste acordo, e você também.

— Ambos sairíamos ganhando — concordou o táxi. Seus circuitos autônomos fizeram vários cliques em rápida sucessão, enquanto ele calculava. — Quanto dinheiro possui, senhor?

— Eu trabalho como transportador de valores para a Hazeltine. Na minha carteira tenho cerca de vinte e cinco mil dólares.

— Sei. Em vales da ocupação ou em cédulas da ONU pré-ocupação?

— Nestas últimas, é claro.

— Aceito! — disse o táxi, com entusiasmo. E voltou a decolar. — No sentido estrito, o senhor não chegou a viajar, uma vez que me sugeriu um destino que fica em território inimigo e, em virtude disso, em momento nenhum eu guiei naquela direção. Nenhuma lei foi violada. — E o veículo virou na direção de Detroit, ansioso pela sua propina.

Quando ele pousou novamente no estacionamento da Companhia Hazeltine, Eric desceu às pressas.

— Volto num instante! — Ele avançou a passos largos pelo terreno rumo à entrada do prédio; um instante depois estava do lado de dentro. Um imenso laboratório de testes estendia-se à sua frente.

Quando encontrou um funcionário da firma, ele o abordou e disse:

— Meu nome é Eric Sweetscent. Pertenço à equipe pessoal de Virgil Ackerman e aconteceu um acidente. Poderia entrar em contato com o sr. Ackerman na TF&D para mim, por favor?

O homem hesitou.

— Pelo que eu sei... — Ele abaixou a voz, amedrontado. — O sr. Virgil Ackerman não está atualmente em Wash-35, no planeta Marte? O sr. Jonas Ackerman é quem está hoje à frente da Tijuana Fur & Dye, e pelo que eu sei o sr. Virgil Ackerman está relacionado no Boletim Semanal de Segurança como criminoso de guerra, porque fugiu quando aconteceu a ocupação.

— Poderia entrar em contato com Wash-35 para mim?

— Território inimigo?

— Ligue então para Jonas, no vidfone. — Não havia muito mais que ele pudesse fazer. Seguiu o funcionário até o setor dos escritórios, sentindo-se inútil.

Daí a pouco a chamada foi feita, e as feições de Jonas Ackerman surgiram na tela; quando viu Eric, ele piscou e começou a gaguejar.

— Mas... eles pegaram você também? — Ele balbuciou, atropeladamente: — Por que deixou Wash-35? Meu Deus, lá você estava a salvo com Virgil. Vou desligar, esta chamada é alguma armadilha... a Polícia Militar vai...

A tela apagou-se. Jonas havia cortado o circuito às pressas.

Então o seu outro eu, sua versão em tempo normal, um ano depois, conseguira fugir com Virgil para Wash-35. Isso era tremendamente reconfortante, de uma maneira quase que impensável. Sem dúvida os reegs tinham conseguido...

Sua versão, um ano depois?

Isto queria dizer que de alguma maneira ele conseguira, sim, voltar a 2055. Senão, não haveria nenhuma versão sua em 2056 para fugir para Marte com Virgil. E a única maneira de voltar a 2055 era através da JJ-180.

E a única fonte possível da droga era justamente ali. Ele estava de pé no único lugar certo em todo o planeta, por acidente, graças ao truque de que tinha se servido para enganar o idiota do táxi autônomo.

Quando localizou novamente o mesmo funcionário, Eric disse:

— Estou aqui para requerer uma entrega da droga Frohedadrina. Cem miligramas. E estou com pressa. Quer ver minha identificação? Posso provar que trabalho para a TF&D. — E então uma ideia lhe ocorreu. — Chame Bert Hazeltine. Ele pode me identificar. — Hazeltine, sem dúvida, se recordaria do encontro que haviam tido em Cheyenne.

O funcionário murmurou:

— Mas o sr. Hazeltine foi morto a tiros. Devia lembrar disso, não? Como não se lembra? Quando eles tomaram posse da fábrica, em janeiro.

A expressão do rosto de Eric devia ter revelado o seu choque. Porque imediatamente a atitude do funcionário mudou.

— Era amigo dele, imagino — disse.

— Sim — disse Eric; podia-se dizer que sim.

— Bert era um' chefe muito bom. Não tinha nada desses malditos de Lilistar. — O funcionário pareceu mudar de ideia. — Olhe, eu não sei por que você está aqui ou o que há de errado com você, mas vou conseguir seus cem miligramas de JJ-180. Eu sei onde fica guardada.

— Obrigado.

O funcionário se afastou, às pressas. O tempo passou. Eric se lembrou do táxi; ainda estaria esperando do lado de fora da fábrica? Será que, se a demora fosse muito grande, ele tentaria entrar no edifício à sua procura? Ele teve um pensamento absurdo, mas que ainda assim o deixou nervoso: a imagem do táxi entrando, ou tentando entrar, através das paredes de cimento.

O funcionário voltou e estendeu para Eric um punhado de cápsulas.

Eric foi até um bebedouro de água gelada, ali perto, encheu um copo, pôs uma cápsula na boca, ergueu o copo, que tinha o brasão de Dixieland.

— É a fórmula recentemente alterada da JJ-180 — disse o funcionário, observando-o atentamente. — Acho melhor te avisar, agora que vejo que é para você mesmo. — Ele ficou bem pálido de repente.

Abaixando o copo, Eric disse:

— "Alterada", como?

— Esta nova fórmula mantém as propriedades viciantes e tóxicas contra o fígado, mas as alucinações transtemporais desapareceram. — O homem explicou: — Quando os Starmen se apossaram daqui, eles deram instruções aos nossos químicos para mexer na composição da droga. Foi ideia deles, não nossa.

— Mas por quê? — Deus do céu, qual a serventia de uma droga que não tinha qualquer outra propriedade a não ser as tóxicas e viciantes?

— Para servir como arma de guerra contra os reegs. E... — O funcionário hesitou. — Também é usada para viciar terrestres rebeldes que passaram para o lado do inimigo. — Ele não parecia muito satisfeito com esta última parte.

Jogando de volta as cápsulas de JJ-180 sobre uma bancada do laboratório, Eric disse:

— Eu desisto. — E então teve mais uma ideia, bem débil. — Se eu conseguir a aprovação de Jonas, você pode me ceder uma nave da companhia? Vou ligar de novo para ele. Jonas é um velho amigo meu. — Ele caminhou para o vidfone, acompanhado pelo funcionário. Se pelo menos conseguisse fazer com que Jonas o escutasse...

Dois soldados da Polícia Militar de Lilistar entraram no laboratório. Por trás deles, lá no estacionamento, Eric viu uma nave de patrulha dos Starmen parada junto ao seu táxi.

— O senhor está detido — disse um dos PM para ele, apontando em sua direção um tubo de formato esquisito. — Por viajar sem autorização e por fraude. Seu táxi cansou de esperar e registrou queixa.

— Que fraude? — disse Eric. O funcionário, àquela altura, tinha convenientemente desaparecido. — Eu trabalho para a empresa Tijuana Fur & Dye. Estou aqui a negócios.

O tubo esquisito emitiu um brilho e Eric sentiu como se sua mente tivesse sido tocada; sem hesitar ele foi caminhando na direção da porta, a mão direita se movendo como num tique nervoso, alisando repetidamente a testa. Está bem, pensou, eu vou. Perdera qualquer intenção de resistir à polícia de Lilistar àquela altura, ou mesmo de argumentar com eles; estava feliz em poder se instalar dentro da nave de patrulha.

Um momento depois, estavam decolando; a nave planou por cima dos tetos de Detroit, seguindo no rumo do quartel da Polícia Militar, a uns três quilômetros dali.

— Mate-o agora — disse um dos PMs ao companheiro. — E jogue o corpo lá embaixo. Para que levá-lo ao quartel?

— Bem, basta empurrá-lo para fora — disse o outro PM. — A queda é o suficiente para matá-lo. — Ele apertou um botão no painel de controle da nave e uma escotilha vertical deslizou para o lado, se abrindo. Eric viu os edifícios lá embaixo, as ruas e os conapts da cidade.

— Pense em coisas boas durante a queda — disse o PM para Eric.

Agarrando-o pelo braço, ele o torceu, obrigando-o a se agachar, e o empurrou na direção da abertura. Eram gestos experientes e totalmente profissionais; Eric se viu equilibrado precariamente na borda, e então o PM o largou, para evitar ser levado junto na queda.

Por baixo da nave-patrulha surgiu uma segunda nave, maior, manchada e cheia de arranhões, uma nave militar interplanetária com canhões eriçados como espinhos, flutuando inclinada numa trajetória ascendente que lembrava um predador submarino. Um tiro preciso foi disparado na direção da escotilha aberta, atingindo o PM por trás de Eric, e logo em seguida um dos canhões maiores abriu fogo e a parte dianteira da nave-patrulha explodiu e voou em pedaços, cobrindo Eric e o segundo PM com destroços de metal fumegante.

A nave da PM caiu como uma pedra em direção à cidade lá embaixo.

Despertando do susto como de um transe, o PM sobrevivente foi até a parede interna e acionou o sistema-guia manual de emergência. A nave parou de cair e planou, carregada pelo vento, numa espiral bem larga, até que se chocou mansamente com o chão e saiu esbarrando e derrapando ao longo de uma rua, escapando por um triz de colidir com táxis e automóveis, e se deteve por fim junto ao meio-fio, erguendo a parte traseira no ar e se imobilizando por completo.

O PM sobrevivente cambaleou, pôs-se de pé, agarrou a pistola e conseguiu chegar à escotilha; agachando-se de lado, começou a atirar. Depois do terceiro tiro ele pareceu dar um salto para trás; a pistola escapou de sua mão e deslizou de encontro à parede de metal da nave, enquanto ele se enroscava sobre si mesmo, rolava indefeso como um animal atropelado, até colidir com a parede oposta. Ali ele parou e gradualmente se desdobrou, adquirindo novamente uma forma humana.

A nave militar, esburacada, corroída, já tinha pousado na rua, a pouca distância, e nesse momento a escotilha dianteira se abriu e um homem pulou para fora. Quando Eric saiu da nave-patrulha, o homem correu na direção dele.

— Ei — disse o homem, ofegante. — Sou eu!

— E quem é você? — disse Eric.

O homem cuja nave abatera a nave-patrulha da PM era certamente familiar: Eric deparou com um rosto que já vira muitas vezes e no entanto ele parecia distorcido agora, visto de um ângulo esquisito, como se de dentro para fora, revirado ao infinito. O cabelo dele estava repartido do lado errado, de tal modo que a cabeça dele parecia torta, errada em todas as linhas. O que o espantou foi a aparência extraordinariamente desagradável do homem. Era gordo demais e um pouco velho demais. Desagradavelmente grisalho. Era um verdadeiro choque ver a si mesmo daquela forma, sem aviso: será que sou mesmo assim?, foi o que ele se perguntou, a mente ainda lerda. O que fora feito do indivíduo jovem e bem apessoado cuja imagem ele, evidentemente, superpunha todos os dias às imagens que via no espelho ao se barbear? Quem tinha colocado no lugar dele esse homem chegando à meia-idade?

— O.k., estou mais gordo, e daí? — disse o seu eu de 2056. — Meu Deus, salvei sua vida. Eles iam jogar você lá de cima.

— Eu sei disso — disse Eric, irritado. Ele passou pelo homem que era ele próprio; os dois entraram na nave interplanetária e o seu eu de 2056 fechou a escotilha e decolou novamente rumo ao céu, afastando-se de qualquer retaliação por parte da Polícia Militar lilistariana. Aquela era obviamente uma nave do tipo avançado, não era nenhum cargueiro ordinário.

— Sem querer insultar sua inteligência — disse seu eu de 2056 — que eu pessoalmente considero muito alta, gostaria de resumir, para ajudá-lo, alguns dos aspectos mais imbecis do que você tinha em mente. Primeiro, se você tivesse conseguido aqui a JJ-180 original, ela o teria carregado para o futuro, não de volta a 2055, e você teria se viciado de novo. O que você precisa, e você pareceu por um momento ter deduzido isto, não era de mais JJ-180, mas de algo para equilibrar os efeitos do antídoto. — O eu de 2056 fez um gesto com a cabeça. — Veja ali, no meu casaco. — O casaco estava preso por um ponto magnético à parede da nave. — Hazeltine teve um ano para produzi-lo. Em troca da fórmula do antídoto que você trouxe para eles, você não poderia ter lhes trazido a fórmula se não pudesse ter voltado para 2055, e você voltou. Ou melhor, voltará.

— De quem é esta nave? — Ele estava impressionado. A nave podia passar livremente por entre as linhas militares de Lilistar e penetrar com facilidade nas defesas da Terra.

— Reeg. Foi colocada à disposição de Virgil em Wash-35. Para o caso de alguma coisa dar errado. Vamos levar Molinari para Wash-35 quando Cheyenne cair, o que acontecerá mais cedo ou mais tarde, talvez dentro de mais um mês.

— Como ele está de saúde?

— Muito melhor. Está fazendo o que quer agora, o que ele sabe que deveria estar fazendo. E tem mais... mas você vai descobrir. Vá, tome o antídoto contra o antídoto de Lilistar.

Eric remexeu nos bolsos do casaco, encontrou os tabletes e os tomou mesmo sem água.

— Escute — disse ele —, o que aconteceu com Kathy? Temos que checar isto também. — Era bom ter alguém com quem podia conversar sobre o problema que mais o consumia, mais o obcecava, mesmo que fosse apenas ele mesmo, mas pelo menos ele tinha ali a ilusão de uma colaboração.

— Bem, você conseguiu, ou vai conseguir, livrá-la da JJ-180. Mas não sem que ela sofra sérios danos físicos. Ela nunca mais vai ser bonita, nem com cirurgias de reconstrução, que ela vai tentar várias vezes antes de entregar os pontos. Há mais ainda, mas é melhor que eu não lhe diga; só vai tornar suas dificuldades ainda maiores. Vou dizer apenas uma coisa. Já ouviu falar na síndrome de Korsakow?

— Não — disse Eric. Mas claro que sabia de que se tratava. Era esse seu trabalho.

— Tradicionalmente é uma psicose que acomete os alcoólicos; consiste em destruição real e patológica de tecidos do córtex cerebral devido a longos períodos de intoxicação. Mas também pode ocorrer em virtude do uso constante de narcóticos.

— Quer dizer que Kathy tem isso?

— Lembra-se daqueles períodos em que ela ficava uns três dias sem comer? E de suas raivas violentas, destrutivas? E as ideias de que todo mundo estava sendo mau com ela? Síndrome de Korsakow, e não da JJ-180, mas de todas as drogas que ela tomou antes. Os médicos de Cheyenne, quando a estavam preparando para devolvê-la a San Diego, fizeram um eletroencefalograma e descobriram. Vão lhe contar em breve, quando você retornar a 2055. Então, vá se preparando. — Ele completou: — É irreversível. Nem preciso dizer. A remoção dos agentes tóxicos não é o bastante.

Os dois ficaram em silêncio.

— É bastante difícil — disse finalmente o eu de 2056 — ser casado com uma mulher que tem traços psicóticos. E testemunhar sua deterioração física. Ela ainda é minha esposa.

Nossa esposa. Quando está sedada com fenotiazina ela fica quieta, de qualquer maneira. Sabe, é interessante que eu, nós, não percebesse, não fosse capaz de diagnosticar um caso mesmo vivendo com a pessoa todos os dias. É uma demonstração dos aspectos de cegueira da subjetividade e do excesso de familiaridade. Desenvolveu-se aos poucos, é claro, e isso tende a esconder sua identidade. Acho que a partir de certa altura ela terá que ser hospitalizada, mas venho adiando isso. Talvez depois que ganharmos a guerra. O que vai acontecer.

— Tem provas disso? Por meio da JJ-180?

— Ninguém mais está usando a JJ-180, a não ser em Lilistar, e isso, como você sabe, se dá somente pelas suas propriedades tóxicas e viciantes. Foram descobertos tantos futuros alternativos que o trabalho de relacionar todos eles com o nosso mundo foi adiado para depois da guerra. São necessários vários anos para se testar uma droga adequadamente; ambos sabemos disso. Mas é claro que vamos ganhar a guerra; os reegs já invadiram metade do Império de Lilistar. Agora me escute. Tenho instruções para você e você deve segui-las; se não o fizer, pode brotar outro futuro e anular minha interferência salvando você dos PMs de Lilistar.

— Entendi — disse Eric.

— No Arizona, no Campo de Prisioneiros 29, está preso um major reeg, do serviço de inteligência reegiano. Deg Dal Il é seu codinome; você pode contatá-lo por esse nome, pois é o código de uso na Terra, não entre eles. As autoridades do campo o utilizam como funcionário de escritório, para examinar processos contra pagamento de seguros pelo governo, para detectar fraudes, acredite se quiser. Ele continua agindo, transmitindo dados para seus superiores, mesmo de dentro do campo de prisioneiros. Ele servirá de elo entre Molinari e os reegs.

— O que devo fazer com ele? Levá-lo para Cheyenne?

— Para Tijuana. Para o escritório central da TF&D. Você tem

que comprá-lo das autoridades do campo; ele é considerado parte do trabalho escravo. Você não sabia disso, aposto, que as grandes constelações industriais da Terra podem adquirir trabalhadores gratuitos dos campos de prisioneiros. Bem, quando você aparecer lá no Campo 29 e disser que é da TF&D e precisa de um reeg inteligente, eles vão entender.

— Vivendo e aprendendo — disse Eric.

— Mas o seu problema principal é Molinari. Cabe a você persuadi-lo a ir para Tijuana se reunir com Deg Dal Il e estabelecer assim o primeiro elo de uma corrente de circunstâncias que acabará libertando a Terra de Lilistar e a levando a se aliar aos reegs, sem que todo mundo seja morto no processo. Vou explicar por que isso é difícil. Molinari está tramando algo. Ele está envolvido numa luta pessoal, homem a homem, contra Freneksy; para ele, é a sua masculinidade que está em jogo. Para ele, não se trata de nada abstrato, é algo imediato e físico. E você viu o Molinari viril discursando naquela gravação. Esta é a arma secreta dele, a sua bomba V-2. Ele está começando a introduzir no jogo as suas duplicatas saudáveis, trazidas dos mundos paralelos, e ele sabe que tem um bom contingente deles para utilizar. *Toda sua psicologia, seu ponto focal, consiste em brincar com a morte e de alguma maneira superá-la.* No confronto com o ministro Freneksy, a quem ele teme, ele pode morrer mil vezes e voltar de novo à luta. O processo de deterioração, o abuso da sua doença psicossomática, tudo isso cessará quando ele colocar em jogo o primeiro Molinari sadio. E quando você voltar para Cheyenne, chegará bem a tempo de testemunhar esse fato: os vídeos irão ao ar por todas as estações de TV hoje à noite, em horário nobre.

Eric murmurou:

— Então ele está tão doente, neste instante, quanto ele precisa estar.

— E isto quer dizer *muito* doente, doutor.

— Sim, doutor. — Eric encarou seu eu de 2056. — Concordamos em nossos diagnósticos.

— Hoje à noite, pelo seu tempo, não pelo meu, o ministro Freneksy vai exigir, e conseguir, outra conferência em pessoa com Molinari. E quem estará lá naquela sala será o substituto saudável e viril... enquanto o Molinari doente, o nosso, estará num quarto no andar de cima, guardado pelo Serviço Secreto, vendo os vídeos na TV e tendo grandes ideias a respeito de si mesmo, pensando em como conseguir burlar com facilidade o ministro Freneksy e suas exigências descabidas.

— Presumo que o Molinari viril que veio da outra Terra está participando de boa vontade.

— Está adorando. Todos estão. Todos eles consideram que o grande objetivo na vida é travar e vencer uma batalha cheia de golpes baixos contra Freneksy. Molinari é um político e vive em função disso, vive para isso ao mesmo tempo que morre por causa disso. O dublê saudável, depois de sua conferência com Freneksy, vai sofrer seu primeiro ataque de espasmos do piloro; o desgaste vai começar a corroê-lo também a partir daí. E isso seguirá ao longo da fila, até que Freneksy morra, como um dia deverá acontecer, e tomara que seja antes de Molinari.

— Derrotar Molinari vai ser uma tarefa difícil — disse Eric.

— Mas isso não é nada mórbido; é algo diretamente da Idade Média, o combate de cavaleiros armados. Molinari é Artur com um ferimento de lança no corpo; adivinhe quem é Freneksy. E a coisa mais interessante, para mim, é que, uma vez que Lilistar não teve nenhum período de cavalaria, Freneksy não tem nenhuma noção a respeito disso. Ele vê tudo simplesmente em termos de luta pela supremacia econômica, de quem opera as fábricas e quem pode sequestrar a força de trabalho alheia.

— Sem nenhum romance — disse Eric. — E quanto aos reegs? Eles compreendem o Dique? Será que tiveram algum período de cavaleiros andantes no seu passado?

— Com quatro braços e um casco quitinoso — disse o eu

de 2056 —, a figura de um deles em ação seria uma beleza. Mas não sei, porque nem você, nem eu, nem nenhum outro terrestre que eu conheça, já se deu o trabalho de estudar a civilização reeg, e devíamos ter feito isso. Você se lembra do nome do major da inteligência reeg?

— Deg alguma coisa.

— Deg... Dal... Il... Faça uma frase em inglês com as palavras de mesmo som: *The DOG DALLIED and it made him ILL*. O cachorro se distraiu e ficou doente.

— Deus do céu — disse Eric.

— Você me acha repugnante, não é mesmo? Sinto o mesmo em relação a você. Acho você flácido, meio palerma, e sua postura corporal é terrível. Não admira que esteja preso a uma esposa como Kathy; você tem o que merece. Por que não tenta demonstrar um pouco mais de força ao longo do ano que vem? Por que não dá um jeito em si mesmo e arranja outra mulher, para que, quando chegar no meu presente, em 2056, as coisas não estarem tão ferradas? Você me deve isso. Eu salvei sua vida, tirei você das mãos da PM de Lilistar. — O eu de 2056 o encarou furioso.

— E que mulher você me indicaria? — perguntou Eric, com cautela.

— Mary Reineke.

— Você está maluco.

— Escute: Mary e Molinari tiveram uma briga feia cerca de um mês atrás, no *seu* tempo. Você pode se aproveitar disso. Eu não o fiz, mas isso pode ser mudado; você pode construir para si um futuro ligeiramente diferente, onde tudo seja igual, menos a situação conjugal. Divorcie-se de Kathy e se case com Mary Reineke, ou com *outra* mulher, qualquer uma. — Havia desespero, um desespero súbito, na voz do seu dublê. — Meu Deus, eu posso enxergar isso lá na frente, o momento em que vou ter que interná-la numa clínica, e pelo resto da vida... *Eu não quero fazer isso, eu quero cair fora.*

— Mas, conosco ou sem nós, ela...

— Eu sei. Ela vai acabar numa clínica, de uma maneira ou de outra. Mas tem que ser através de mim? Juntos, eu e você podíamos nos apoiar mutuamente. Vai ser difícil; Kathy vai lutar contra um pedido de divórcio com todas as forças que tem. Mas dê início à ação em Tijuana: as leis mexicanas de divórcio são mais flexíveis do que as dos Estados Unidos. Consiga um bom advogado. Eu já tenho um, em Ensenada. Jesus Guadarala. Consegue guardar esse nome? Eu não pude ir até lá para iniciar a ação através dele, mas dane-se, você pode. — Ele encarou Eric, cheio de esperança.

— Eu vou tentar — disse Eric, finalmente.

— Agora tenho que largar você aqui. A droga que você tomou vai fazer efeito daqui a alguns minutos e eu não quero que você caia de dez quilômetros de altura. — A nave começou a fazer a descida. — Vou deixar você em Salt Lake City. É uma cidade grande, você pode passar despercebido. E quando estiver de volta a 2055, pode pegar um táxi para o Arizona.

— Não tenho nenhum dinheiro de 2055 — lembrou Eric. — Ou tenho? — Estava confuso; tinha acontecido tanta coisa. Procurou a carteira. — Fiquei meio em pânico depois que tentei comprar o antídoto da Hazeltine com notas do tempo da guerra...

— Não se prenda em detalhes, eu já sei de tudo.

Terminaram o voo em silêncio, cada um deles inibido pelo intenso desagrado gerado pela presença do outro. Aquilo era, pensou Eric, uma ilustração clara da necessidade de respeito pelo próprio eu. E isso lhe deu pela primeira vez um vislumbre esclarecedor sobre suas inclinações fatalistas e quase suicidas... sem dúvida se baseavam no mesmo defeito. Para sobreviver, ele teria que aprender a enxergar de forma diferente a si mesmo e suas ações.

— Está perdendo seu tempo — disse seu dublê, depois que

a nave pousou num pasto irrigado nos arredores de Salt Lake City. — Você nunca vai mudar.

Ao descer da nave e pisar no solo úmido e esponjoso, coberto de alfafa, Eric disse:

— De acordo com você, em todo caso. Veremos.

Sem mais palavras, o eu de 2056 fechou a escotilha e levantou voo; a nave subiu veloz rumo ao céu e desapareceu.

Eric começou a caminhar com dificuldade, rumo à estrada pavimentada.

Já em Salt Lake City, ele pegou um táxi. Não lhe pediram a permissão de viagem, e ele entendeu que, imperceptivelmente, provavelmente durante o tempo que passou na rodovia, andando rumo à cidade, tinha deslizado um ano para trás e estava em seu próprio tempo mais uma vez. Mesmo assim decidiu se certificar.

— Me diga que dia é hoje — pediu ao táxi.

— Quinze de junho, senhor — disse o táxi, enquanto rumava para o sul por sobre montanhas e vales bem verdes.

— De que ano?

O táxi disse:

— O senhor será um Rip van Winkle ou coisa parecida, cavalheiro? Estamos em 2055. Espero que isso o deixe satisfeito. — O táxi era velho, muito usado, precisando de reparos; sua irritabilidade era resultado das atividades de seus circuitos autônomos.

— Deixa, sim — disse Eric.

Usando o vidfone do táxi ele copiou, no centro de informação em Phoenix, a localização do campo de prisioneiros de guerra; não era algo escondido. Logo o táxi estava sobrevoando terras planas e desérticas, colinas monótonas de pedra e largas bacias arenosas que um dia tinham sido lagos. E por fim, no meio daquela região inóspita e inexplorada, o táxi o depositou: ele havia chegado ao Campo de Prisioneiros de Guerra 29, e era exatamente onde ele imaginara que ficaria: no local mais inabitável que alguém pudesse conceber. Para ele, as vastas terras desérticas de Nevada e do Arizona eram como um desolado planeta alienígena e não pertenciam à Terra; ele preferia, sinceramente, as regiões de Marte que vira em torno de Wash-35.

— Muito boa sorte, senhor — disse o táxi. Ele pagou e o veículo ergueu-se ruidosamente no ar, as placas metálicas chacoalhando.

— Obrigado — disse Eric. Caminhou até a guarita na entrada do campo e explicou ao soldado lá dentro que estava ali a mando da Tijuana Fur & Dye para comprar um prisioneiro de guerra reeg para um trabalho de escritório que tinha de ser realizado com exatidão absoluta.

— Somente um? — disse o soldado enquanto o conduzia à sala do oficial superior. — Podemos lhe dar cinquenta reegs. Duzentos. Há uma superlotação deles no momento. Na última batalha pegamos seis das suas naves de transporte.

No escritório do coronel ele preencheu formulários, assinando em nome da TF&D. O pagamento, explicou, seria efetuado através dos canais habituais, no final do mês, mediante a apresentação de uma declaração formal.

— Escolha o que quiser — disse o coronel, entediado até não poder mais. — Dê uma olhada. Pode ficar com qualquer um deles. Aliás, são todos iguaizinhos.

Eric disse:

— Estou vendo um reeg preenchendo formulários na sala ao lado. Parece eficiente.

— Ah, é o velho Deg — disse o coronel. — Deg já é um personagem daqui do campo. Foi capturado na primeira semana de guerra. Chegou até a construir para uso próprio uma dessas máquinas de tradução, para poder ser mais útil para nós. Quem dera que todos fossem tão cooperativos quanto Deg.

— Fico com ele — disse Eric.

— Vamos ter que cobrar uma taxa adicional de valor considerável — disse o coronel, com esperteza. — Por conta do treinamento especial que ele recebeu de nós aqui. — Fez uma anotação a respeito. — E uma taxa de serviço pela máquina tradutora.

— O senhor disse que ele mesmo a construiu.

— Nós fornecemos o material.

Finalmente concordaram num preço; Eric entrou na sala e foi até o reeg, que estava com os quatro braços ocupados no manuseio dos pedidos de seguro.

— Você pertence à TF&D agora — informou Eric. — Me acompanhe. — E para o coronel: — Ele pode tentar escapar ou lutar comigo?

— Nunca fazem isso — disse o coronel, acendendo um charuto e se encostando à parede do escritório, cheio de tédio. — Não têm esse tipo de mentalidade. São insetos, mais nada. Insetos grandes e luzidios.

Logo ele estava do lado de fora do Campo, no sol ardente, esperando o táxi que chamara de Phoenix, nas proximidades. Se eu soubesse que ia ser tão rápido, pensou, teria pedido ao táxi velho e ranzinza para me esperar. Sentia-se pouco confortável ali de pé, com o reeg silencioso ao seu lado; afinal, aquele era, formalmente, um inimigo. Havia reegs lutando contra terrestres, matando terrestres, e aquele ali tinha feito o mesmo, e ainda por cima era considerado um oficial entre as suas tropas.

Como uma mosca, o reeg limpou o próprio corpo, espanando as asas, depois suas antenas sensoras, depois as extremidades inferiores. Ele carregava a máquina de tradução embaixo de um dos braços cascudos, sem largá-la nunca.

— Está satisfeito por ter saído do campo de prisioneiros? — perguntou Eric.

Palavras, num tom pálido embaixo do sol forte do deserto, apareceram na caixa.

NÃO PARTICULARMENTE

O táxi chegou e Eric entrou, acompanhado por Deg Dal II. Logo estavam no ar, voando na direção de Tijuana.

Eric disse:

— Sei que o senhor é um oficial da inteligência reeg. Foi por isso que o comprei.

A caixa permaneceu em branco. Mas o reeg estremeceu. Seus olhos compostos, opacos, adquiriram uma película ainda mais espessa cobrindo-os, e os falsos olhos ficaram imóveis e vazios.

— Vou correr o risco de contar-lhe tudo desde logo — disse Eric. — Sou um intermediário com a missão de colocá-lo em contato com alguém na alta cúpula da ONU. É conveniente para o senhor, assim como para o seu povo, que coopere comigo. O senhor será levado para a minha firma...

A caixa adquiriu vida.

LEVE-ME DE VOLTA PARA O CAMPO

— Está bem — disse Eric. — Sei que precisa manter a posição que vem assumindo durante todo este tempo. Mesmo que não seja mais necessário. Sei que o senhor continua em contato com o seu governo. É por esse motivo que o senhor pode ser útil para essa pessoa que estamos indo encontrar em Tijuana. Através do senhor, ele pode estabelecer relações com o seu governo... — Hesitou, mas decidiu ir adiante: — Sem que os Starmen fiquem sabendo. — Isto já era dizer bastante; ele estava antevendo coisas demais para o que, de sua parte, era um papel reduzido.

Depois de algum tempo, a caixa voltou a se iluminar.

EU SEMPRE COOPEREI

— Mas isto vai ser diferente — disse Eric. E encerrou o assunto por enquanto. Durante todo o resto da viagem ele não tentou mais se comunicar com Deg Dal Il; era obviamente o errado a se fazer. Deg Dal Il sabia disso, e ele também. O resto estava a cargo de outras pessoas, não dele.

Quando chegaram em Tijuana, Eric pediu um quarto no Hotel Caesar, na avenida principal. O recepcionista, um mexicano, olhou pra o reeg mas não fez perguntas. Isto é Tijuana, pensou Eric, enquanto ele e o reeg subiam para o seu andar. Cada pessoa cuidava de sua própria vida. Tinha sido sempre assim, e mesmo agora, em tempo de guerra, Tijuana continuava a mesma. Era possível obter qualquer coisa, fazer qualquer coisa que se quisesse. Desde que não fosse feita de forma escancarada, na via pública. E especialmente se tudo fosse consumado durante a noite. Porque à noite Tijuana era uma cidade transformada, na qual tudo, mesmo coisas inimagináveis, era possível. Em outros tempos, eram abortos, narcóticos, mulheres, jogo. Agora, era a promiscuidade com o inimigo.

No quarto do hotel ele entregou uma cópia dos papéis de compra a Deg Dal Il, para o caso de surgir algum problema durante sua ausência; dessa forma o reeg podia provar que não fugira de um campo de prisioneiros nem era um espião. Além disso, Eric deixou-lhe algum dinheiro e instruções para que entrasse em contato com a TF&D em caso de qualquer dificuldade, principalmente o aparecimento de agentes de segurança da Lilistar. O reeg deveria permanecer dentro do quarto o tempo inteiro, fazendo ali mesmo suas refeições, assistindo TV se quisesse, sem receber NINGUÉM caso pudesse evitá-lo, e, se por alguma razão os agentes de Lilistar chegassem até ele, não deveria revelar nada, mesmo com o sacrifício da própria vida.

— Acho que é minha obrigação dizer-lhe isto — disse Eric — não porque eu não sinta respeito pela vida de um reeg, ou porque acho que os terrestres podem dizer a um reeg quando ele deve morrer, mas apenas porque eu conheço a realidade da situação e o senhor não conhece. Vai ter que aceitar minha palavra quando lhe digo que é este o grau de importância. — Esperou alguma resposta brilhar na caixa, mas nada aconteceu. — Nenhum comentário? — perguntou, vagamente desapontado. Tinha havido muito pouco contato real entre ele e o reeg, e de algum modo isso lhe parecia um mau presságio.

Finalmente a caixa, com relutância, se acendeu.

ADEUS

— Não tem nada mais a dizer? — perguntou Eric, incrédulo.

QUAL É O SEU NOME?

— Está aí, nos formulários que eu lhe dei — disse Eric, e saiu do quarto, batendo a porta ruidosamente atrás de si.

Na calçada, fez sinal para um antiquado táxi de superfície e pediu ao motorista humano que o levasse para a TF&D.

Quinze minutos depois ele entrava mais uma vez no atraente edifício em forma de apteryx, iluminado com luzes cinzentas, e seguiu pelo corredor tão familiar até sua própria sala. Ou a sala que até recentemente havia lhe servido de escritório.

Sua secretária, a srta. Til Perth, piscou os olhos, surpresa.

— Dr. Sweetscent! Pensei que estivesse em Cheyenne!

— Jack Blair está por aí? — Ele deu uma olhada na direção do setor de partes descartadas, mas não viu o assistente do seu departamento. Bruce Himmel, no entanto, estava ali, espreitando agachado na penumbra da última fileira, segurando um mapa de inventário e uma prancheta. — Como se saiu com a Biblioteca Pública de San Diego? — perguntou Eric.

Sobressaltado, Himmel ficou de pé.

— Eu recorri, doutor. Não vou desistir nunca. O que houve para o senhor estar de volta a Tijuana?

Til Perth avisou:

— Jack está no andar de cima, em reunião com o sr. Virgil Ackerman, doutor. O senhor parece cansado. Muito trabalho lá em Cheyenne, não é mesmo? Uma responsabilidade tão grande! — Seus olhos azuis de cílios bem longos demonstraram simpatia, e seu busto ergueu-se um pouco num arfar maternal, expressivo, alentador. — Posso lhe preparar uma xícara de café?

— Claro, obrigado.

Ele sentou-se à sua mesa e descansou um instante, repassando os acontecimentos do dia. Era estranho como todas aquelas coisas tinham acontecido numa sequência que o reconduzira àquele ponto, que o trouxera de volta a sua cadeira. Aquilo representaria o fim, de alguma forma? Ele já teria acabado de desempenhar o seu pequeno papel, ou não tão pequeno assim, numa disputa que envolvia três diferentes raças da galáxia? Ou quatro, se a criatura em forma de pera apodrecida, de Betelgeuse, fosse incluída na conta... e por motivos sentimentais ele a incluiu. Talvez o fardo já tivesse sido retirado das suas costas. Bastaria uma chamada de vidfone para Cheyenne, para Molinari; isso resolveria tudo e ele poderia ser mais uma vez o médico particular de Virgil Ackerman, substituindo seus órgãos à medida que fossem falhando. Mas ainda havia Kathy. Ela estaria ali, na enfermaria da TF&D? Ou num hospital de San Diego? Talvez estivesse tentando recompor sua vida, a despeito do vício, voltando a trabalhar para Virgil. Ela não era covarde; continuaria batalhando até o fim.

— Kathy está aqui no edifício? — perguntou ele a Til Perth.

— Vou verificar, doutor. — Ela mexeu nos botões no canto da escrivaninha. — Seu café está aí, junto do seu braço.

— Obrigado.

Ele bebericou o café com gratidão. Era quase como nos velhos tempos; o escritório sempre fora para ele um oásis onde as coisas eram racionais, a salvo da fúria de uma vida doméstica catastrófica. Aqui ele podia fazer de conta que as pessoas eram legais umas com as outras, que as relações entre as pessoas podiam ser amistosas, casuais. E no entanto... isto não era o bastante. Tinha que haver intimidade, também. Mesmo que ela ameaçasse se tornar uma força destruidora.

Pegando em papel e lápis, ele escreveu de memória a fórmula para o antídoto da JJ-180.

— Ela está na enfermaria do quarto andar — informou a srta. Perth. — Não sabia que ela estava doente. É coisa séria?

Eric lhe estendeu o papel, dobrado.

— Leve isto pra Jonas. Ele sabe o que é e o que deve fazer. — Imaginou se devia ir até onde estava Kathy, para dizer-lhe que em breve existiria um antídoto. Sem dúvida alguma ele tinha a obrigação de fazê-lo, pela estrutura mais fundamental da decência. — Está bem — disse ele, levantando-se —, vou lá falar com ela.

— Mande meus votos de melhoras — disse Til Perth lá atrás, quando ele deixou o escritório e saiu pelo corredor.

— Claro — murmurou ele.

Quando chegou à enfermaria do quarto andar, ele encontrou Kathy, vestindo um roupão branco de algodão, sentada numa cadeira reclinável, pernas cruzadas. Pés descalços. Estava lendo uma revista. Parecia velha e encarquilhada e estava visivelmente sedada.

— Til mandou votos de melhoras — ele disse para ela.

Lentamente, com dificuldade evidente, Kathy ergueu os olhos, tentou focalizá-los nele.

— Alguma... notícia para mim?

— Há um antídoto na cidade. Ficará pronto em breve. Tudo que a Companhia Hazeltine tem a fazer é fabricar um lote e despachá-lo para cá. Mais algumas seis horas. — Ele fez uma tentativa de dar um sorriso de encorajamento, e falhou.

— Como se sente?

— Bem, agora. Já que você trouxe a notícia. — Ela estava surpreendentemente pragmática, mesmo para quem tinha traços meio esquizoides. A sedação era sem dúvida responsável por isso. — Foi você, não foi? Quem conseguiu para mim? — Então, lembrando-se, completou: — Ah, e para você também. Mas você podia ter guardado só para você, sem ter me dito. Obrigada, querido.

"Querido." Era doloroso ouvi-la usar aquela palavra em relação a ele.

— Eu posso ver — disse Kathy, cuidadosamente — que no fundo você ainda gosta de mim, apesar de tudo que eu lhe fiz. Senão, você não...

— Claro que eu faria. Você acha que sou um monstro? A cura deve ser algo divulgado publicamente, disponível para qualquer um que tenha problemas com essa coisa maldita. Até os Starmen. No que me diz respeito, as drogas deliberadamente viciantes e tóxicas são uma abominação, um crime contra a vida. — Ficou em silêncio então, pensando consigo mesmo: e alguém que vicia deliberadamente outra pessoa é um criminoso, e deveria ser enforcado ou fuzilado. — Bem, já vou indo — disse. — Estou voltando para Cheyenne. Vejo você depois. Boa sorte com a sua terapia. — E acrescentou, tentando fazer com que aquilo não soasse deliberadamente cruel: — Você sabe, o antídoto não vai consertar os estragos que já foram feitos, sabe disso, não é, Kathy?

— Que idade eu pareço ter? — disse ela.

— Você parece ter trinta e cinco, o que realmente tem.

— Não. — Ela abanou a cabeça. — Eu me vi num espelho.

Eric disse:

— Mais uma coisa. Faça com que cada uma das pessoas que tomaram a droga com você, naquela primeira noite, consiga também o antídoto. Vou confiar em você para isso, certo?

— Claro. São meu amigos. — Ela brincou com um canto da página da revista. — Eric, não posso esperar que você queira continuar comigo agora, do jeito que eu estou fisicamente, toda acabada e... — Ela se interrompeu e ficou em silêncio.

Era essa a sua oportunidade? Ele disse:

— Quer o divórcio, Kathy? Se quiser, eu concordo. Mas pessoalmente...

Ele hesitou. Até que ponto consegue ir a hipocrisia? O que se esperava dele, agora? O seu eu futuro, seu compatriota de 2056, tinha implorado para que ele cortasse os laços que o prendiam a ela. Todos os aspectos da razão lhe diziam que ele fizesse isso, e se possível agora.

Numa voz baixa Kathy disse:

— Eu ainda amo você. Não quero me separar. Tentarei tratar você melhor; honestamente, farei isso. Eu *prometo*.

— Posso ser honesto?

— Sim — disse ela. — Você deve sempre ser honesto.

— Me deixe ir.

Ela ergueu os olhos para ele. Um pouco do antigo espírito, do veneno que corroera as fibras da relação dos dois, brilhou em seus olhos. Mas estava enfraquecido agora. O vício, mais a sedação a tinham enfraquecido; o poder que ela exercera antes sobre ele, aprisionando-o e prendendo-o contra ela, tinha ido embora. Encolhendo os ombros, ela murmurou:

— Bem, eu pedi para ser honesto e você foi. Acho que devo me dar por satisfeita.

— Você concorda, então? Você dá início ao pedido?

Kathy disse, cuidadosamente:

— Com uma condição. De saber que não existe outra mulher.

— Não existe. — Ele pensou em Phyllis Ackerman; aquilo certamente não contava. Mesmo no mundo de Kathy, um mundo acossado pela desconfiança.

— Se eu descobrir que existe — disse ela —, o divórcio será uma briga. Não vou colaborar. Você nunca se verá livre de mim. Isso é uma promessa.

— Então estamos de acordo. — Ele sentiu um grande peso deslizar para o interior de um abismo infinito, deixando-o apenas com uma carga terrena, uma que um ser humano era capaz de carregar. — Obrigado — disse.

Kathy disse:

— Obrigado, Eric, pelo antídoto. E veja só o que o meu vício nas drogas, meus anos de uso de drogas, significou no final. Possibilitou que você escapasse de mim. Trouxe algum bom resultado, afinal de contas.

Era impossível dizer se ela estava falando aquilo com sarcasmo. Ele decidiu perguntar sobre outra coisa.

— Quando você estiver melhor, vai reassumir seu trabalho aqui na TF&D?

— Eric, talvez haja uma outra coisa em curso, com relação a mim. Quando eu estava sob a influência da droga, e voltei ao passado... — Ela parou, depois continuou, com voz sofrida; falar era difícil naquele estado. — Eu pus no correio uma peça eletrônica, endereçada a Virgil. Isso foi em meados dos anos 1930. Com um bilhete dizendo a ele o que fazer com aquilo, e também dizendo quem era eu. Para que ele se lembrasse de mim mais tarde. Hoje em dia, na verdade.

Eric disse:

— Mas... — E se interrompeu.

— Sim? — Ela conseguiu fixar a atenção nele, no que ele estava dizendo. — Fiz alguma coisa errada? Alterar o passado, perturbar as coisas?

Ele descobriu que era quase impossível dizer a verdade a ela. Mas ela acabaria descobrindo, de qualquer modo, assim que começasse a fazer perguntas. Virgil não receberia nenhuma peça eletrônica, porque assim que Kathy sumisse do passado aquela parte sumiria também; Virgil, ainda criança, havia recebido um envelope vazio, ou nada recebera. Eric achou aquilo imensamente triste.

— O que foi? — disse ela, com muito esforço. — Posso dizer pela sua expressão, conheço você tão bem... que fiz alguma coisa errada.

Eric disse:

— Estou apenas surpreso. Com a sua engenhosidade. Escute. — Ele se agachou junto dela, pôs a mão no seu ombro. — Não fique pensando que isso faz muita diferença: seu trabalho aqui com Virgil é algo que não poderia ser melhor, e de qualquer modo Virgil não é do tipo cheio de gratidão.

— Mas valeu a tentativa, você não acha?

— Sim — disse ele, levantando-se, contente por deixar o assunto morrer ali.

Despediu-se dela, deu-lhe mais uns tapinhas inúteis no ombro e foi direto para o elevador, e de lá para a sala de Virgil Ackerman.

Virgil ergueu os olhos quando ele entrou e deu uma risada.

— Eu *sabia* que você estava de volta, Eric. Sente aí e me conte tudo. Kathy não parece bem, não é mesmo? Hazeltine não foi...

— Escute — disse Eric, fechando a porta. Os dois estavam sozinhos. — Virgil, você pode conseguir que Molinari venha aqui na TF&D?

— Por quê? — Com atenção total, Virgil o encarou, alerta.

Eric contou tudo.

Depois que ouviu o relato, Virgil falou:

— Vou ligar para Gino. Posso dar algumas indiretas e, como nós nos conhecemos muito bem, ele vai entender, num nível intuitivo. Ele virá. Talvez imediatamente; quando ele resolve agir, age rápido.

— Fico aqui, então — decidiu Eric. — Não vou voltar para Cheyenne. Na verdade, talvez o melhor seja eu voltar para o Hotel Caesar e ficar lá com Deg.

— E leve uma arma — disse Virgil. Ele ergueu o receptor do vidfone e disse: — Me ligue com a Casa Branca em Cheyenne. — E para Eric: — Se esta linha estiver grampeada não vai adiantar muito para eles; não entenderão do que estamos falando. — No receptor ele disse: — Quero falar com o secretário Molinari. Aqui é Virgil Ackerman, ligando em pessoa.

Eric recostou-se na cadeira e escutou. Finalmente as coisas estavam correndo bem. Ele podia aproveitar aquele momento e relaxar. Tornar-se um simples espectador.

No vidfone uma voz, a da telefonista da Casa Branca, elevou-se em franca histeria:

— Sr. Ackerman, o dr. Sweetscent está aí? Não estamos conseguindo localizá-lo, e Molinari, quero dizer, o sr. Molinari está morto, e eles não conseguem reanimá-lo!

Virgil ergueu os olhos e confrontou Eric.

— Vou para lá — disse Eric. Sentia-se apenas anestesiado. Mais nada.

— Tarde demais — disse Virgil. — Aposto.

A voz da telefonista era estridente:

— Sr. Ackerman, ele já está morto há duas horas. O dr. Teagarden não consegue fazer nada por ele, e...

— Pergunte qual foi o órgão que falhou — disse Eric.

A telefonista o ouviu:

— Foi o coração. É o senhor, dr. Sweetscent? O dr. Teagarden diz que foi uma ruptura da artéria aorta...

— Eu levo um artificiórgão comigo — disse Eric a Virgil. Para a telefonista da Casa Branca, ele falou: — Diga a Teagarden que mantenha a temperatura do corpo a mais baixa que puder. Tenho certeza de que ele já está fazendo isso.

— Temos uma boa nave de alta velocidade aqui na cobertura — disse Virgil. — É aquela em que voamos para Wash-35. É a mais rápida que existe aqui nas redondezas.

— Eu mesmo vou buscar o coração — decidiu Eric. — Vou voltar ao meu escritório, e enquanto isso, pode ir deixando a nave pronta para mim?

Ele estava calmo a essa altura. Ou era tarde demais, ou não era. Ou chegaria a tempo, ou não chegaria. A pressa, agora, tinha um valor muito remoto.

Virgil digitou o número da central telefônica da TF&D e disse:

— O 2056 onde você esteve *não era* conectado com o nosso mundo.

— Evidentemente não — concordou Eric. E saiu às pressas para o elevador.

13

Quando desceu na pista de pouso da Casa Branca, Don Festenburg veio ao seu encontro, pálido e gaguejando de tensão.

— On-onde o senhor estava, doutor? O senhor não notificou a ninguém que estava saindo de Cheyenne; pensamos que estivesse por aqui, nas redondezas. — Ele caminhava um pouco adiante de Eric, rumo à esteira rolante mais próxima do campo.

Levando consigo a caixa do coração artificial, Eric o seguiu.

Na porta do quarto do secretário, Teagarden apareceu, o rosto contraído de cansaço.

— Onde diabo você estava, doutor, se posso perguntar?

Estava tentando acabar a guerra, pensou Eric. Disse apenas:

— Em que temperatura ele está?

— Nenhum metabolismo perceptível; acha que eu não sei conduzir esse aspecto da ressuscitação? Mas eu tenho algumas instruções aqui, por escrito, que se tornam automaticamente operantes a partir do momento em que ele esteja inconsciente ou morto e não possa ser revivido. — Ele estendeu para Eric as páginas do documento.

Num relance Eric viu o parágrafo crucial. Nada de artificiórgãos. Em nenhuma circunstância. Mesmo que fosse a única chance de Molinari sobreviver.

— Isto está valendo? — perguntou Eric.

— Consultamos o ministro da Justiça — disse o dr. Teagarden. — Está valendo. O senhor sabe: qualquer órgão artificial, em qualquer pessoa, só pode ser colocado se houver permissão prévia por escrito.

— Por que ele quis desse jeito? — perguntou Eric.

— Eu não sei — disse Teagarden. — Quer fazer uma tentativa de reanimá-lo sem usar esse coração artificial que estou vendo que você trouxe? É tudo que nos resta. — O tom de sua voz se abaixou, cheio de amargura e derrota. — Não nos resta nada. Ele se queixou do coração antes de o senhor sair daqui; ele te disse, e eu ouvi, que achava que uma artéria tinha se rompido. E o senhor simplesmente foi embora. — Ele encarou Eric.

Eric disse:

— Este é o problema com os hipocondríacos. A gente nunca sabe.

— Bem — disse Teagarden, com um suspiro carregado —, o.k., eu também não percebi.

Virando-se para Don Festenburg, Eric perguntou:

— E quanto a Freneksy? Ele já sabe?

Com um sorriso torto e tenso de nervosismo, Festenburg disse:

— É claro.

— Alguma reação?

— Está preocupado.

— Você não está permitindo a chegada de mais naves de Lilistar aqui, eu suponho?

Festenburg disse:

— Doutor, seu trabalho aqui é curar o paciente, não tomar medidas políticas.

— Me ajudaria muito a curar o paciente se eu soubesse que...

— O espaço aéreo de Cheyenne está fechado — concedeu Festenburg, por fim. — Nenhuma nave, exceto a sua, recebeu permissão para pousar desde que isso aconteceu.

Eric foi até a cama e baixou os olhos pra Gino Molinari, perdido no emaranhado de máquinas que mantinham sua temperatura baixa e mediam mil condições diferentes nas profundezas do seu corpo. O corpo pequeno, atarracado, mal podia ser visto; o rosto estava completamente oculto por um novo item, quase nunca usado até aquela data, feito para captar alterações extremamente sutis no cérebro. Era o cérebro que devia ser protegido a todo custo. Todo o resto era descartável, menos ele.

Tudo era descartável — exceto que Molinari havia proibido o uso de um coração artificial. E isso era tudo. Do ponto de vista médico, tinham regredido um século com aquela proibição neurótica e autodestrutiva.

Àquela altura, mesmo sem examinar o tórax já aberto do paciente, Eric sabia que não tinha saída. Fora do campo dos transplantes de órgãos artificiais, ele provavelmente não era um cirurgião mais hábil do que Teagarden. Tudo em sua carreira girava em torno da possibilidade de substituir órgãos defeituosos.

— Me deixe ver de novo esse documento — disse ele a Teagarden. Recebeu os papéis de volta e o leu com mais cuidado. Certamente um homem tão sagaz e cheio de recursos como Molinari teria imaginado alguma alternativa viável para o transplante de órgãos. Não era possível que tudo acabasse ali.

— Prindle já foi avisado, é claro — disse Festenburg. — Ele está de sobreaviso, pronto para falar pela televisão, quando e se for comprovado que não há como reviver Molinari. — A voz dele era inexpressiva, de um modo pouco natural; Eric o olhou de relance, tentando imaginar quais seriam os verdadeiros sentimentos dele diante daquilo tudo.

— O que me diz deste parágrafo? — disse Eric, mostrando o documento ao dr. Teagarden. — Sobre a ativação do servo-robô simulacro, das Organizações GRS, aquele que Molinari usou no vídeo que deveria ir ao ar pela TV hoje à noite.

— E o que tem isso? — disse Teagarden, relendo o parágrafo. — A transmissão do vídeo vai ser cancelada, é claro. Quanto ao servo-robô propriamente dito, não sei nada a respeito dele. Talvez Festenburg saiba. — Ele se virou com um olhar questionador pra Festenburg.

— Esse parágrafo — disse Festenburg — não faz o menor sentido. Por exemplo, o que faz um servo-robô dentro de um caixão refrigerado? Não podemos acompanhar o raciocínio de Molinari, e de qualquer modo estamos cheios de providências para tomar. Há quarenta e três parágrafos nesse maldito documento, e não podemos cumprir todos eles ao mesmo tempo, certo?

Eric disse:

— Mas vocês sabem onde está o...

— Sim — disse Festenburg. — Eu sei onde o simulacro está.

— Retire-o do caixão refrigerado — disse Eric. — Ele tem que ser ativado, de acordo com as instruções deste documento. Que você já sabe que tem validade legal.

— Ativamos o simulacro, e o que acontece depois?

— É ele quem vai lhe dizer o que acontece — disse Eric — daí em diante.

E durante os anos que virão, pensou consigo mesmo. Porque toda a finalidade desse documento é esta, precisamente. Não vai haver nenhuma comunicação pública da morte de Gino Molinari porque, no momento em que o suposto servo-robô for ativado, *isso não será verdade.*

E, pensou ele, eu acho que você sabe disso, Festenburg.

Os dois se encararam em silêncio.

Eric virou-se para um agente do Serviço Secreto e disse:

— Quero que quatro de vocês o acompanhem quando ele for fazer isto. É apenas uma sugestão, mas espero que vocês concordem.

O homem assentiu, fez um gesto para um grupo de colegas e todos se agruparam em torno de Festenburg, que parecia confuso e assustado, já sem a autoconfiança de antes. Ele saiu com relutância para cumprir sua missão, com o grupo de agentes marchando firme ao seu lado.

— O que acha de fazermos mais uma tentativa para suturar a aorta rompida? — disse o dr. Teagarden. — Não vai nem sequer tentar? Uma secção plástica pode ser...

— O Molinari desta sequência temporal já se desgastou demais — disse Eric —, você não acha? Chegou o momento de aposentá-lo. É isto que ele quer.

E vamos ter que encarar um fato, percebeu ele, que talvez nenhum de nós queira encarar, porque significa que estamos entrando num sistema de governo (e já estávamos dentro dele desde antes) bem diferente das nossas ideias teóricas.

Molinari havia fundado uma dinastia consistindo inteiramente de si mesmo.

— Aquele simulacro não pode governar no lugar de Gino — protestou Teagarden. — É um ser artificial, e a lei proíbe...

— É por isso que Gino recusou-se a usar um órgão artificial. Ele não pode fazer o que Virgil faz, substituindo cada órgão defeituoso, porque se fizesse isso estaria sujeito a um questionamento legal. Mas isso não tem importância. — Agora não, de qualquer modo. Ele pensou: Prindle não será o herdeiro do Dique, assim como Don Festenburg, por mais que quisesse sê-lo. Duvido que essa dinastia seja sem fim, mas pelo menos ela sobreviverá a este golpe. E isso já é muito.

Depois de uma pausa, Teagarden disse:

— É por isso então que ele está sob isolamento térmico. Entendo.

— E ele será aprovado em qualquer teste a que o senhor o submeta. — Ele pensou: o senhor, o ministro Freneksy, qualquer um, inclusive Don Festenburg, que provavelmente compreendeu toda esta situação muito antes de mim, mas nada podia fazer a respeito dela. — É este o diferencial desta solução: mesmo que você saiba o que está acontecendo, não pode impedi-lo.

O que ampliava consideravelmente o conceito de manobra política. Será que tudo aquilo o horrorizava? Ou lhe causava admiração? Para ser honesto, ele ainda não sabia, por enquanto. Era uma solução nova demais, este conluio de Gino Molinari consigo mesmo nos bastidores. Sua audácia em manipular um conceito colossal como o da ressurreição, numa manobra inimitável, bem ao seu estilo, a mão mais rápida que os olhos.

— Mas — protestou Teagarden — isto deixa um outro continuum do tempo sem um secretário da ONU. Neste caso, o que se ganhou com...

— O Molinari que Festenburg foi agora reativar — disse Eric — sem dúvida nenhuma veio de um mundo em que o Dique não foi eleito. — Um mundo em que ele foi politicamente derrotado e outro indivíduo se tornou o secretário da ONU. Sem dúvida haveria uma boa quantidade desses mundos, considerando o quanto fora apertada a votação original no mundo de cá.

Nesse outro mundo, a ausência do Dique não significaria nada, pois ele seria apenas mais um político derrotado, talvez até aposentado. E numa posição ideal para descansar e recuperar as forças. Pronto para o embate com o ministro Freneksy.

— É algo admirável — decidiu Eric. — Pelo menos é o que eu acho. — O Dique sabia que cedo ou tarde seu corpo maltratado acabaria morrendo, além de qualquer possibilidade de ressurreição, exceto por artificiórgãos. E qual o valor de um estrategista político que não fosse capaz de avaliar as consequências de sua própria morte? Sem isso, ele seria apenas mais um Hitler, que não desejava que seu país sobrevivesse a ele.

Mais uma vez Eric correu os olhos pelo documento que Molinari lhes deixara. Sem dúvida alguma, era inquestionável. Legalmente, o próximo Molinari teria que ser ativado.

E este, por sua vez, providenciaria um substituto para si. Como num *tag-team* de luta livre, as substituições poderiam se suceder para sempre.

Será que podiam?

Todos os Molinari, cada um no seu continuum do tempo, estavam envelhecendo à mesma velocidade. Aquilo poderia se prolongar por mais trinta, quarenta anos. No máximo.

Mas isso poderia ajudar a Terra a suportar a guerra e emergir do outro lado.

E isso era tudo que importava a Molinari.

Ele não estava tentando ser imortal, um deus. Estava interessado apenas em cumprir seu mandato. O que acontecera com Franklin D. Roosevelt numa grande guerra anterior não poderia acontecer com ele. Molinari tinha aprendido com os erros do passado. E agira de acordo com eles, com seu estilo tipicamente piemontês, descobrindo uma solução bizarra, pitoresca e idiossincrática para o problema político que tinha em mãos.

Isso explicava por que o uniforme de secretário e o homeopape que Don Festenburg mostraria a Eric dali a um ano eram falsificados.

Sem isso, eles bem poderiam ser autênticos.

Bastava isso para justificar tudo que Molinari havia feito.

Uma hora depois, Gino Molinari mandou chamá-lo ao seu escritório privado.

Corado, radiante de bom humor, o Dique, trajando um uniforme limpo e impecável, recostou-se na cadeira e, expansivamente, sem a menor pressa, examinou Eric dos pés à cabeça.

— Quer dizer então que aqueles urubus não queriam me reanimar — trovejou ele. E então deu uma gargalhada abrupta. — Eu sabia que você botaria pressão em cima deles, Sweetscent; eu tinha calculado tudo. Nada é por acidente. Acredita?

Ou acha que havia uma falha, que eles podiam ter se dado bem, especialmente esse tal de Festenburg? Ele é muito esperto, você sabe disso. Eu tenho uma admiração danada por ele. — Molinari soltou um arroto — Escute. Don já era.

— Acho que eles estiveram bem perto de conseguir — disse Eric.

— Estiveram, sim — concordou ele, agora de cara fechada. — Foi mesmo por um triz. Mas em política tudo é por um triz; é isso que faz todo o nosso esforço valer a pena. Quem quer lutar por uma coisa que já está certa? Nem eu quero. A propósito: aquela gravação vai ao ar conforme planejado. Mandei o pobre Prindle de volta para o porão, ou sei lá onde é que ele passa seu tempo. — Ele deu outra risada bem alta.

— Será que estou correto — disse Eric — se disser que no seu mundo...

— Meu mundo é este aqui — interrompeu Molinari; pondo as mãos atrás da cabeça, ele balançou o corpo para a frente e para trás, encarando Eric com olhos brilhantes.

Eric disse:

— No mundo paralelo de onde você veio...

— Bobagem!

— ... você foi derrotado ao tentar se eleger secretário da ONU: está correto? Estou apenas curioso. Não tenho a intenção de discutir isso com ninguém.

— Se fizer isso — disse Molinari — vou mandar o Serviço Secreto rachar sua cabeça ao meio e jogá-lo no Atlântico. Ou no espaço sideral. — Ele ficou em silêncio por um momento. — Eu fui eleito lá, Sweetscent, mas os golpistas me tiraram do cargo através de uma cláusula de não confiança que fabricaram. Algo que tinha a ver com o Pacto de Paz. Tinham razão, é claro; eu não devia ter me envolvido nisso. Mas quem é que *quer* fazer acordos com uma raça de percevejos luzidios que não sabem nem sequer falar e que precisam andar por toda parte carregando uma máquina de tradução, como se fosse um urinol?

— Você sabe agora — disse Eric com cautela — que vai ter que fazer isso. Vai ter que se entender com os reegs.

— Claro. Mas é fácil saber isso agora. — Os olhos do Dique estavam escuros e intensos, encarando aquela luta com uma inteligência vasta e natural. — O que tem em mente, doutor? Vamos dar uma olhada. Como é mesmo que costumavam dizer no século passado? Vamos dar um chute nisso e ver se gruda no teto. Algo assim.

— Há um contato esperando para encontrá-lo em Tijuana.

— Que diabo, não vou para Tijuana, aquilo é uma cidade imunda. Lá você só vai para arranjar uma novinha, tipo treze anos. Mais nova ainda do que Mary.

— Sabe a respeito de Mary, então? — Será que ela tinha sido amante dele no mundo alternativo?

— *Ele* nos apresentou — disse Molinari com afabilidade. — Meu melhor amigo; ele quebrou meu galho. Aquele lá que eles agora estão enterrando, ou seja lá o que vão fazer com o corpo. Não estou nem um pouco interessado, só quero que lhe deem um fim. Já tenho um cadáver guardado, o que foi morto a tiros. O que você viu no caixão. Um deles basta; eles me deixam nervoso.

— O que planejava fazer com o que foi assassinado?

Molinari exibiu os dentes num enorme sorriso.

— Você não descobriu, hein? *Esse* é *o anterior*. O que veio antes do que acabou de morrer. Eu não sou o segundo, sou o terceiro. — Ele pôs a mão em concha junto da orelha, como que para escutar melhor. — Vamos, vamos ouvir o que tem a me dizer. Estou esperando.

Eric disse:

— Bem, o senhor irá até a TF&D para se reunir com Virgil Ackerman. Isso não vai despertar suspeitas. Minha função é levar o nosso contato até a fábrica para que vocês possam conferenciar. Acho que posso fazer isso, a menos que...

— A menos que Corning, o principal agente dos Starmen

em Tijuana, descubra seu reeg antes disso tudo. Escute, vou dar ordens ao Serviço Secreto para prender esse Corning; isso vai manter os Starmen ocupados durante algum tempo e tirá-los do seu pé. Podemos usar como pretexto as atividades dele com relação a sua esposa, induzindo-a ao vício; isso será a versão oficial. Concorda? Sim? Não?

— Pode funcionar. — Mais uma vez ele se sentiu imensamente cansado, mais ainda do que antes. Pensou que aquele dia não ia terminar nunca; o gigantesco fardo de antes tinha retornado, fazendo-o curvar-se, em submissão.

— Não estou causando uma grande impressão no senhor — disse Molinari.

— Pelo contrário. É que estou exausto. — E ainda teria que voltar a Tijuana para levar Deg Dal II para a fábrica, buscando-o no quarto do Hotel Caesar. Não tinha acabado ainda.

— Alguém mais pode pegar o seu reeg — disse Molinari, perceptivamente — e levá-lo para a TF&D. Dê-me o endereço e cuidarei para que seja feito com segurança. O senhor não precisa mais cuidar disso. Vá se embebedar, ou pegar uma garota. Ou tome mais JJ-180 e visite outro período do tempo. Sei lá, divirta-se. Em que pé está o seu vício na droga? Já o interrompeu, como lhe aconselhei?

— Sim.

Molinari ergueu sua espessa sobrancelha.

— Diabos me carreguem. É impressionante; não achei que isso pudesse ser feito. Conseguiu através do seu contato reeg?

— Não. Do futuro.

— Qual vai ser o resultado da guerra? Eu não me movo para a frente, como o senhor tem feito; me desloco para os lados, somente nos presentes paralelos.

— Vai ser dura — disse Eric.

— Ocupação?

— Na maior parte da Terra.

— E quanto a mim?

— Aparentemente o senhor vai conseguir se refugiar em Wash-35. Depois de liderar a resistência durante tempo bastante para que os reegs possam contra-atacar em peso.

— Não ligo muito para isso — decidiu Molinari. — Mas acho que vou ter que encarar. Como está sua esposa Katherine?

— O antídoto...

— Quero dizer, o relacionamento de vocês.

— Estamos nos separando. Já decidimos.

— Está bem. — Molinari assentiu secamente. — Escreva o endereço do contato que me arranjou, e em troca eu te darei um nome e um endereço. — Ele pegou caneta e papel, escreveu com rapidez. — Uma parenta de Mary. Prima. Atriz, faz pequenos papéis em séries da TV. Mora em Pasadena. Dezenove anos. Nova demais?

— É ilegal.

— Posso dar um jeito nisso. — Ele jogou o pedaço de papel, mas Eric não o apanhou. — Qual é o problema? — exclamou Molinari. — Depois que usou essa droga para viajar no tempo, ficou com o juízo fraco? Não sabe que tem apenas uma vida, pequenininha assim, e que ela está à sua frente, e não ao lado ou atrás? Está esperando que o ano passado volte, alguma coisa desse tipo?

Estendendo o braço, Eric pegou o papel.

— Exatamente isso. Estou esperando há muito tempo pelo ano passado. Mas acho que ele não vai aparecer de novo.

— Não esqueça de dizer a ela que fui eu que o mandei — disse Molinari, e deu um sorriso largo enquanto Eric dobrava o papel e o guardava na carteira.

Era noite, e Eric caminhava ao longo de uma rua transversal escura, as mãos nos bolsos, pensando se estava na direção certa. Fazia anos que não vinha a Pasadena, na Califórnia.

Lá na frente, um grande edifício de conapts erguia sua massa quadrada contra o céu, mais denso do que a atmosfera por trás dele, janelas acesas como os olhos de alguma enorme abóbora de Halloween sintética. Olhos, pensou Eric, eram as janelas da alma, mas um conapt é um conapt. O que existe ali? Uma garota de cabelos pretos, metida a mandona, ou talvez nem tanto, cuja ambição é aparecer um minuto na TV em comerciais de cigarro ou cerveja, ou seja lá o que for que Molinari disse que ela fazia. Alguém que possa incitar você e fazê-lo se levantar quando você estiver doente; uma caricatura dos votos conjugais de ajuda mútua, de proteção.

Pensou em Phyllis Ackerman, na conversa que haviam tido em Wash-35, não havia muito tempo atrás. Se eu quero mesmo repetir o padrão estampado na matriz da minha vida, pensou ele, basta olhar para ela: Phyllis parece com Kathy o suficiente para que eu me sinta atraído por ela. Nós dois entendemos isso. E é diferente dela o bastante para que pareça — eu disse pareça — que é uma coisa nova na minha vida. Mas então ele pensou de imediato: esta garota aqui em Pasadena, não fui eu que a escolhi. Foi Gino Molinari. Então talvez isso quebre a regra da matriz. E a matriz possa ser descartada. E eu possa entrar numa relação que não somente pareça nova, mas que seja de fato uma coisa nova.

Localizando a entrada do prédio, ele tirou do bolso o papel, memorizou novamente o nome, encontrou o botão certo no meio das colunas de plaquinhas de latão e o apertou com um gesto vigoroso, decidido, bem Gino Molinari.

Uma voz fantasmagórica emergiu daí a algum tempo do interfone, e uma imagem microscópica se formou na pequena tela do monitor situado acima das colunas de botões.

— Sim?... Quem é?

Numa tela tão absurdamente pequena, a imagem da garota mal podia ser decifrada; ele não podia formar nenhuma impressão sobre ela. A voz, no entanto, era sonora, profunda, e embora nervosa, com a prudência típica de uma garota solteira que mora sozinha, tinha algo de caloroso.

— Gino Molinari me disse para procurar você — disse Eric, pousando seu fardo naquela rocha em que todos se apoiavam na sua jornada coletiva.

— Ah! — Ela soou um pouco aturdida. — Me procurar? Tem certeza de que procurou a pessoa certa? Só o encontrei uma vez, e foi por acaso.

Eric disse:

— Posso subir por um instante, srta. Garabaldi?

— Garabaldi é meu nome antigo — disse ela. — Meu nome agora, o que eu uso na TV, é Garry. Patricia Garry.

— Me deixe subir, só isso — disse Eric, e esperou. — Por favor.

A porta fez um barulho, ele a empurrou e entrou no saguão. Um momento depois ele estava subindo de elevador ao décimo quinto andar e parava diante da porta, pronto para bater, então percebeu que ela já a deixara aberta para ele.

Usando um avental florido, com os cabelos negros e longos caindo em duas tranças, Patricia Garry veio ao seu encontro, sorrindo. Tinha um rosto de feições bem marcadas que terminava num queixo impecável e lábios tão escuros que pareciam negros. Cada traço de suas feições era nitidamente recortado, e com uma precisão tão delicada que sugeria uma nova ordem de perfeição nos conceitos humanos de simetria e equilíbrio. Ele entendeu por que ela tinha ido parar na TV. Um rosto como aquele, mesmo animado pelo falso entusiasmo de uma turma de jovens fingindo beber cerveja numa praia da Califórnia, era capaz de impactar qualquer espectador. Ela não era apenas bonita; era chocantemente, espetacularmente singular, e ele teve a premonição de que uma longa e rica carreira se abria à sua frente, se a guerra não a interrompesse com uma tragédia.

— Oi — disse ela, alegremente. — Quem é você?

— Eric Sweetscent. Faço parte do corpo médico do secretário Molinari. — Ou pelo menos fazia, pensou ele. Até uma certa hora daquele dia. — Podíamos tomar um café e conversar um pouco? Seria muito importante para mim.

— Que jeito estranho de se apresentar — disse Patricia Garry. — Mas, por que não? — Ela fez um giro, com a longa saia mexicana dando uma volta no ar, e caminhou rebolando, na direção da cozinha, enquanto Eric a seguia. — Na verdade, já estou com uma chaleira no fogo. Por que o sr. Molinari lhe disse para me procurar? Alguma razão especial?

Será que uma garota pode ter a aparência que ela tem e não estar consciente de que ela própria constitui uma razão mais do que especial?

— Bem — disse ele —, eu moro aqui na Califórnia, em San Diego. — E, pensou ele, acho que também trabalho em Tijuana. — Sou um cirurgião de transplante de artificiórgãos, srta. Garry. Ou Pat. Posso lhe chamar de Pat? — Ele puxou uma cadeira na mesinha da cozinha, sentou e cruzou as mãos à sua frente, apoiando os cotovelos na madeira de sequoia, dura e irregular.

— Se é um cirurgião de transplante de órgãos — disse Patricia Garry enquanto pegava duas xícaras no armário por cima da pia —, por que não está nos satélites militares, ou nos hospitais da frente de batalha?

Eric sentiu o chão desabar pelos seus pés.

— Não sei — disse.

— Está havendo uma guerra, você sabe. — Ainda de costas para ele, ela continuou: — O rapaz com quem eu estava saindo foi mutilado quando uma bomba reeg atingiu o cruzador onde ele servia. Ainda está no hospital da base.

— Não sei o que posso dizer — disse ele —, exceto que talvez você tenha tocado com o dedo na grande ferida da minha vida. O fato de que ela não tem o significado que deveria ter.

— Bem, e de quem acha que é a culpa por isso? De todo mundo?

— Eu tinha a impressão — disse ele —, pelo menos durante um tempo, de que manter Gino Molinari vivo era de certa forma a minha contribuição para o esforço de guerra. — Mas afinal de contas, ele só fizera isto durante um período muito curto e tinha chegado àquele posto não pelo seu próprio esforço, mas pelo de Virgil Ackerman.

— Estava só perguntando — disse Patricia. — Pensei apenas que um bom cirurgião de transplantes *quereria* estar na frente de batalha, onde está o trabalho de verdade. — Ela serviu café em duas xícaras de plástico.

— Sim, pensou certo — disse ele, e se sentiu inútil. Ela tinha dezenove anos, quase metade da idade dele, e já tinha uma percepção mais clara do que era o certo, do que alguém devia fazer. Com uma capacidade tão direta de ver as coisas, ela já devia ter planejado a própria carreira até o último detalhe. — Quer que eu vá embora? — ele perguntou. — Basta dizer que sim.

— Você acabou de chegar, claro que não quero que vá embora. O sr. Molinari não o teria mandado aqui sem uma boa razão. — Ela se sentou de frente para ele, e o observou com olhar crítico. — Eu sou prima de Mary Reineke, sabia disso?

— Sim — ele assentiu. E ela também é bastante direta, pensou. E prosseguiu: — Pat, aceite minha palavra de que eu hoje realizei algo que afeta a todos nós, mesmo não tendo nenhuma relação com a minha missão de médico. Pode acreditar nisto? Se sim, podemos conversar a partir desse ponto.

— Se você diz... — concordou ela, com a descontração dos dezenove anos.

— Você assistiu a transmissão de Molinari pela TV hoje à noite?

— Eu vi um pouco, mais cedo. Foi interessante. Ele estava tão maior.

— Maior. — Sim, pensou ele; essa era uma boa descrição.

— É bom ver que ele está de volta a sua antiga forma. Mas tenho que admitir que toda aquela oratória política, sabe como é, o modo como ele fala, meio que fazendo sermões com todo aquele fervor, com os olhos brilhando... é uma coisa muito enfadonha para mim. Desliguei e pus um disco. — Ela apoiou o queixo na palma da mão. — Sabe como é? Fico *muito* entediada.

O vidfone na sala tocou.

— Com licença. — Pat Garry levantou-se e saiu da cozinha aos pulinhos. Ele ficou sentado, em silêncio, sem pensar em nada em especial, sentindo apenas que um pouco do velho cansaço voltava a pesar sobre ele, e então de repente a garota estava de volta. — É para você. Dr. Eric Sweetscent, é você mesmo, não?

— Quem ligou? — Ele se levantou, com um peso estranho no coração.

— A Casa Branca, em Cheyenne.

Ele foi até o aparelho.

— Alô. Aqui é Sweetscent.

— Um momento, por favor. — A tela ficou em branco. A imagem seguinte a se formar foi a de Gino Molinari.

— Bem, doutor — disse ele — eles pegaram o seu reeg.

— Meu Deus — disse ele.

— Quando nossos homens chegaram lá, tudo que encontraram foi um percevejo grande morto a tiros. Alguém, um deles, deve tê-lo visto chegando no hotel. É uma pena que não o tenha levado direto para a TF&D, em vez daquele hotel.

— É, vejo isto agora.

— Escute — disse Molinari de modo brusco. — Liguei porque sabia que o senhor preferiria saber. Mas não se culpe. Esses Starmen são profissionais. Podia ter acontecido com qualquer um. — Ele se inclinou mais para perto da tela, falando com ênfase. — *Não tem tanta importância.* Existem outras maneiras de fazer contato com os reegs, três ou quatro maneiras... No momento estamos avaliando qual seria a melhor delas.

— Isso pode ser conversado pelo vidfone?

Molinari disse:

— Freneksy e seu grupo levantaram voo agora para Lilistar, caíram fora daqui o mais depressa que puderam. Pode acreditar na minha palavra, Sweetscent, *eles sabem*. Nosso problema, então, é que temos de agir rápido. Esperamos montar uma estação governamental reeg dentro de duas horas; se necessário, faremos nossa negociação em canal aberto, com Lilistar testemunhando tudo. — Ele olhou o relógio de pulso. — Tenho que desligar. Manterei você atualizado.

A tela ficou às escuras. Atarefado, com pressa febril, Molinari já tinha passado para a tarefa seguinte. Não podia ficar sentado batendo papo. E então, de súbito, a tela se acendeu de novo, e Molinari o encarou mais uma vez.

— Lembre-se, doutor, o senhor cumpriu seu dever. O senhor os forçou a honrar o testamento que eu deixei, aquele documento de dez páginas que eles estavam passando de mãos quando o senhor chegou. Eu não estaria aqui agora se não fosse pelo senhor; já lhe disse isso, e não quero que se esqueça. Não tenho tempo para ficar repetindo sempre. — Ele deu um breve sorriso e então a tela escureceu de novo. E dessa vez continuou às escuras.

Mesmo assim, pensou Eric, falhar é falhar. Ele voltou para a cozinha de Pat Garry e sentou em frente a sua xícara de café. Nenhum dos dois falou. Por causa do meu erro, pensou ele, os Starmen terão muito mais tempo para fechar o cerco em torno de nós e depois cair sobre a Terra com todas as forças de que dispõem. Milhões de vidas humanas, talvez anos de ocupação — este é o preço que teremos de pagar coletivamente. E isso porque lhe parecera uma boa ideia, mais cedo, deixar Deg Dal II num quarto do Hotel Caesar, em vez de levá-lo diretamente para a TF&D. Mas logo ele pensou: eles têm pelo menos um agente na TF&D, também; podiam tê-lo matado lá do mesmo jeito.

E agora?, perguntou a si mesmo.

— Talvez você tenha razão, Pat — disse ele. — Talvez eu devesse me alistar como cirurgião militar e ir para um hospital de base, perto da frente de combate.

— Sim, por que não? — disse ela.

— Mas dentro de pouco tempo — disse ele — e você não sabe disso, a frente de batalha será na Terra.

Ela ficou pálida, tentou sorrir.

— E por que vai ser assim?

— Política. As marés da guerra. A não confiabilidade das alianças. O aliado de hoje é o inimigo de amanhã. E vice-versa. — Ele terminou de beber o café e se levantou. — Boa sorte, Pat, em sua carreira na TV e em tudo o mais. Sua vida é brilhante, e está só começando. Espero que a guerra não afete você muito profundamente. — A guerra que eu ajudei a trazer para cá, pensou ele. — Até logo.

Ela continuou sentada na mesa da cozinha, bebendo o café sem dizer nada, enquanto ele cruzou a sala na direção da porta, abriu-a e saiu, fechando-a atrás de si. Ela nem sequer fez um aceno de despedida; estava assustada demais, atordoada demais pelo que ele acabara de lhe dizer.

Obrigado de qualquer maneira, Gino, disse ele a si mesmo enquanto o elevador descia para o térreo. Tinha sido uma boa ideia; não foi nossa culpa o fato de não ter resultado em nada. Nada, a não ser uma consciência maior da minha parte a respeito de como foi pouco o bem que andei fazendo, e de como é grande o mal, por ação ou omissão, pelo qual sou responsável no meu tempo de vida.

Ele caminhou pela rua escura de Pasadena até encontrar um táxi; acenou, entrou e por um momento ficou pensando para onde deveria ir.

— Quer dizer então que não sabe onde mora, senhor? — perguntou o táxi.

— Me leve para Tijuana — disse ele, de súbito.

— Sim, senhor — disse o táxi, e virou rumo ao sul a toda a velocidade.

14

Era noite em Tijuana.

Ele caminhou sem destino, arrastando os pés no calçamento, passando diante dos anúncios de néon na fachada das lojinhas estreitas, escutando a gritaria dos cafetões mexicanos e saboreando, como sempre fazia, o movimento contínuo e o buzinar incessante e nervoso dos carros, dos táxis autônomos e dos antiquados automóveis de superfície movidos a turbina e fabricados nos Estados Unidos, os quais, nos últimos estágios de decrepitude, eram trazidos para lá através da fronteira.

— Garotas, senhor? — Um garoto com não mais do que onze anos se pendurou na manga do paletó de Eric, obrigando-o a parar. — Minha irmã só tem sete anos. Ela nunca se deitou com um homem na vida. Garanto perante Deus, o senhor vai ser o primeiro dela.

— Quanto é? — disse Eric.

— Dez dólares mais o quarto, precisa ser num quarto, em nome de Deus. A calçada transforma o amor numa coisa sórdida, a pessoa não pode fazer isso num lugar assim e depois continuar se respeitando.

— Há certa sabedoria nisso aí — concordou Eric. Mas seguiu em frente.

À noite já haviam sumido da rua os servos-robôs ambulantes com seus enormes e inúteis tapetes tecidos à máquina, seus cestos, seus carrinhos de vender tamales; os personagens diurnos de Tijuana sumiam com os turistas americanos de meia-idade para dar lugar ao povo da noite. Homens apressados o ultrapassavam, aos esbarrões; uma garota vestindo suéter e uma saia incrivelmente justa esgueirou-se para passar à sua frente, pressionando o corpo contra o dele... como se, pensou ele, tivéssemos alguma relação duradoura ligando nossas vidas, e como se aquela breve troca de calor corporal através do contato físico representasse o mais profundo entendimento possível entre nós dois. A garota seguiu em frente, desapareceu. Mexicanos baixinhos e rudes, jovens usando camisas de couro abertas no peito, caminhavam reto na direção dele, as bocas abertas como se estivessem sufocados. Com cuidado ele se desviava da sua rota.

Numa cidade onde qualquer coisa é permitida, pensou ele, e nada tem valor, você é arrebatado de volta à infância. É posto entre os seus brinquedos e seus bloquinhos, com todo o seu universo ao alcance da mão. O preço da licença para isso é alto: é a perda do direito de ser adulto. E mesmo assim ele amava aquilo. O barulho e a agitação representavam a vida autêntica. Algumas pessoas viam o mal naquilo tudo; ele, não. As pessoas que pensavam assim estavam erradas. Aqueles bandos inquietos de jovens machos perambulavam à procura sabe Deus do quê — e eles próprios não sabiam; sua pulsação representava a corrente de energia subterrânea e primal do material protoplásmico. Aquele movimento agoniado e sem fim fizera um dia a vida transbordar do oceano e se fixar na terra; eram criaturas da terra agora e continuavam a vagar sem destino, subindo por uma rua, descendo pela outra. E Eric se misturava a eles.

Logo adiante, um estúdio de tatuagem, moderno e eficiente, iluminado por uma parede de energia irradiante, o proprietário lá dentro empunhando uma agulha elétrica que não tocava a pele, apenas a roçava de leve enquanto traçava ali o emaranhado de linhas de uma figura. E que tal isso?, perguntou-se Eric. O que eu mandaria alguém gravar em mim, que lema ou imagem que me desse conforto nestes tempos excepcionais de sofrimento? Nestes tempos em que apenas esperamos que os Starmen desçam dos céus e tomem conta do planeta? Assustados e indefesos, todos nós ficamos essencialmente castrados.

Entrando no estúdio de tatuagem, ele se sentou e disse:

— Você poderia tatuar no meu peito alguma coisa como...
— Ele refletiu um pouco. O dono do estúdio continuou trabalhando no cliente atual, um soldado rechonchudo das Nações Unidas que olhava para a frente com um olhar inexpressivo.
— Eu quero uma imagem — decidiu Eric.

— Dê uma folheada aí no livro. — Um enorme volume de folhas grandes foi passado para suas mãos. Ele o folheou ao acaso. Mulheres com quatro seios; cada um falava uma frase completa. Não era bem isso, e ele virou a página. Foguetes com uma nuvem de fumaça brotando da cauda. Não. Traziam à sua lembrança o seu eu de 2056, seu fracasso em ajudá-lo. *Eu sou a favor dos reegs*, resolveu. Tatuar isso no meu corpo de uma maneira que a PM dos Starmen possa encontrar. E não precisarei tomar mais decisões.

Autopiedade, pensou. Ou será que existe alguma coisa chamada de autoempatia? Não é muito mencionada, em todo caso.

— Já resolveu, parceiro? — perguntou o dono do estúdio, que a esta altura já acabara.

Eric disse:

— Quero que escreva aqui no meu peito: "Kathy morreu". Certo? Quanto vai custar?

— Kathy morreu — repetiu o homem. — Morreu de quê?

— Síndrome de Korsakow.

— Quer que escreva isso também? Kathy morreu de... como é que se soletra isso? — O tatuador pegou papel e caneta. — Quero que saia direito.

— Onde será — perguntou Eric — que eu arrumo drogas? Drogas de verdade. Perto daqui.

— Na outra calçada, na farmácia. É a especialidade deles, velhinho.

Ele saiu do estúdio de tatuagem, cruzou a rua bem pelo meio do organismo fervilhante do trânsito. A farmácia parecia antiquada, com mostruários de modelos ortopédicos e cinturões para hérnia e frascos de água de colônia. Eric abriu a porta, operada manualmente, e foi até o balcão no fundo da loja.

— Pois não, senhor? — Um homem de ar profissional, grisalho, em jaleco branco, o atendeu.

— JJ-180 — disse Eric. Pousou uma nota de cinquenta dólares no balcão. — Três ou quatro cápsulas.

— São cem dólares. — Aquilo era negócio. Sem sentimento algum.

Ele pôs mais duas de vinte e duas de cinco. O farmacêutico desapareceu. Quando voltou, trazia um frasco de vidro, que colocou à frente de Eric; recolheu as notas e as guardou, com um tilintar antiquado, na sua velha máquina registradora.

— Obrigado — disse Eric. Levando consigo o frasco, ele saiu da farmácia.

Caminhou mais até que, mais ou menos por acaso, acabou chegando ao Hotel Caesar. Entrou e aproximou-se do recepcionista. Parecia o mesmo que tinha atendido a ele e a Deg Dal Il naquele mesmo dia. Um dia, pensou Eric, cheio de muitos anos.

— Lembra-se do reeg que chegou aqui comigo hoje? — perguntou ele ao recepcionista.

O homem o olhou em silêncio.

— Ele ainda está aqui? — perguntou Eric. — É verdade que ele foi destruído por Corning, o assassino dos Starmen nesta área? Me mostre o quarto. Eu quero o mesmo quarto.

— Pagamento adiantado, senhor.

Ele pagou, recebeu a chave, subiu de elevador até o andar correto. Caminhou ao longo do corredor vazio e atapetado até a porta do quarto, destrancou-a e entrou, tateando à procura do interruptor de luz.

O quarto se iluminou e, olhando ao redor, ele não viu sinal de coisa alguma. O quarto estava simplesmente vazio. Como se o reeg tivesse ido embora. Saído dali por conta própria, talvez. Ele estava certo, decidiu Eric, quando me pediu para levá-lo de volta ao campo de prisioneiros; estava no caminho certo o tempo todo. Sabia como aquilo ia acabar.

Parado ali, ele percebeu o quanto aquele quarto o horrorizava.

Abriu o frasco de vidro, tirou uma das cápsulas de JJ-180, depositou-a em cima da bancada, e com uma moeda cortou a cápsula em três partes iguais. Havia uma garrafa de água ali perto; ele engoliu um terço da cápsula e depois foi até a janela, onde ficou olhando para fora, à espera.

A noite se transformou em dia. Ele ainda estava no quarto do Hotel Caesar, mas era mais tarde; não conseguiu calcular quanto. Meses? Anos? O quarto parecia idêntico, mas provavelmente seria sempre assim; ele era eterno e estático. Ele saiu do quarto, desceu até o saguão e pediu um homeopape na banca de revistas perto da recepção. A vendedora, uma mexicana velha e corada, lhe estendeu um diário de Los Angeles; ele o examinou e viu que tinha saltado dez anos. A data era de 15 de junho de 2065.

Então ele tinha acertado sobre a quantidade de JJ-180 que seria necessária.

Sentado numa cabine de vidfone pago, ele inseriu uma moeda e discou o número da Tijuana Fur & Dye. Parecia ser por volta do meio-dia.

— Gostaria de falar com o sr. Virgil Ackerman.

— Quem está falando, por favor?

— Dr. Eric Sweetscent.

— Sim, claro, dr. Sweetscent. Só um instante. — Houve uma fusão de imagens na tela e nela surgiu o rosto de Virgil, seco e desgastado como sempre, basicamente o mesmo.

— Ora, mas que diabo! Eric Sweetscent! Como vai você, rapaz? Puxa vida, devem ser... quanto tempo foi isso? Três anos? Quatro? Como estão as coisas em...

— Me fale sobre Kathy — disse ele.

— Perdão?

Eric disse:

— *Eu quero saber notícias da minha esposa.* Qual é a condição médica dela atualmente? Onde ela está?

— Sua ex-esposa.

— Está bem — disse ele, tentando ser razoável. — Minha ex-esposa.

— Como vou saber, Eric? Não a vejo desde que ela deixou o emprego que tinha aqui, e isso faz pelo menos... bem, você deve se lembrar... seis anos. Logo depois que nos reconstruímos. Logo depois da guerra.

— Me diga algo que possa me ajudar a ter notícias dela.

Virgil pensou um pouco.

— Meu Deus, Eric... Você se lembra do quanto ela esteve mal. Aqueles acessos psicóticos.

— Eu não me lembro.

Erguendo as sobrancelhas, Virgil disse:

— Foi você que assinou os documentos de internação.

— Você acha que ela está internada em algum lugar hoje? Ainda está?

— Pelo que você me explicou, eram danos cerebrais irremediáveis. Daquelas drogas tóxicas que ela estava tomando. Então, presumo que esteja, sim. Possivelmente em San Diego. Acho que Simon Ild me disse isso um dia, não faz muito tempo; quer que eu verifique com ele? Ele disse ter encontrado alguém que tinha um amigo num hospital psiquiátrico ao norte de San Diego e que...

— Verifique com ele. — Ele esperou enquanto a tela voltava a ficar vazia, enquanto Virgil conversava no circuito interdepartamental com Simon.

Por fim apareceu na imagem o rosto longo e tristonho do seu antigo chefe de controle.

— Você está querendo saber sobre Kathy? — disse Simon.

— Vou te dizer o que um cara me contou. Ele a encontrou no Hospital Neuropsiquiátrico Edmund G. Brown; ele foi para lá porque teve um colapso nervoso, como vocês chamam.

— Eu não chamo nada assim — disse Eric —, mas vá em frente.

Simon disse:

— Ela não conseguia se controlar; aquelas fúrias, aqueles surtos destrutivos em que ela quebrava tudo em volta, estavam voltando todos os dias, às vezes até quatro vezes por dia. Eles a mantinham sob o efeito de fenotiazina e isso ajudou, ela própria disse a ele, mas no fim já não fazia diferença quanta fenotiazina eles lhe dessem, não resolvia mais. Danos no lobo frontal, eu acho. E ela tinha dificuldade em lembrar direito das coisas. E ideias sem referência: achava que todo mundo estava contra ela, tentando machucá-la... Nenhuma paranoia grandiosa, é claro, apenas aquela irritabilidade que nunca acabava, acusando as pessoas, como se elas a estivessem trapaceando, surrupiando coisas... ela acusava todo mundo. — Ele completou: — Ela ainda falava de você.

— Dizendo o quê?

— Culpando você e o psiquiatra, como era mesmo o nome dele?, por colocá-la no hospital e depois não deixá-la sair.

— Ela tem alguma ideia de por que fizemos isso? — De por que *tivemos* de fazer isso, pensou.

— Ela dizia que o amava, mas que você queria se livrar dela

para poder casar com outra pessoa. E você tinha jurado, na época do divórcio, que não havia outra mulher.

— Está bem — disse Eric. — Obrigado, Simon.

Ele cortou a ligação e ligou em seguida para o Hospital Neuropsiquiátrico Edmund G. Brown, em San Diego.

— Hospital Neuropsiquiátrico Edmund G. Brown — disse uma voz feminina, rápida, estressada e de meia-idade, na central telefônica do hospital.

— Eu gostaria de saber a respeito da condição da sra. Katherine Sweetscent — disse Eric.

— Só um momento, senhor. — A mulher consultou os registros, transferiu a chamada para uma das alas; ele se viu então diante de uma mulher mais jovem, não em uniforme branco, mas num vestido comum de algodão florido.

— Aqui é o dr. Eric Sweetscent. O que pode me dizer sobre a condição de Katherine Sweetscent? Ela teve alguma melhora?

— Não houve mudanças desde que o senhor ligou pela última vez há duas semanas, doutor. Mas vou buscar o dossiê dela. — A mulher desapareceu da tela.

Meu Deus, pensou Eric. Eu ainda estarei cuidando dela daqui a dez anos; vou ficar preso a isso, de uma maneira ou de outra, pelo resto da minha vida?

A funcionária retornou.

— O senhor sabe que o dr. Bramelman está experimentando com ela a nova unidade Gloser-Little. A fim de induzir o tecido do cérebro a se autorreparar. Mas até o momento... — Ela folheou as páginas. — Os resultados têm sido muito tímidos. Eu sugeriria que o senhor entrasse em contato conosco novamente dentro de um mês, possivelmente dois. Não deverá haver nenhuma alteração no quadro antes disso.

— Mas pode ser que funcione — disse ele. — Essa nova unidade da qual você falou. — E de que ele nunca ouvira falar; obviamente era um produto fabricado no futuro. — Quero dizer, ainda há esperança.

— Ah, sim, doutor. Há esperança, com certeza. — Ela disse isso de modo a deixar claro para ele que esta era uma resposta puramente filosófica; que havia esperança, sim, em todos os casos, no que dizia respeito a ela. De modo que não significava coisa alguma.

— Obrigado — disse ele. E acrescentou: — Verifique seus registros, por favor, e veja o que está anotado como meu local de trabalho atual. Mudei de emprego recentemente e pode ser que esteja desatualizado.

Após uma pausa, a funcionária disse:

— O senhor está registrado aqui como Chefe de Cirurgia de Órgãos na Fundação Kaiser, em Oakland.

— Então está correto — disse Eric, e desligou.

Ele obteve o número em "Informações" e ligou para a Fundação Kaiser, em Oakland.

— Gostaria de falar com o dr. Sweetscent.

— Quem gostaria?

Isto o forçou a uma pausa rápida.

— Diga que é o irmão mais novo dele.

— Sim, senhor. Só um momento, por favor.

O rosto dele, mais velho, mais grisalho, apareceu na tela.

— Oi.

— Olá — disse Eric. Não estava muito seguro sobre o que dizer. — Estou incomodando? Está ocupado? — Ele não estava com má aparência, dez anos no futuro. Uma aparência digna.

— Não, vá em frente. Estava esperando você ligar; eu me lembro da data aproximada. Você acabou de ligar para o Hospital Neuropsiquiátrico Edmund. G. Brown e ficou sabendo a respeito da unidade Gloser-Little. Vou te dizer uma coisa que aquela funcionária não disse. A unidade Gloser-Little constitui o único artificiórgão para o cérebro a ser construído até agora. Ela substitui porções do lobo frontal; depois de instalada, ela se mantém ali enquanto a pessoa viver. *Se* é que isso serve de ajuda. Para ser sincero com você, deveria ter funcionado no momento em que a instalaram.

— Então você acha que não vai funcionar.

— Não — disse o Eric Sweetscent mais velho.

— Você acha que se nós não tivéssemos nos divorciado dela...

— Não teria feito nenhuma diferença. Pelos testes que fazemos agora. Acredite.

Então nem mesmo isso teria ajudado, pensou Eric. Ficar com ela, mesmo pelo resto da minha vida.

— Agradeço a sua ajuda — disse. — E acho interessante, não sei se é esta a palavra, que você ainda acompanhe a situação dela.

— Consciência é consciência. Em alguns aspectos, o divórcio pôs um pouco mais de responsabilidade em nós, com relação ao bem-estar dela. Porque logo em seguida ela piorou bastante.

— Existe alguma luz no fim do túnel? — perguntou Eric.

O Eric Sweetscent mais velho do ano 2065 abanou a cabeça.

— Está bem — disse Eric. — Obrigado por ser honesto comigo.

— Como você mesmo diz, sempre se deve ser honesto consigo mesmo. — E acrescentou: — Boa sorte com o processo de internação. Vai ser duro. Mas ainda vai demorar um pouco.

— E o que me diz do restante da guerra, principalmente a ocupação da Terra pelos Starmen?

O Eric Sweetscent mais velho sorriu.

— Puxa vida, você está atolado demais em seus problemas pessoais para perceber. Guerra? Que guerra?

— Tchau — disse Eric, e desligou.

Saiu da cabine de vidfone. Ele tem certa razão, admitiu. Se eu fosse racional... mas eu não sou. Os Starmen estão provavelmente traçando um plano de emergência neste exato momento, preparando-se para o salto. Eu sei disso, e mesmo assim eu não o sinto, eu sinto que...

Eu sinto a necessidade da morte, pensou.

Por que não? Gino Molinari fizera da própria morte um instrumento de estratégia política; por meio dela ele iludia seus oponentes e provavelmente vai continuar a fazê-lo. Claro que não é isso que eu tenho em mente, pensou ele. Não estou iludindo ninguém. Muitas pessoas vão morrer nesta invasão; por que não uma a mais? Quem perde alguma coisa com isso? Quem são as pessoas próximas a mim? Ele pensou: aqueles futuros Sweetscent vão ficar furiosos, mas eles que se danem. Eu pessoalmente não dou a mínima para eles. E eles, exceto pelo fato de que sua existência depende de mim, agem da mesma forma comigo. Talvez seja este o problema, decidiu ele. Não o meu relacionamento com Kathy, mas meu relacionamento comigo mesmo.

Ele cruzou o saguão do Hotel Caesar e saiu para a luz do dia, a movimentada rua de Tijuana a dez anos no futuro.

O sol o cegou; ele parou, enquanto piscava os olhos e acostumava a visão. Os veículos de superfície, mesmo ali, tinham mudado. Mais esguios, mais atraentes. A rua, agora, estava devidamente pavimentada. Ali estavam os vendedores de tamales, os vendedores de tapetes, exceto que agora não eram mais servos-robôs: agora, ele viu com um sobressalto, eram reegs. Evidentemente tinham se encaixado na sociedade terrestre a partir dos escalões mais baixos e teriam que trabalhar duro para ascender até a igualdade que ele tinha testemunhado um século adiante, dali a noventa anos no futuro imediato. Não parecia justo a ele, mas assim eram as coisas.

Com as mãos nos bolsos, ele caminhou acompanhando as ondas sucessivas daquela multidão que habitava as calçadas de Tijuana ao longo de todas as eras, até que chegou à farmácia onde havia comprado as cápsulas de JJ-180. Como sempre, estava aberta e à disposição. Ela, também, não tinha se modificado em uma década, exceto que agora os mostruários de cintos para hérnia tinham desaparecido. Em seu lugar, ele viu uma engenhoca que não lhe era familiar. Parando diante da vidraça, ele examinou o letreiro em espanhol colocado por trás. A coisa servia evidentemente para aumentar a potência sexual. Permitia, pelo que ele conseguiu entender do texto em espanhol, uma infinidade de orgasmos, um após o outro. Achando aquilo divertido, ele seguiu até o balcão nos fundos da loja.

Um farmacêutico diferente o atendeu; agora era uma mulher idosa, de cabelos pretos, que o cumprimentou.

— *Sí?...* — disse, mostrando dentes baratos de cromo.

Eric disse:

— Você teria um produto alemão ocidental, g-Totex blau?

— Vou olhar. Você espera, o.k.? — A mulher afastou-se e desapareceu entre as prateleiras. Eric ficou vagando entre os mostruários, sem ver nada.

— G-Totex blau é um veneno terrível — disse a mulher idosa, chamando-o de volta. — Vai ter que assinar o formulário para levar, *sí*?

— *Sí* — disse Eric.

O produto, em sua embalagem preta, foi colocado no balcão diante dele.

— Dois dólares americanos e cinquenta — disse a mexicana idosa. Ela tirou de baixo do balcão um pesado livro de controle e o colocou onde ele podia escrever usando uma caneta presa a uma correntinha. Enquanto ele assinava, ela embrulhou a caixa do medicamento. — Está pensando em se matar, *señor*? — perguntou ela com perspicácia. — Sim, eu posso perceber. Não vai doer com este produto. Nenhuma dor, somente fica sem coração, de súbito.

— Sim — concordou ele. — É um produto muito bom.

— É da A. G. Chemie — disse ela. — Muito confiável. — Ela deu um sorriso largo que pareceu de aprovação.

Ele pagou — notas de dez anos atrás foram aceitas sem comentários — e saiu da farmácia com o pacote. Estranho, pensou. Em Tijuana, as coisas ainda são do jeito que eram. E como sempre serão. Ninguém sequer se incomoda em saber que você vai tirar a própria vida. É um milagre que eles não tenham cabines à noite onde alguém faz isso para você, por dez pesos. Talvez tenham, a esta altura.

Aquilo o abalou um pouco, a aparente aprovação da mulher; e ela não sabia nada sobre ele, nem sequer o conhecia. Foi a guerra que fez isso, pensou ele, nem sei por que deixo que isso ainda me surpreenda.

Quando voltou ao Hotel Caesar e ia subir para o quarto, o recepcionista, um que ele não conhecia, o fez parar.

— Senhor. O senhor não está hospedado aqui. — O homem tinha saído com presteza de trás do balcão para tomar-lhe a frente. — Gostaria de um quarto?

— Já tenho um — disse Eric; e então lembrou que tinha entrado ali dez anos atrás; sua diária já tinha expirado havia muito tempo.

— São nove dólares americanos por noite, pagamento adiantado — disse o recepcionista. — Já que o senhor não traz bagagem.

Eric tirou a carteira, entregou uma nota de dez. O recepcionista, no entanto, examinou a nota com desconfiança profissional e uma suspeita crescente.

— Estas notas foram recolhidas — disse. — Muito difíceis de trocar agora, porque não são mais legais. — Ele ergueu os olhos e examinou Eric desafiadoramente. — Vinte. Duas de dez. E mesmo assim talvez eu não aceite. — E esperou, sem qualquer entusiasmo; estava claramente ressentido por receber um pagamento em dinheiro daquele tipo. Isso provavelmente lhe lembrava os velhos tempos, os dias difíceis da guerra.

Eric tinha apenas uma nota a mais na carteira, e era uma

de cinco. E, incrivelmente, por algum acaso improvável, talvez porque ele tivesse trocado o seu relógio por elas, ainda estavam ali as cédulas de noventa anos no futuro; ele as espalhou em cima do balcão da recepção, exibindo seu desenho intrincado, multicor, reluzente. Então, talvez, pensou ele, quem sabe a peça eletrônica posta no correio por Kathy tivesse mesmo chegado às mãos de Virgil Ackerman em meados dos anos 1930; pelo menos havia uma chance. Aquilo o animou.

O recepcionista pegou uma das notas de 2155.

— O que é isto? — Ele a ergueu contra a luz. — Nunca vi uma antes. É você quem faz?

— Não — disse Eric.

— Não posso usar isso — decidiu o recepcionista. — Saia daqui antes que eu chame a polícia. É você quem fabrica isso, tenho certeza. — Ele jogou a nota de volta sobre as outras, num gesto de repugnância. — Dinheiro falsificado. Cai fora.

Deixando as notas de 2155 em cima do balcão, mas pegando de volta a de cinco, Eric deu meia volta e saiu do hotel, ainda com o pacote de g-Totex blau embaixo do braço.

Havia muitos becos sinuosos em Tijuana, mesmo agora depois da guerra; ele encontrou uma passagem estreita e escura entre dois edifícios de tijolos, coberta de lixo e dos detritos derramados de dois enormes reservatórios de metal cheios de cinzas, que em outros tempos tinham sido tonéis de óleo. No beco ele sentou no batente de madeira diante de uma porta tapada com tábuas, acendeu um cigarro e ficou fumando e pensando. Não podia ser visto da rua; as pessoas que transitavam às pressas pela calçada não lhe davam atenção e ele focou sua atenção nelas, principalmente nas garotas. Isso, também, continuava igual ao que ele conhecia da década passada. Uma garota durante o dia nas ruas de Tijuana se vestia com um requinte incompreensível: salto alto, suéter de lã angorá, bolsa reluzente, luvas, casaco jogado nos ombros, conduzindo à frente, enquanto avançava, seios eretos e pontudos, o requinte indo até os detalhes do sutiã moderno. Essas garotas sobreviviam do quê? Onde tinham aprendido a se vestir tão bem, sem falar no problema de financiar um guarda-roupa desses? Ele meditava sobre isso em seu próprio tempo e voltou a meditar agora.

A solução, especulou ele, seria simplesmente parar uma dessas garotas de Tijuana, perguntar onde ela vivia e se ela comprava suas roupas ali ou do outro lado da fronteira. Imaginou se elas já teriam em algum momento ido aos Estados Unidos, se tinham um namorado em Los Angeles, se eram tão boas na cama como pareciam ser. Alguma coisa, alguma força invisível, tornava possível a vida delas. Ele teve a esperança de que essa força, ao mesmo tempo, não as tornasse frígidas; que paródia da vida, e do potencial das criaturas da natureza, elas se tornariam então.

O problema com garotas assim, pensou, é que envelhecem muito rápido. O que se diz por aí é verdade: aos trinta anos estão gastas, gordas, o sutiã e o casaco e a bolsa já desapareceram e tudo que resta são os olhos negros e ardentes por baixo das sobrancelhas grossas, enquanto a criatura esguia de antigamente continua aprisionada lá dentro em algum lugar, mas é agora incapaz de erguer a voz, de brincar, de fazer amor, de fugir correndo. O estalido dos saltos no calçamento, o impulso que as arremete de encontro à vida, tudo isso já se foi, deixando para trás apenas o som de algo que se arrasta e que chafurda. O som mais horrendo que há no mundo, o som do que *um dia já foi*: vivo no passado, moribundo no presente, um corpo feito de cinzas no futuro. Nada muda em Tijuana, e ainda assim nada vive sua vida inteira. O tempo se move depressa demais aqui, e também não se move jamais. Olhe a minha situação, por exemplo, pensou ele. Estou cometendo suicídio dez anos no futuro, ou melhor, vou apagar uma vida de dez anos atrás. Se eu fizer isto, o que acontece com o Eric Sweetscent que está hoje trabalhando na Kaiser em Oakland?

E os dez anos que ele passou tomando conta de Kathy — qual a consequência para ela?

Talvez esta seja minha maneira de magoá-la. Uma punição a mais, porque ela está doente.

Por baixo da minha racionalidade está minha visão distorcida das coisas, pensou ele. A gente nunca consegue punir o suficiente quem está doente. Será isso? Meu Deus, pensou ele. Não admira que eu sinta ódio por mim mesmo.

Segurando o pacote de g-Totex blau na palma da mão, ele o sopesou, experimentou sua massa. Sentiu a atração da Terra puxando-o para baixo. Sim, pensou ele, a Terra gosta até disso. A Terra aceita tudo.

Alguma coisa passou por cima do seu pé.

Ele viu algo passar quase saltitando por cima do chão coberto de lixo e afastando-se na direção da sombra mais profunda; um pequeno carro com rodinhas.

O carrinho estava sendo perseguido por outro do mesmo tipo. Os dois se confrontaram, por entre jornais velhos e garrafas vazias, e as pilhas de lixo começaram a tremer e pedaços a voar em todas as direções enquanto os dois carrinhos combatiam, chocando-se com força, bem de frente, cada um tentando atingir a unidade cefálica instalada no centro do outro. Tentando nocautear o Lazy Brown Dog.

Ainda estão vivos?, pensou ele, incrédulo. Dez anos depois? Mas talvez Bruce Himmel os fabricasse ainda. Àquela altura dos acontecimentos, Tijuana talvez estivesse toda invadida por eles, se isso fosse verdade. Era difícil saber como encarar uma visão como aquela. Ele ficou olhando os dois carrinhos enquanto eles combatiam até o fim; agora, um deles tinha feito saltar para longe o Lazy Brown Dog do outro; parecia estar vencendo. Deu marcha à ré e, como um bode, manobrou posicionando-se para a arremetida final.

Enquanto ele se preparava, o carrinho danificado, num derradeiro esforço de inteligência nata, refugiou-se no interior de um balde de zinco galvanizado, fugindo da briga. Protegido, ficou inerte, pronto para esperar as coisas esfriarem, esperar para sempre se fosse necessário.

Ficando de pé, Eric se curvou e agarrou o carrinho mais forte; as rodas dele giraram inutilmente e então ele conseguiu de alguma maneira escapar dos dedos que o seguravam. Chocou-se ruidosamente contra o calçamento, deu ré, manobrou e colidiu com força contra o pé de Eric. Surpreso, ele recuou. O carrinho ensaiou outro movimento ameaçador e ele recuou de novo. Satisfeito, o carrinho girou rápido num semicírculo e disparou pelo beco afora até sumir de vista.

No balde, o perdedor ainda estava à vista. Esperando.

— Não vou te machucar — disse Eric, agachando-se para poder enxergá-lo melhor. A coisa danificada, porém, continuou do jeito que estava. — O.k. — disse ele, e voltou a se erguer. — Já entendi. — Aquilo sabia o que queria. Não fazia sentido querer atormentá-lo.

Mesmo essas coisas, decidiu Eric, estão determinadas a viver. Bruce tinha razão. Elas só precisam de uma oportunidade, do seu lugarzinho minúsculo ao sol e ao céu. É tudo que elas pedem, e não é muito. Ele pensou: e eu não consigo sequer fazer o que elas fazem, defender meu território, usar minha inteligência para sobreviver num beco cheio de lixo em Tijuana; essa coisa que se escondeu ali no balde de zinco não tem uma esposa, não tem uma carreira, não tem um conapt, nem dinheiro, nem a possibilidade de conseguir nada disso, mas ainda resiste. Por motivos que desconheço, ela dá mais valor à sua existência do que eu dou à minha.

O g-Totex blau já não lhe parecia tão atraente assim.

Mesmo que eu acabe fazendo isso, pensou ele, *por que tem que ser logo agora?* Como tudo na vida, pode muito bem ser deixado para depois — *deve*, neste caso, ser deixado para depois. E de qualquer modo ele não estava se sentindo bem; experimentou uma forte tontura e fechou os olhos, embora ao fazer isso estivesse atraindo outro ataque por parte do temível carrinho Lazy Brown Dog que Bruce Himmel tinha feito.

O peso em sua mão sumiu por completo. Ele abriu os olhos, viu que o saquinho de papel com a caixa preta dentro, a caixa com o g-Totex blau, desaparecera. E o lixo amontoado no beco já não parecia tão abundante. As compridas sombras projetadas pelo sol mostraram que já era bem mais tarde do dia, e isso queria dizer que a JJ-180 tinha deixado de fazer efeito e ele estava de volta ao mesmo período, mais ou menos, de onde partira.

Mas ele tinha tomado o terço da cápsula à noite, ainda no escuro, e agora parecia ser algo em torno de cinco da tarde. Portanto, tal como acontecera antes, o retorno não era exato, e ele imaginou qual seria a diferença desta vez. Afinal de contas, o cerco dos Starmen estava se fechando.

De fato, ele observou, os Starmen já tinham chegado.

No alto do céu, pairava uma massa gigantesca, feia, escura, como uma coisa que tivesse baixado sobre o mundo vinda de uma terra sem luz, feita de ferro, de surpresa e de um silêncio amedrontado, cheio de intenções. Era algo grande o bastante, pensou ele, para ficar ali se alimentando para sempre; mesmo daquele ponto onde se encontrava, a pelo menos um quilômetro e meio de distância, ele percebia aquilo como um ser sem limites e cheio de apetite, que em breve começaria a engolir tudo que encontrasse à vista. Agora, não fazia barulho. Suas máquinas estavam desligadas. Aquela nave tinha percorrido uma distância imensa, pelas linhas mais profundas do espaço entre os sistemas solares. Era a visão de algo experiente, preparado, cansado das batalhas, trazido com estranhos propósitos para tão longe do seu lugar normal de residência.

Imagino como vai ser fácil, pensou Eric. Eles terão apenas que saltar na superfície, invadir os edifícios-chave e assumir o controle de tudo. Provavelmente vai ser mais fácil do que eu penso, do que qualquer pessoa na Terra pensa.

Ele caminhou devagar pelo beco até desembocar na calçada, pensando consigo, eu queria ter uma arma.

É estranho, pensou ele, que bem no centro da maior abominação do nosso tempo, esta guerra, eu consiga encontrar algo que faz sentido. Um desejo que me dá vida, igual àquele desejo do carrinho Lazy Brown Dog que vai se esconder dentro de um balde de zinco daqui a dez anos. Talvez, no fim das contas, eu e ele sejamos compatriotas. Talvez eu possa assumir meu lugar no mundo ao lado dele, fazer o que ele faz, lutar como ele luta; sempre que for necessário, e ainda um pouco mais, pelo simples prazer de lutar. Pela alegria. Como era a intenção de tudo no princípio, anterior a qualquer tempo ou qualquer condição que eu possa compreender, ou considerar minha, ou vir a conquistar.

O trânsito estava muito lento, quase parado, ao longo da rua. Todo mundo, nos veículos ou a pé, estava olhando para a nave de Lilistar.

— Táxi! — Parado na rua, ele acenou para um táxi autônomo capaz de transporte aéreo. — Leve-me para a Tijuana Fur & Dye — ordenou. — O mais depressa que puder, e não dê atenção a essa espaçonave lá em cima, inclusive qualquer instrução que ela venha a transmitir.

O táxi estremeceu, ergueu-se um pouco acima do asfalto e ficou parado, suspenso.

— Não temos permissão para levantar voo, senhor. O Comando Militar de Lilistar para esta região baixou ordens de que...

— Eu estou no comando supremo desta situação — disse Eric. — Sou uma autoridade muito superior ao Comando Militar de Lilistar; eles são um punhado de terra comparados comigo. Tenho que chegar imediatamente à Tijuana Fur & Dye. O nosso esforço de guerra depende da minha ida para lá.

— Sim, senhor — disse o táxi, e levantou voo no espaço. —

É uma honra, senhor; acredite, é uma grande honra conduzir o senhor.

— A minha presença lá — disse Eric — é de uma importância estratégica incomparável. — Lá na fábrica eu montarei minha resistência, disse ele a si mesmo. Com as pessoas que conheço. E quando Virgil Ackerman escapar rumo a Wash-35, irei com ele; as coisas estão começando a se desenrolar como eu testemunhei daqui a um ano.

E lá na Tijuana Fur & Dye, pensou ele, eu sem dúvida vou reencontrar Kathy.

Ele disse de repente ao táxi:

— Se a sua esposa estivesse doente...

— Eu não tenho esposa, senhor — respondeu o táxi. — Mecanismos Automáticos nunca se casam. Todo mundo sabe disso.

— Está bem — concordou Eric. — Se você fosse eu, e sua esposa estivesse doente, desesperadamente doente, sem nenhuma esperança de recuperação, você a abandonaria? Ou ficaria ao lado dela, mesmo tendo viajado dez anos no futuro e sabendo com certeza absoluta que os danos no cérebro dela nunca poderão ser revertidos? E que ficar com ela significaria que...

— Percebo o que quer dizer, senhor — interrompeu o táxi. — Isso significaria que não haveria nenhuma outra vida para o senhor a não ser cuidar dela.

— Isso mesmo — disse Eric.

— Eu ficaria com ela — decidiu o táxi.

— Por quê?

— Porque — disse o táxi — a vida é feita de configurações de realidade que se constituem dessa maneira. Abandonar sua esposa seria o mesmo que dizer: eu não posso suportar a realidade do jeito que ela é, eu preciso de condições especiais e mais fáceis, unicamente para mim.

— Acho que concordo — disse Eric depois algum tempo. — Acho que vou ficar com ela.

— Deus o abençoe, senhor — disse o táxi. — Vejo que é um homem bom.

— Obrigado — disse Eric.

O táxi manteve-se firme no seu voo rumo à Tijuana Fur & Dye Corporation.

SOBRE O AUTOR

Philip K. Dick nasceu em Chicago, Illinois, em 1928, e faleceu em Santa Ana, Califórnia, em 1982. Um dos principais autores de ficção científica americana, seu trabalho é reconhecido tanto pela inventividade quanto pelo valor literário. Ganhador de diversos prêmios, seus livros mais conhecidos são *Androides sonham com ovelhas elétricas?*, *O homem do castelo alto*, *Os três estigmas de Palmer Eldritch* e *Ubik*. Muitos de seus trabalhos foram adaptados para o cinema pela mão de diversos cineastas como Ridley Scott, *Blade Runner: O caçador de androides*; Steven Spielberg, *Minority Report: A nova lei*; Paul Verhoeven, *O vingador do futuro*, entre outros.

Esta obra foi composta em GT Sectra pela Verba Editorial e impressa pela Geográfica em ofsete sobre papel Pólen Soft da Suzano Papel e Celulose para a Editora Schwarcz em setembro de 2018

A marca FSC® é a garantia de que a madeira utilizada na fabricação do papel deste livro provém de florestas que foram gerenciadas de maneira ambientalmente correta, socialmente justa e economicamente viável, além de outras fontes de origem controlada.